I0632699

Veröffentlicht von
DREAMSPINNER PRESS

5032 Capital Circle SW, Suite 2, PMB# 279, Tallahassee, FL 32305-7886 USA
www.dreamspinnerpress.com

Daniels Erleuchtung
Urheberrecht der deutschen Ausgabe © 2017 Dreamspinner Press.
Originaltitel: The Enlightenment of Daniel
Urheberrecht © 2013 Eli Easton
Original Erstausgabe. Dezember 2013
Übersetzt von Anna Doe.

Umschlagillustration
© 2013 Angsty G.
http://www.angstyg.com
Die Illustrationen auf dem Einband bzw. Titelseite werden nur für darstellerische Zwecke genutzt. Jede abgebildete Person ist ein Model.

Deutsche ISBN. 978-1-63533-527-9
Deutsche Erstausgabe. Januar 2017
Deutsche eBook Ausgabe. 978-1-63533-515-6
Deutsche Erstausgabe. Januar 2017
v 1.0

Gedruckt in den Vereinigten Staaten von Amerika.

DANIELS
Erleuchtung

eli easton

Für alle, die jemals in einer unglücklichen Beziehung waren und sich danach sehnten, sich daraus zu befreien.

TEIL I: MARLEYS GEIST

DUE DILIGENCE (GEBÜHRENDE SORGFALT, PROSPEKTPRÜFUNG)

(1) Die Umsicht, mit der eine Person vermeidet, anderen Menschen oder deren Eigentum Schaden zuzufügen.

(2) Analyse und Bewertung eines Unternehmens oder einer Organisation zur Vorbereitung eines Geschäftsabschlusses (beispielsweise einer Fusion oder Auftragsvergabe).

1

DANIEL PARKTE seinen Lexus vor der Klinik und schaute mit einer Mischung aus Furcht und Abscheu auf die Eingangstür. Durch diese Tür zu gehen, war das Letzte, was er wollte - mit Ausnahme der Idee, sich die Hoden enthaaren zu lassen. Mit Wachs. Von einer Drei-Zentner-Matrone namens Helga. Aber in diesem Gebäude, Zimmer 605, lag sein Vater. Keine Entschuldigung der Welt war Rechtfertigung genug, diesen Besuch zu verschieben oder zu umgehen.

Er klappte den Lichtschutz nach unten und studierte sich in dem kleinen Spiegel. Sein kurzer Bart war so perfekt geschnitten, wie es mit einem Zafiro Iridium Rasierer nur möglich war. Seine Haut war klar und frisch. Seine dunklen Augen litten etwas darunter, die Farbe eines billigen Rosé angenommen zu haben. Ausschlafen war ein Luxus, den sich Daniel nur selten erlauben konnte. Er fuhr sich über die dunklen, kurzen Haare, richtete seinen Schlips – Dolce & Gabbana! – und stieg aus dem Auto. Dann holte er seine Anzugjacke vom Rücksitz, wo sie auf einem fellbezogenen Kleiderbügel aus Holz an der Tür hing, und zog sie an.

Als er die Klinik mit seinem gewohnten, entschlossenen Schritt betrat, teilte sich das Meer von Krankenschwestern und Besuchern vor ihm, als wäre er Moses persönlich. Normalerweise war es vorteilhaft, diese Wirkung auf Menschen zu haben. Heute bedeutete es unglücklicherweise nur, dass er umso schneller vor der Tür von Zimmer 605 stand. Er holte tief Luft und redete sich ein, einem Heer von feindlichen Aufsichtsratsvorsitzenden und Anwälten gegenübertreten zu müssen. Er konnte das schaffen. Daniel öffnete die Tür.

Als er das Zimmer betrat, saß sein Vater im Bett. Frank Derenzo war bis vor sechs Monaten ein gesunder, imposanter Mann gewesen mit den silbernen Strähnen in seinen dunklen Haaren, dem durchdringenden

Blick seiner dunklen Augen und der maßgeschneiderten, makellosen Kleidung. Aber die Krankheit hatte ihn ausgelaugt. Er war nur noch ein halber Mensch, sein Körper ausgemagert und sein Gesicht bleich.

Verdammt. Daniel hasste es, den Mann aus Stahl so zu sehen. Es war … einfach falsch. Falsch und verstörend.

Er zwang sich zu einem Lächeln, obwohl ihm der Magen irgendwo in die Nähe der Knie gerutscht war.

„Hallo, Vater."

Daniel ging zum Bett und schüttelte ihm resolut die Hand. Sein Vater ließ nicht los, musterte ihn von oben bis unten und schüttelte dann enttäuscht den Kopf. *Zap.* Daniels gesundem Ego wurde ein Schlag versetzt. Er hasste es, auf die missfallenden Blicke seines Vaters immer noch so anfällig zu reagieren. Er entzog ihm seine Hand.

„Du hast dich also endlich dazu durchgerungen, mich zu besuchen", sagte Frank. „Schön, dass du doch noch so etwas wie Gefühle für deine Familie in dir hast."

„Natürlich bin ich gekommen, Vater. Wie geht es dir?"

Frank verzog das Gesicht. „Was glaubst du wohl? Ich habe nur noch einige Monate zu leben. Sagen sie. Die Schmerzen sind erträglich. Noch. Ich bringe meine Angelegenheiten in Ordnung. Das heißt nicht, dass ich nicht stocksauer wäre. Ich habe es nie gemocht, wenn man mich beim Spielen stört, und das Leben ist das beste Spiel von allen."

„Es tut mir wirklich leid, Vater", erwiderte Daniel. Und es stimmte. Sein Vater war erst sechzig Jahre alt. Er war immer ein starker Mann gewesen und verdiente es nicht, dass ihm so der Boden unter den Füßen weggezogen wurde. Das Leben konnte eine sehr launische Geliebte sein.

Frank sah ihn schicksalsergeben an. „Ich weiß, dass du schon wieder auf die Uhr schaust. Also wollen wir es hinter uns bringen. Eine von den Angelegenheiten, die ich noch regeln muss, bist du, Daniel."

Daniel blinzelte überrascht. „Ich bin bei bester Gesundheit, Vater. Es geht mir gut und mir fehlt nichts."

„Doch, Dan, dir fehlt etwas. Setz dich."

Daniel hasste es, Dan genannt zu werden. Es war so … profan. Aber es war sinnlos, mit seinem Vater darüber zu streiten. Der Mann gab Anweisungen. Er nahm sie nicht entgegen.

Daniel zog den Stuhl am Bett etwas zurück und überlegte, ob er seine Jacke ausziehen sollte. Normalerweise machte er das, bevor er sich setzte. Er wollte nicht, dass sie Falten bekam. Aber dann würde es vielleicht so aussehen, als wollte er länger bleiben. Da waren ein paar Falten in der Jacke das kleinere Übel. Oder etwa nicht? Andererseits hatte er in zwei Stunden einen wichtigen Geschäftstermin. Da wollte er nicht aussehen, wie …

„Gott, du bist so nervös wie ein Kolibri auf Speed! Setz dich jetzt hin, verdammt", beschwerte sich Frank.

„Hast du mich deshalb hierher bestellt? Um mir zu sagen, dass ich nervös bin?", fragte Daniel steif, ließ seine Jacke an und platzierte seinen Hintern auf dem Stuhl.

„Natürlich nicht. Das hätte ich dir auch übers Telefon sagen können." Franks Augen blitzten amüsiert.

Wollte er etwa einen Witz machen? *Jetzt?* Daniel räusperte sich und schaute gewohnheitsmäßig auf die Uhr, ohne sie richtig zu sehen. „Was ist also los, Vater?"

Frank atmete tief durch. Sein Gesicht entspannte sich. „Richtig. Es hat keinen Sinn, um den heißen Brei herumzureden. Ich muss dir etwas sagen, Daniel, und ich erwarte, dass du mir gut zuhörst. Du musst dein Leben ändern, mein Sohn. Du bist auf dem falschen Weg. Mache nicht den gleichen Fehler wie ich."

„Wie bitte?"

„Ich sehe dich an und habe das Gefühl, in den Spiegel zu schauen. Und ich glaube nicht, dass du an meiner Stelle sein solltest."

Daniel lachte schnaubend. „Worüber redest du da? Haben sie dir zu starke Pillen gegeben?"

„Hör mir zu, verdammt!" Franks Stimme wurde laut. Daniel war mit seinen vierunddreißig Jahren ein erwachsener Mann, aber wenn sein Vater diesen Ton anschlug, wimmerte der fünfjährige Junge in ihm wie ein kleines Mädchen. „Ich bin weder high noch verrückt. Weißt du, wer ich im Moment bin, Daniel Meyer Derenzo?"

Daniel sah ihn fragend an.

„Ich bin der Geist von Marley, verdammt. Das bin ich."

„Ich …"

„Ich bin das, was du in fünfundzwanzig Jahren sein wirst. Und ich sage dir, Daniel, du willst am Ende deines Lebens nicht in meiner Lage sein."

Daniel wollte etwas über die Fortschritte in der Medizin sagen, dass er sehr gesund aß und regelmäßig trainierte. Aber er schloss den Mund wieder. Es kam ihm unhöflich vor, vor einem Mann, der an Krebs starb, so anzugeben. Und außerdem war es wahrscheinlich nicht das, was sein Vater ihm sagen wollte.

„Na gut", erwiderte er stattdessen in einem Ton, als müsste er einen bissigen Hund besänftigen. „Immer mit der Ruhe."

„Lisa hat dich vor drei Jahren verlassen. So lange ist es doch her, oder? Und warum?"

Zap. Noch ein Schlag fürs Ego. Daniel drückte die Schultern durch. „Wir haben uns auseinandergelebt."

Frank schüttelte ungeduldig den Kopf. „Das ist kompletter Unsinn. Sie hat dich aus dem gleichen Grund verlassen, aus dem deine Mutter *mich* verlassen hat. Ich habe mich nicht um sie gekümmert und sie wollte einen Mann, der mehr ist, als die Unterschrift auf ihren Rechnungen. Und genau das habe ich getan. Ich habe sie in die Ecke gestellt und für meine Arbeit gelebt. Und als sie mich verlassen hat, war ich noch so dumm, ihr dafür Vorwürfe zu machen Und bevor mit aufgefallen ist, was ich für ein Idiot war, ist sie gestorben."

Daniel mochte nicht daran erinnert werden. Er war noch ein Teenager gewesen, als seine Eltern sich scheiden ließen. Frank war niemals zuhause gewesen und Daniel hatte Verständnis dafür, dass seine Mutter davon genug hatte. Aber Daniel wollte auch nicht darüber reden, weil er sich immer noch manchmal schuldig fühlte, kein besserer Sohn gewesen zu sein. Vielleicht wäre sein Vater dann öfter zuhause geblieben. Das wäre er doch, oder?

Trotzdem konnte Daniel nicht verstehen, was das mit seiner eigenen Scheidung zu tun haben sollte. „Es tut mir leid, dass du dich nicht mehr mit Mutter aussöhnen konntest. Das ist der Unterschied zwischen dir und mir. Ich mache Lisa keine Vorwürfe. Sie ist ein guter Mensch. Die Scheidung war unsere gemeinsame Entscheidung. Ich bin einfach nicht der Typ für … feste Beziehungen."

5

„Und genau das ist das Problem, Dan", sagte Frank seufzend. „Glaub mir, ich sage das nicht, weil es meiner Vorstellung von Spaß entspricht, meinen erwachsenen Sohn so zu piesacken. Ich sage es, weil ich mir wünschte, dass mir jemand so die Leviten gelesen hätte, als ich in deinem Alter war."

Daniel rieb sich über die Oberlippe und war erleichtert, dass er noch keinen Schweiß an den Fingern fühlen konnte. Aber sein Herz schlug schon schneller und der Stress rollte am Horizont heran wie eine Gewitterfront. „Es tut mir leid, dass du von mir so enttäuscht bist. Es geht mir gut. Besser als gut. Es geht mir sogar sehr gut."

„Aha. Bist du mit jemandem zusammen? Bist du seit deiner Scheidung auch nur ein einziges Mal mit einer Frau ausgegangen?"

„Ja! Ich … ich … Das geht dich nichts an." Daniel kam sich vor, als hätte ihm jemand ein Zeichen auf die Stirn gebrannt: Versager.

„Richtig. Du musst so viel arbeiten, dass du keine Zeit findest, um auszugehen. Wann hast du das letzte Mal Urlaub gemacht? Einen Strandspaziergang? Mit deinen Freunden gepokert? In einer Hängematte gelegen?"

„In einer Hängematte? Ehrlich? Wo sind wir denn hier?"

„Halt den Mund! Ich versuche, meine Perlen der Weisheit mit dir zu teilen!"

Da war er wieder, dieser spezielle Tonfall. Daniel atmete schwer und zwang sich zur Ruhe. Er machte leise Atemübungen und entspannte sein Gesicht. Wenn er sich jetzt von seinem Vater so aufregen ließ, würde er den Rest des Tages mit Kopfschmerzen im Bett liegen. Das konnte er sich nicht leisten. Er musste die Akten zu Mojambo durchgehen, noch mindestens drei wichtige Telefonate erledigen wegen des Geschäfts mit Liptec und …

„Schau dir doch an, was es aus uns gemacht hat", sagte Frank heiser und runzelte frustriert die Stirn. „Du bist mein einziger Sohn. Und wie oft haben wir uns in den letzten zehn Jahren gesehen? Vielleicht einmal jährlich. Selbst während deiner Kindheit war ich nie ein Teil deines Lebens. Bin ich auch nur einmal zu einem deiner Spiele gekommen?"

Daniel brach in lautes Gelächter aus. „Na ja, das wäre dir auch schwergefallen. Ich habe nie Sport getrieben."

6

Frank winkte müde ab. „Siehst du, was ich meine? Ich war ein grauenhafter Vater. Ich hätte mit dir übers Wochenende zum Zelten fahren oder Ausflüge machen sollen. Wir hätten viel mehr Zeit miteinander verbringen sollen."

Daniel fiel dazu nichts mehr ein. Als Junge hatte er sich genau das gewünscht. Aber er hatte schon lange aufgegeben, sich nach der Aufmerksamkeit seines Vaters zu sehnen. Er wollte nur noch raus aus diesem Zimmer und vergessen. Vergessen, dass sein Vater an Krebs starb. Vergessen, dass sie dieses Gespräch geführt hatten. Er suchte verzweifelt nach einer gefälligen Antwort. „Ich, äh … ich habe dich immer bewundert. Du warst so erfolgreich. Du warst ein ganz großer Fisch. Du warst mir immer ein Vorbild."

„Erfolgreich!" Frank schüttelte den Kopf. „Ich habe Unmengen Geld. Na und? Es hat nicht verhindern können, dass ich jetzt hier liege. Und selbst wenn ich mir das luxuriöseste Krankenzimmer leisten kann … Es ist leer. *Leer*, Daniel."

„Es tut mir leid, Vater. Ich wollte schon früher kommen, aber …"

„Es ist nicht deine Schuld. Man kann nicht sein Leben lang Menschen ignorieren und dann erwarten, dass sie plötzlich für einen da sind. Das weiß ich. Nein, du musst mir jetzt zuhören. Ich liege hier und erlebe den letzten Akt meines Lebens. Bald senkt sich der Vorhang, und was habe ich dann? Ein riesiges Bankkonto, das ich nicht mitnehmen kann. Du bist mein Erbe, Daniel. Du bist das einzige, was von meinem Leben übrigbleibt. Und du bist unglücklich. Also, sage mir: Wofür das alles? Warum habe ich das getan?"

„Gott … Du … Ich bin *nicht* unglücklich!" Daniel wurde langsam sauer, weil sein Vater nicht anerkennen wollte, wie erfolgreich er war. Würde es den Mann denn umbringen, wenn er auch nur *ein einziges Mal* stolz auf seinen Sohn wäre?

Frank sah ihn lange an, dann wurde sein Gesicht wieder weich. „Schon gut, ich verstehe dich. Du siehst gut aus."

Das wurde auch langsam Zeit. „Vielen Dank."

„Ein hübscher Schlips", sagte Frank und deutete auf Daniels Brust. „Und diese Schuhe! Welche Marke ist das? John Lobb's?"

Daniel sah auf seine Füße und freute sich, als er die Schuhe betrachtete. „Ja, die neue Kollektion. Ich habe sie …"

„Sie sind wunderbar. Zeig mir einen."

„Was?"

„Komm schon." Sein Vater streckte ungeduldig die Hand aus.

Daniel runzelte die Stirn, öffnete aber einen der Schuhe, zog ihn aus und gab ihn seinem Vater. Frank betrachtete ihn genau. „Nett." Dann warf er ihn durch das geöffnete Fenster nach draußen.

„*Hey!*"

Daniel sprang auf und lief zum Fenster. Sein Schuh lag auf dem Vordach des Erdgeschosses. „Bist du wahnsinnig?", rief er. „Warum hast du das getan?"

„Weil es lächerlich ist! Du schuftest dir Tag und Nacht den Arsch ab – ich kenne dich, Daniel! – und was hast du davon? Ein Paar Schuhe zu fünfzehnhundert Dollar? Daniel, *das ist kein Leben*!"

Daniel warf ihm einen wütenden Blick zu.

Sein Vater seufzte. „Pass auf. Ich weiß, du denkst, du hättest alle Zeit der Welt. Aber das ist ein *Irrtum*. In einem Wimpernschlag bist du vierzig, im nächsten fünfzig, und dann … dann liegst du auf dem Sterbebett und stellst fest, dass all die Geschäfte, die dir so wichtig waren, nur heiße Luft sind, Dan. Niemand erinnert sich daran, niemand kümmert sich darum. Genauso wenig, wie um deine schicken Schuhe. Sie sind einen Scheißdreck wert. Ich … ich will doch nur, dass du ein besseres Leben hast."

Frank hört sich so ehrlich an. Für einen Augenblick teilten sich die Vorhänge in Daniels Kopf und ließen einen Blick frei auf das, was sein Vater ihm sagen wollte. Sein Magen krampfte sich zusammen und ein merkwürdiges Gefühl durchfuhr ihn, das er nicht beschreiben konnte, das ihm aber den Atem nahm. Er schob es entschlossen zur Seite und schüttelte den Kopf. „An meinem Leben ist nichts falsch. Ich fühle mich ausgefüllt. Ich bin … glücklich." Daniels Stimme brach. Er presste die Lippen zusammen und ärgerte sich darüber, dass sie ihn so verraten hatte.

Sein Vater lächelte traurig. „Es reicht, Daniel. Das Geld, das du verdient hast. Es reicht. Liebe einen Menschen. Erfreue dich am Sex. Geh auf Reisen. Setz dich irgendwo im Wald auf eine Terrasse und lies ein Buch. Aber lass die Zeit nicht nutzlos verrinnen, Daniel. Weil die Zeit unendlich viel mehr wert ist, als jede Aktie, die du an der Börse kaufen kannst. Lass dir das von einem Mann sagen, der nicht mehr lange zu leben hat. *Lebe dein Leben, Daniel.*"

Daniel stand immer noch am Fenster, ein makellos gekleideter Mann mit nur einem Schuh, und starrte seinen Vater an. Er konnte sehen, dass der alte Mann es ernst meinte. Der Anhänger der Kirche des Allmächtigen Dollars hatte eine tiefe Glaubenskrise. Wer konnte ihm dafür einen Vorwurf machen? Es kam Daniel seltsam vor, wie einer der skrupellosesten Geschäftsmänner, die er jemals gekannt hatte, jetzt plötzlich über Ehe, Kinder und Zeit philosophierte. Aber Daniel musste auch zugeben, dass sein Vater nicht ganz unrecht hatte. Er hatte selbst schon darüber nachgedacht, in Zukunft etwas kürzer zu treten. Um ehrlich zu sein, er dachte schon seit einigen Jahren darüber nach, hatte aber nie damit ernst gemacht. Und hatte ihm Nick nicht immer das Gleiche gesagt?

Doch es lag nicht in Daniels Natur, sich vorschreiben zu lassen, wann er das Spiel aufgeben sollte.

Er holte tief Luft und zwang ein Lächeln auf seine Lippen. „Ich, äh … ich denke darüber nach. Reicht dir das, Vater? Und jetzt muss ich jemanden suchen, der mir meinen verdammten Schuh von dem Vordach holt."

2

Hongkong, zwei Wochen später

„ZWEI SAKE, bitte." Daniel zog die Anzugsjacke aus und hängte sie über einen Barhocker. Dann nahm er auf dem Hocker daneben Platz.

Nick setzte sich an seine Seite. Er warf seine Jacke ebenfalls über einen freien Hocker. Im Gegensatz zu Daniel lockerte er auch seinen Schlips und knöpfte die oberen Knöpfe seines Hemdes auf. Es war ihre Standardroutine. Daniel konnte sich erst dann richtig entspannen, wenn er wieder auf seinem Zimmer war. Man wusste nie, ob nicht ein Bekannter in die Bar kam, und dann wollte er perfekt aussehen, auch wenn er Nick dafür bewunderte, darauf keinen Wert mehr zu legen.

Sie waren schon seit zwei Wochen in Honkong und arbeiteten rund um die Uhr, um die Übernahme von Mojambo abzuschließen. Aber an diesem Freitag, es war schon Nachmittag, hatten sie endlich alles unter Dach und Fach. Daniel war erschöpft. Er wollte jetzt nur noch eine kurze Pause mit seinem besten Freund machen, bevor er in einer Stunde seine E-Mails und die gespeicherten Anrufe durchging, um die wichtigsten noch beantworten zu können. Und er sollte sich wirklich bei Gwen, seiner Sekretärin in Seattle, melden. Danach konnte er dann endlich diese engen Schuhe loswerden, seine abendlichen Kniebeugen und Liegestützen absolvieren *und* etwas Warmes essen, bevor er sich schlafen legte.

Gott. Er unterdrückte mühsam ein Gähnen.

„Es wird kein Problem sein, alles zu organisieren", meinte Nick. „Wir können Nakamura von TechMod damit beauftragen. Die Umstrukturierungen, die sie dort vorgenommen haben, lassen sich hervorragend auf Mojambo übertragen. Das erspart uns viel Zeit und …"

Nick redete noch weiter, aber Daniel war abgelenkt. Eine wunderschöne Chinesin hatte sich auf den Barhocker auf der anderen

Seite von Nicks Jacke gesetzt. Sie bemerkte, dass Daniel sie beobachtete, und lächelte ihm verführerisch zu.

Mist. Prostituierte. Daniel wendete den Blick ab und machte auf cool. Obwohl er sie nicht mehr ansah, hatte sie sich in seine Retina eingebrannt wie ein kurz bevorstehender Frontalzusammenstoß. Sie trug ein enges, schwarzes Kleid und ihr Interesse an ihnen blinkte wie eine Neonreklame in ihrem Gesicht. Zwei gut gekleidete amerikanische Geschäftsmänner in einer Hotelbar … Daniel schaute sich unauffällig um. Es waren noch andere Gäste hier, aber niemand schenkte ihnen Beachtung. Er wusste, wie paranoid das war, doch er wollte nicht von seinen Geschäftspartnern gesehen werden. Man konnte zwar immer behaupten, es wäre nichts gewesen. Aber er schwamm in einem Haifischbecken, in dem solche Skandale mit Schlagsahne und Schokostreuseln serviert wurden. Alles, um sich einen geschäftlichen Vorteil zu verschaffen.

„… Was hältst du davon, Jameson zeitig anzusprechen?", sagte Nick. „Nur, um rechtzeitig … *Oh.*"

Daniel drehte sich zu ihm um. Die Prostituierte hatte Nick den Arm um die Schultern gelegt. Sie lehnte sich zur Seite, presste ihre knackige Brust an ihn und ihre Lippen berührten fast sein Ohr. „Möchtest du mich zu einem Drink einladen?", schurrte sie kokett.

Daniel hätte fast laut gelacht. Diesen Ausdruck hatte er bei Nick lange nicht mehr gesehen. Es war wie damals, als sie während ihres Studiums in Mexico Urlaub machten und Nick sich in einem billigen Restaurant etwas, das wie Ketchup aussah, auf seinen Burrito schüttete. Es war aber eine scharfe Salsa. Damals war Nick auch so feuerrot geworden und seine Augen hatten panisch geglänzt.

„Äh … Nein. Nein, danke", stammelte Nick.

Die Dame schmollte enttäuscht und verschwand.

Daniel kicherte. „Hey, Nick. Du musst sie meinetwegen nicht wegschicken."

Es war scherzhaft gemeint, aber Nick lachte nicht. Es starrte in die Tasse mit dem Sake, als ob darin der Sinn des Lebens verborgen läge. Dann leckte er sich nervös über die Lippen, nahm seine Jacke vom Barhocker und legte sie über seinen Schoß. Daniel hatte kurz zuvor noch nach unten gesehen und … Nick hatte eine Erektion. Nein, Nick hatte den *Mount Everest aller Erektionen*, der ihm die graue Hose ausbeulte.

Ein merkwürdiges Gefühl machte sich in Daniel breit. War es Verlegenheit? Sein Mund wurde so trocken, als wäre plötzlich sämtliche Flüssigkeit aus Daniels Körper verdampft.

Nick sah ihn an. Daniel zog eine Augenbraue hoch. Nick wurde noch röter.

„Gott, ich … Es ist lange her", sagte Nick und lachte abschätzig. Dann trank er einen Schluck Sake.

Daniel trank ebenfalls einen Schluck, um seine Zunge wieder kooperativer zu stimmen. „Wie lange, Nick?", fragte er ruhig.

Nick sah ihm nicht in die Augen. „Marcia hat mich seit drei Jahren nicht mehr in ihre Nähe gelassen."

Daniel klappte die Kinnlade nach unten. „Du hast seit drei Jahren keinen Sex mehr gehabt?" Es hörte sich unerträglich laut an und er sah sich erschrocken um, aber niemand beachtete sie. Daniel beugte sich vor und wiederholte flüsternd seine Frage. „Du hast seit drei Jahren keinen Sex mehr gehabt? Willst du mich verarschen?"

„Sex? Ich kann mich dumpf erinnern, dass es so etwas geben soll", erwiderte Nick mit einem Zittern in der Stimme. „Nein, Daniel. Keine Umarmung, kein Kuss auf die Wange. Nichts. Das meine ich."

„Warum hast du mir das nie erzählt?"

„Warum sollte ich? Es ist peinlich und demütigend. Und sinnlos."

„Verdammt, Nick. Du musst dich von Marcia trennen. Das ist nicht richtig." Daniels Meinung nach gab es schon seit Jahren Dutzende von Gründen, warum Nick Marcia verlassen sollte. Aber *das* … Daniel wurde plötzlich fürchterlich wütend.

Nick war ein so guter Kerl. Er war der beste Mensch, den Daniel jemals gekannt hatte. Er war klug und loyal und großherzig. Deshalb arbeiteten sie so gut zusammen bei DRE – Derenzo & Ross Enterprises. Nick war das umgängliche Gegenstück zu Daniels Skrupellosigkeit. Er war es, der sich um die Firmen kümmerte und sie wieder auf die Beine stellte, nachdem Daniel sie für DRE übernommen hatte. Er freundete sich mit den Menschen an, führte eine mitarbeiterfreundliche Geschäftspolitik ein, beruhigte aufgeregte Nerven und machte alle glücklich. Er machte die Firmen wieder so gesund, dass man sie mit Gewinn weiterverkaufen konnte. Manchmal stritten sie sich darüber, weil Daniel dachte, Nick würde es mit seinen Zugeständnissen an die Mitarbeiter zu weit treiben; oder wenn er Arbeitsplätze erhalten wollte, die nicht mehr produktiv waren. Aber Daniel musste zugeben, dass Nick meistens recht behielt. Und außerdem war Nick noch ein junger Mann. Und ein verdammt gutaussehender obendrein, mit seinen rostbraunen Haaren und braunen Augen. Nicks Augen hatten Daniel schon immer fasziniert. Sie hatten genau die gleiche Farbe wie seine Haare. Wie Herbstlaub. Es war fast, als hätten Nicks Gene nur eine Farbe zur Verfügung gehabt. Dass Daniel selbst sich nicht die Mühe machte, mit Frauen auszugehen und eine neue Beziehung einzugehen, war die eine Sache. Nick war die andere. Er hatte eine Frau zu Hause – eine wunderschöne Frau –, die ihn absichtlich am ausgestreckten Arm verhungern ließ. Scheiß auf Marcia.

„Was zum Teufel ist ihr Problem?", wollte Daniel wissen.

Nick schüttelte seufzend den Kopf. „Keine Ahnung. Sie war noch nie sehr begeistert von Sex. Sie mag es, aus der Ferne bewundert zu werden; aber sie will nicht, dass man sie anfasst. Ich wollte sie überreden, sich in Behandlung zu begeben, aber sie hat immer wieder neue Ausreden gefunden, es nicht zu tun. Mittlerweile ist es mir egal."

„Mein Gott, Nick."

Nick war normalerweise gut darin, Daniels Stimmungen vorauszuahnen. Wenn Daniel sich aufregte, fand er immer einen Weg, ihn abzulenken und zu beruhigen. Aber heute war ihm Daniels Wut nur peinlich, und das sah man ihm an. „Komm schon, Daniel. Jenny ist gerade erst in die achte Klasse gekommen und Sylvan ist erst acht Jahre alt. Ich … ich kann es einfach nicht tun. Ich hätte es dir nicht sagen sollen. Ich will nicht darüber reden."

Nick kippte seinen Sake in einem Zug ab. Er war offensichtlich erschüttert von seinem Geständnis.

Daniel sah ihn an und wandte den Blick dann wieder ab. Er hätte gerne etwas Aufmunterndes gesagt oder – noch besser – etwas Lustiges, Ablenkendes. Aber sein Kopf war wie leergefegt. Er war so leer wie weißes Blatt Papier, das den gesamten Horizont einnahm. Unheimlich leer.

Dann fielen ihm die Worte seines Vaters ein. *Lebe dein Leben, Daniel.* Er hatte in letzter Zeit oft darüber nachgedacht, mehr als ihm guttat. Da war etwas in ihm – eine Art schwarzes Loch –, das seit dem Gespräch mit seinem Vater immer mehr Raum einnahm. Daniel konnte nicht sagen, was es war. Aber er wusste jetzt, dass er nicht der einzige war, der *nicht lebte*. Nick erging es nicht viel besser. Wie verdammt gleichgültig war er nur all die Jahre gewesen, dass ihm Nicks Unglück nicht aufgefallen war? Daniel mochte sich nicht allzu viele Sorgen um sein eigenes Leben machen, aber Nick … Nick hatte es verdient, glücklich zu sein.

Er dachte ernsthaft darüber nach, Nick dazu zu ermuntern, die Gelegenheit im schwarzen Seidenkleid wahrzunehmen, die immer noch am anderen Ende der Bar saß. Wirklich. Er konnte es irgendwie witzig verpacken. *Was in Hongkong passiert, bleibt in Honkong.* Oder vielleicht diese dummen Klischees sein lassen und etwas wirklich Passendes sagen.

Aber Daniel kam nicht mehr dazu, etwas über die Prostituierte zu sagen, denn in diesem Augenblick geschah es. Er verspürte plötzlich eine merkwürdige Hitze und Übelkeit im Magen und fragte sich noch, ob er versehentlich Shrimps gegessen hatte. Davon wurde ihm immer schlecht. Aber dann merkte er, dass es sich nicht um eine körperliche Übelkeit handelte. Es war eine emotionale Übelkeit. Er war … eifersüchtig. Er wollte nicht, dass diese Frau Nick berührte, dass sie ihn küsste.

Er warf Nick einen scharfen Blick zu. Die Zeit schien still zu stehen. Daniels Sinne waren merkwürdig geschärft. Er fühlte die glatte Oberfläche der Bar unter seine Hand und nahm jede Nuance der schummrigen Beleuchtung wahr. Er starrte seinen Freund an und versuchte, damit klarzukommen, was in seinem Körper vor sich ging. Nick war so … attraktiv, so … sexy? Und in diesem Moment schlug es ein wie der Blitz: *Er begehrte Nick.* Er wollte nicht, dass die Prostituierte Nick berührte, weil er ihn selbst berühren wollte. Er wollte Nick an der Hand nehmen, *hier und jetzt.* Er wollte ihn auf sein Zimmer führen, ihn sanft aufs Bett stoßen, seinen Gürtel öffnen und … Er wollte diesen Schwanz in seinem Mund fühlen und saugen. Er wollte Nick nahe sein, so nahe wie nur irgend möglich. Wollte Nick Freude geben. Wollte, dass sie sich beide gut fühlten.

Oh Gott. Verdammt.

14

Ein unfreiwilliges Zucken seiner rechten Hand ließ die Saketasse durch die Luft fliegen. Sie zersprang hinter der Bar auf dem Fußboden.

„Daniel?" Nick legte ihm besorgt die Hand auf den Arm.

„Ich …" Daniel war wie erstarrt vor Schock. Er bemerkte plötzlich, dass er ebenfalls erregt war. Sein Schwanz war so hart wie eine Eisenstange. Er sprang vom Barhocker, schnappte sich seine Jacke und zog sie – mit dem Rücken zu Nick – an. „Ich habe ganz vergessen, dass ich, äh … Ich muss noch … noch jemanden anrufen", sagte er erstickt. „Wir sehen uns später."

In seinem Hotelzimmer angekommen, verschloss Daniel hinter sich die Tür und verriegelte sie zusätzlich mit der Sicherheitskette. Dann lief er unruhig auf und ab und fuhr sich mit den Fingern durch die Haare, als könnte er dadurch seinen Verstand wieder in die Normalität zurück massieren.

Was war das? Verdammt, was war das?

Er hatte noch nie so für Nick oder einen anderen Mann empfunden. Noch nie. Er hatte kein solches Verlangen mehr gespürt, seit … seit lange vor seiner Scheidung. Wenn er ehrlich war, sogar während seiner gesamten Ehe nicht. Nur in den ersten paar Monaten mit Lisa. Wenn überhaupt. Aber eben in der Bar … Das war verdammt überwältigend gewesen. Und er spürte es immer noch. Es juckte ihn in den Fingern, Nick anzurufen und auf sein Zimmer einzuladen, vielleicht mit einer Ausrede über irgendwelche Akten, die sie noch zusammen durchgehen mussten.

Nein.

Immer noch steinhart, zog er sein Laptop aus der Tasche und fuhr es hoch. Er googelte, bis er einige Einträge in Foren fand, aber es war alles Müll. Nur unerfahrene Leute, die ihre ‚Gefühle' beschrieben oder anderen laienhafte und unsinnige Ratschläge gaben. Hier gab es nur Verlierer. Nein, wenn Daniel Derenzo etwas wissen wollte, konsultierte er Experten. Er nahm nur die Besten. Daniel änderte seine Suchbegriffe, und dann … fand er es.

‚Expanded Horizons'. Es war die am besten bewertete Sexklinik im Nordwesten der Vereinigten Staaten. Und sie war in Seattle, nicht allzu weit von ihrem Büro entfernt. Daniel informierte sich etwas genauer über ihr Programm und die Therapeuten, dann brummte er zufrieden. Na also. Das war doch genau das, was er brauchte. Er sah auf die Uhr. In Seattle war jetzt Freitagvormittag. Er benutzte sein Handy, um einen internationalen Anruf zu machen.

„Expanded Horizons. Hier spricht Loretta. Wie kann ich Ihnen helfen?"

„Hallo, Loretta. Mein Name ist Daniel Derenzo. Ich komme am Sonntag auf dem Flughafen an und brauche den ersten Termin, den sie am Montagmorgen frei haben. Nein, ich möchte Halloran sprechen. Dr. Jack Halloran."

3

„SAGEN SIE, Dr. Halloran, wie kann es sein, dass ein Mann vierunddreißig Jahre alt wird, ohne zu merken, dass er schwul ist?"

Daniel beobachtete Dr. Halloran aufmerksam, um dessen Reaktion einzuschätzen. Er legte seinen iPad so auf Dr. Hallorans Schreibtisch, dass der Videorekorder die Sitzung genau aufzeichnete, falls er sie sich später genauer ansehen wollte. Hallorans blaue Augen blickten ihn scharf an. Sie wollten nicht zu dem Eindruck des blonden, liebenswerten Nachbarjungen passen, den der Doktor auf den ersten Blick vermittelte.

Ja, Halloran war in Ordnung. Daniel hatte schon vielen hochrangigen Wirtschaftsvertretern gegenübergesessen und vertraute seinem Bauchgefühl. Der Doktor wusste, was er tat. Gott sei Dank. Vielleicht konnte Daniel ja wenigsten für fünf Minuten seine Panik vergessen.

„Das ist durchaus möglich", sagte Halloran. „Aber sagen Sie mir doch … Wodurch wurde dieses neue Selbstverständnis ihrer Sexualität ausgelöst?"

Daniel überlegte, wie er es am besten erklären sollte. Es war ihm wichtig, die richtigen Worte zu finden. Eine gute Datengrundlage war die Voraussetzung für eine zuverlässige Analyse. Und er wollte die beste Diagnose, die der Doktor ihm geben konnte.

„Wissen Sie, manche Dinge werden einem Menschen nur langsam bewusst. Zum Beispiel, dass er Hunger hat. Angenommen, Sie sind den ganzen Tag über sehr beschäftigt, weil sie ein wichtiges Geschäft zum Abschluss bringen wollen, ja? Sie nehmen sich einen Vertrag nach dem anderen vor und merken nicht, wie spät es schon geworden ist. Sie spüren einen gewissen Hunger, aber Sie arbeiten weiter. Dann wird der Hunger stärker, aber Sie wollen noch diese eine Sache erledigen. Plötzlich ist es vier Uhr nachmittags und Sie könnten einen ganzen Ochsen verschlingen."

„Okay", sagte Halloran und nickte zustimmend.

„Nun, mir ging es vollkommen anders."

Halloran zog fragend eine Augenbraue hoch.

„Es war eher so, als würde ich auf einem vertrauten Pfad durch den Wald laufen. Ich laufe und laufe und höre dabei vielleicht Musik mit meinen Ohrhörern, ja? Und dann … *Wham!* Plötzlich schlägt vor mir ein Meteorit ein und der ganze Wald geht in Flammen auf."

Halloran schürzte die Lippen. „Ich verstehe, dass es sehr plötzlich passiert ist. Was ich nicht verstehe, ist der Vergleich mit dem flammenden Inferno und der Zerstörung."

„Gut. Vergessen Sie diesen Teil." Daniel strich sich mit einem Finger über die Augenbraue. Er fühlte sich gestresst und fragte sich, ob Halloran ihm vielleicht Xanax verschreiben konnte.

„Es ging so plötzlich, als ich es das erste Mal gemerkt habe. Es kam wie aus dem Nichts und ist mit einem lauten Knall in meinem geordneten Leben gelandet. Hmm. Vielleicht passt der Vergleich mit der Zerstörung ja doch."

„Warum erzählen Sie mir nicht, wie es das erste Mal war?" Halloran lehnte sich in seinem Stuhl zurück, als würde er sich auf eine längere Geschichte einstellen. Na gut. Daniel war bereit, ihm seinen Wunsch zu erfüllen. Er konnte reden bis zum Weltuntergang, wenn es ihm nur helfen würde, zu verstehen, was in ihm vorging.

Er erzählte Halloran von dem Nachmittag in der Bar in Hongkong und wie sehr er seinen Geschäftspartner begehrt hatte. Seinen *männlichen* Geschäftspartner.

„Ich wollte mich an seinem … an seinem *Glied* festsaugen wie ein verdammter Blutegel. Das macht mich doch schwul, oder?"

„Oder zum Vampir", murmelte Halloran vor sich hin. „Es wäre also durchaus möglich, dass Sie Mitleid mit Ihrem Freund hatten, nachdem Sie die Geschichte seiner kalten Ehe hörten. Oder Ihre Gefühle wurden durch den Anblick seiner Erektion und das Gespräch über Sex ausgelöst. Es ist nicht ungewöhnlich für einen heterosexuellen Mann, dass seine Gedanken hier und da abschweifen. Sexualität ist lange nicht so fest in Stein gemeißelt, wie viele Leute denken. Was einen Mann schwul oder heterosexuell macht, ist mehr das Geschlecht der Menschen, zu denen er sich dauerhaft hingezogen fühlt."

„Sehen Sie, genau das ist mein Problem. Der Vergleich mit dem Meteoriten passt doch recht gut. Seit es passiert ist, hat sich die

Landschaft meiner Psyche komplett verändert. Diese Gefühle für Nick – Lust, Verliebtheit, Besessenheit oder wie immer Sie es nennen wollen – sind nicht wieder verschwunden. Es wird sogar ständig schlimmer. Er ist noch in Hongkong, um in unserer neuen Firma zu arbeiten. Ich hätte ihn zum Abschied beinahe spontan geküsst. Auf den Mund. *In der Lobby des Hotels!* Und jetzt ... jetzt kann ich kaum noch die Straßen entlanglaufen und einen halbwegs attraktiven Mann sehen, ohne zu denken: ,Wow, schau dir den an!'. Es ist, als wäre ich irgendwie besessen. Vollkommen verrückt. Was ist das nur? Ist das eine Sexualpsychose oder was? Gibt es so etwas überhaupt?"

Halloran klopfte sich nachdenklich mit dem Kuli ans Kinn. Er sah neugierig aus. Na wunderbar. Daniel hatte es geschafft, einen Sexualtherapeuten neugierig zu machen. Keine schlechte Leistung. Er war wahrscheinlich der neue Musterpatient der penisorientierten Therapiewelt.

„Haben Sie jemals etwas mit einem Mann gehabt? Vor dieser neuen Erkenntnis oder danach?"

Daniel schüttelte den Kopf. „Nein, noch nie. Ich habe auch nie daran gedacht, selbst nicht, als ich noch jünger war. Und jetzt ... Ich wollte mich erst professionell beraten lassen. Ich will nichts tun, um es noch schlimmer zu machen, verstehen Sie?"

Halloran lächelte leicht. „Sie meinen, wer es einmal probiert hat, bekommt vielleicht Appetit auf mehr?"

Daniel lachte leise über Hallorans Versuch, einen Witz zu machen. „Ich dachte, ich hole mir lieber fachmännischen Rat, bevor ich in einer verdreckten Kneipe im Hinterzimmer auf dem Boden knie und ein Lederdaddy mir sagt, ich sollte bellen wie ein Hund. Also ... kann es sein, dass man quasi über Nacht schwul wird?"

Halloran holte tief Luft. „Er ist sicher denkbar, dass ein bestimmtes Erlebnis oder eine Art Erleuchtung das sexuelle Selbstverständnis eines Menschen ändert. Ich hatte schon Patienten, die erst mit siebzig begonnen haben, diese Möglichkeit in Betracht zu ziehen und ihre schwule Seite zu erkunden. Also machen Sie sich keine Sorgen. Es ist nicht Ungewöhnliches und wir bekommen es sicher in den Griff."

„Aber wie kann ich mir da sicher sein?", fragte Daniel unsicher. „Ich meine ... Kann ich das Ergebnis in die eine oder andere Richtung beeinflussen? Und ist es gefährlich? Kann ich jetzt entscheiden, schwul zu sein, aber irgendwann feststellen, dass es ein Fehler war? Und wenn ich es unterdrücke, laufe ich dann vielleicht irgendwann nackt über den Pike Place Market, schreie laut nach Justin Bieber und masturbiere? Woher weiß ich, ob ich wirklich schwul bin oder es mir nur einbilde?"

Hallorans Augen blitzten verdächtig amüsiert. „Es ist eine sehr neue Entwicklung. Es mag einige Zeit dauern, bis Sie sich darüber im Klaren sind, aber dann werden Sie es wissen. Viele Männer versuchen es einfach und warten ab, was sie dabei empfinden. Aber Sie scheinen mir nicht der Typ zu sein, der solche Dinge dem Zufall überlässt."

Daniel warf ihm einen zweifelnden Blick zu. „Dr. Halloran, ich bin ein Alpha-Typ. Ich wäre auf der Kinsey-Skala ganz rechts außen. Und wenn sie ein Regenbogenspektrum hätte, wäre ich schwarz."

„Richtig", sagte Halloran gelassen. „Das allein kann schon ein bestimmender Faktor sein. Sie sind wahrscheinlich ein Mensch, der sehr viel von sich erwartet."

„Das ist noch höflich untertrieben."

Halloran nickte, als würde er Daniel verstehen. „Waren Sie schon immer so?"

„Immer."

„Würden Sie Ihre Eltern als homophob bezeichnen? Als streng? Als vorurteilsbelastet? Haben sie Erwartungen an Sie gestellt, denen Sie sich verpflichtet fühlten?"

Daniel runzelte angestrengt die Stirn. „Sie haben sich scheiden lassen, als ich noch zur Schule ging. Ich glaube nicht, dass sie homophob waren. Das Thema hat sich nie gestellt. Sex war in unserer Familie nie ein Thema. Es ging immer nur um meine Noten, mein Verhalten und darum, ob ich die richtigen Freunde habe."

„Sie haben Sie also dazu angehalten, perfekt zu sein?"

„So könnte man es nennen."

Daniels Eltern, Margaret und Frank, waren ebenfalls Alpha-Typen gewesen. Die Ärztin und der erfolgreiche Geschäftsmann, Stoiker Nummer Eins und Zwei. Daniel erinnert sich noch daran, im Zeugnis der zweiten Klasse nicht überall die beste Note gehabt zu haben. Es war einer der wenigen Anlässe in seinem Leben, an dem ihm die Aufmerksamkeit seines Vaters sicher gewesen war. Und es war keine gute Erinnerung.

Eine Eiseskälte hatte in der Luft gelegen, als hätte jemand die Tür nach Alaska geöffnet. ‚Ich weiß genau, das du besser sein kannst, Daniel‘ und ‚Kannst du mir diese Note erklären? Das ist etwas für mittelmäßige Schüler‘ hatte sein Vater gesagt. Daniel hatte sich wertlos gefühlt wie ein Versager. Er hatte sich den Arsch aufgerissen, um diese Worte nie wieder zu hören.

„Man könnte sagen, dass übermäßiger Ehrgeiz in der Familie liegt", meinte er. „Es war schwer für mich, mit ihrer … Kritik zu leben. Ich habe alles getan, um sie zu vermeiden."

Halloran nickte und sah ihn nachdenklich an. „Diese Reaktion ist typisch für sehr sensible Menschen."

Daniel lachte schnaubend. „Sie glauben nicht, wie viele Menschen sich vor Lachen auf dem Boden wälzen würden bei der Idee, dass ich sensibel wäre."

Halloran lächelte. „Nur, weil Sie es gut verbergen können, heißt das noch lange nicht, dass es falsch ist. Hatten Sie gute Noten?"

„Ja, in der Oberschule und im College war ich immer unter den Besten", erwiderte Daniel. „Alles andere war keine Option. Ich war schon immer ehrgeizig."

„Ja, ich verstehe."

Halloran konnte es gar nicht ganz verstanden haben, denn es war Daniel viel zu peinlich, ihm zu gestehen, dass er sogar Mitglied des Debattier- und des Schachclubs geworden war – und zwar nur deshalb, weil es sich gut in seinem Lebenslauf machte. Er hatte seine Freundinnen und die Begleiterin zum Abschlussball nach den gleichen Kriterien ausgewählt wie seinen Lexus: Nach ihrem sozialen Status und danach, wie gut sie aussahen. Im College hatte er sich vorgenommen, Gordon Gekko, Donald Trump und Mark Zuckerberg in einer Person zu sein, so gierig und ehrgeizig war er damals gewesen.

Und jetzt ging ihm das Gesicht seines sterbenden Vaters nicht mehr aus dem Kopf. *Lebe dein Leben, Daniel.*

Halloran reagierte ruhig und gelassen. „Vielleicht will Ihr Körper Ihnen mitteilen, dass es an der Zeit ist, nicht mehr der Mensch zu sein, der Sie sein *sollten*, sondern stattdessen herauszufinden, wer Sie *wirklich* sind."

„Ja", sagte Daniel mit belegter Stimme. „Das habe ich auch schon vermutet. Aber es ist so bizarr. Ich war schließlich sieben Jahre lang verheiratet. Wie kann ein Mensch sich so lange etwas vormachen? Sich selbst belügen?"

„War die Beziehung zu Ihrer Frau sexuell befriedigend? Wie oft hatten Sie Sex?"

„Es war gut. Ich hatte nie, äh … physische Probleme. Aber ich habe viel gearbeitet. In den letzten Jahren war in unserem Schlafzimmer nicht mehr allzu viel los. Seit fünf Jahren ungefähr. Aber davor war es gut. Oder in Ordnung. Vielleicht war es nur in Ordnung. Mein Gott, ich weiß es auch nicht!"

Daniel war verwirrt, weil ihm seine Erinnerung so zwiespältig vorkam. Er zweifelte an allem. Für einen Mann, der immer alles unter Kontrolle hatte, war das ein schreckliches Gefühl.

„Ich denke, Sie sollten es mit einem Mann versuchen", schlug Halloran vor. „Herausfinden, wie Sie sich dabei fühlen. Vielleicht stellen Sie fest, dass es nicht das Richtige für Sie ist. Oder dass Sie bisexuell sind. Oder dass alle diese Schubladen, in die wir gesteckt werden, nichts mit Ihnen zu tun haben."

Daniel nickte und fuhr sich mit der Zunge über die Lippen. „Wenn ich also, äh … dieses Experiment mit einem Mann machen will, dann stellen Sie diese Dienstleistung auch zur Verfügung, ja? Auf Ihrer Website wird Surrogattherapie erwähnt. Ich wäre lieber mit jemandem zusammen, der weiß, was er tut. Jemand, der weiß, warum ich hier bin und der gesund ist und … Sie wissen schon. Nicht irgendeine Zufallsbekanntschaft aus einer Bar."

Daniel sah Halloran fragend an. Wie würde diese Surrogatsache eigentlich funktionieren? Würde Halloran es selbst übernehmen? Er war nicht gerade Daniels Typ. (Halt. Hatte er überhaupt einen Typ? Und wer war sein Typ? Außer Nick natürlich.) Halloran war sicherlich attraktiv. Daniel kam es seltsam vor, dem Mann in die Augen zu sehen und solche Gedanken zu haben. Sein innerer Dan Ackroyd meldete sich wieder zu Wort und rief Daniel zur Ordnung. Er versuchte, nicht mehr an Sex mit dem Doktor zu denken. Oder es sich zumindest nicht anmerken zu lassen. Daniels Schwanz erhob sich und gab seine eigene Stimme dazu ab.

Stopp.

Halloran las in seinen Notizen und überlegte. Er sah aus, als wüsste er genau, was in Daniels Kopf vor sich ging. „Also gut. Wenn Sie an einer Therapie mit einem Surrogatpartner, auch Sexualbegleiter genannt, interessiert sind, würden Sie mit unserem schwulen Mitarbeiter zusammenarbeiten. Michael Lamont ist sehr gut."

„Ah", sagte Daniel.

„Haben Sie schon mit Ihrem Geschäftspartner, Nick, über Ihre neu entdeckten Gefühle gesprochen?"

„Nein. Ich ... Nein. Was soll ich ihm sagen? ‚Hey, Nick, du warst Trauzeuge bei meiner Hochzeit und ich Trauzeuge bei deiner, aber jetzt möchte ich dich am liebsten vernaschen?' Nein. Das kann ich ihm wirklich nicht sagen."

„Würden Sie denn sagen, dass Ihre Gefühle für ihn über das Sexuelle hinausgehen?"

Daniel zögerte, obwohl ihm die Antwort auf den Lippen lag. *Ja.* Er überlegte, wie er es am besten in Worte fassen und erklären sollte. „Nick ist ... Er ist wahrscheinlich der einzige Mensch, dem ich mich jemals nahe gefühlt habe. Sogar näher als meinen Eltern und meiner ehemaligen Ehefrau, Lisa. Wir haben beide Betriebswirtschaft studiert und während unserer letzten drei Studienjahre auch ein Zimmer geteilt. Damals haben wir schon angefangen, Pläne für ein gemeinsames Unternehmen zu schmieden. Gleich nach unserem Abschluss haben wir dann DRE gegründet. Die ersten Jahre waren sehr anstrengend und stressig. Wir waren gierig. Das alles ist für sich genommen schon ein Problem."

„Weil Sie bereits eine fest eingefahrene und genau definierte Beziehung haben?"

„Ja. Und weil ich ... Ich möchte ihn nicht verlieren."

„Und er ist verheiratet", sagte Halloran leise, als hätte Daniel es vergessen. „Er ist mit einer Frau verheiratet. Haben Sie Grund zu der Annahme, er könnte an einer Beziehung mit einem Mann interessiert sein?"

Daniel nickte. Er hatte auch schon darüber nachgedacht. Er hatte in seinem Büro gestanden, aus dem Fenster gestarrt – die E-Mails offen und unbeantwortet auf dem Bildschirm – und versucht, die Erinnerungen an ihre gemeinsamen Studienjahre wachzurufen. „Als wir zusammengezogen sind, sagte er mir, er wäre bisexuell. Ich habe ihn allerdings nie mit einem Mann gesehen. Nur einmal …" Daniel verstummte. „Es kann sein, dass ich es missverstanden habe."

„Erzählen Sie weiter."

Daniel fuhr sich mit der Hand über die Stirn. „Es kommt mir vor, als hätte er mich damals beobachtet, wenn er dachte, ich würde es nicht merken. Ich habe vermutet, er wäre vielleicht in mich verliebt, weil er doch gesagt hatte, er wäre bi; und weil ich ein überhebliches Arschloch bin. Eines Abends saßen wir zusammen auf dem Sofa, um uns einen Film anzusehen. Er … er kam aus dem Badezimmer zurück, hat sich ganz nahe zu mir gesetzt und den Arm hinter mir auf die Lehne gelegt. Ich dachte, er wollte mich vielleicht küssen. Es war mir unangenehm, deshalb habe ich gesagt, ich wäre müde. Ich habe mich dann schlafen gelegt." Er seufzte. „So viel zum Thema Rauchschwaden. Ich habe es mir wahrscheinlich nur eingebildet. Seitdem ist nie wieder etwas Ähnliches passiert. Vielleicht fand er mich damals attraktiv, aber das hat sich bestimmt geändert. Oder vielleicht war es nie der Fall. Vielleicht hat er nur behauptet, bi zu sein, weil es damals modern war."

„Interessant. Nun, zunächst müssen wir dafür sorgen, dass Sie sich sicher sind, was Sie wirklich wollen. Ich denke, wir sollten uns vorläufig auf Sie konzentrieren, bevor wir uns mit einer möglichen Beziehung befassen. Besonders, wenn diese Beziehung für Sie möglicherweise … unangenehme und komplizierte Konsequenzen haben könnte."

„Da kann ich Ihnen nur zustimmen. Genau deshalb bin ich hier, Dr. Halloran. In der Geschäftswelt nennt man das Due Diligence. Sorgfaltspflicht oder Prospektprüfung. Man muss immer erst seine Hausaufgaben machen, bevor man tätig wird."

Halloran lächelte und sah auf die Uhr. „Das hört sich an, als wären wir uns einig. Dann sehen wir uns nächste Woche um die gleiche Zeit. In Ordnung?"

Daniel räusperte sich. „Wenn Sie in Ihren Terminkalender sehen, werden Sie feststellen, dass ich für heute zwei Stunden gebucht habe."

Halloran runzelte die Stirn und schaute auf den Bildschirm seines Computers. „Tatsächlich. Hmm. Ich habe normalerweise um zehn Uhr einen anderen Patienten."

„Mrs. Shoreman. Ich habe Ihre Empfangsdame, Loretta, gebeten, mit Mrs. Shoreman zu reden und sie zu fragen, ob sie heute erst um drei Uhr nachmittags kommen könnte. Mrs. Shoreman war sehr zuvorkommend und hat zugestimmt."

Halloran blinzelte ihn überrascht an. „Sie nehmen diese Sache sehr ernst, nicht wahr?"

Daniel zog sarkastisch eine Augenbraue hoch. „Dr. Halloran, ich nehme alles ernst. Und diese Sache? Es betrifft *mein Leben*. Ich habe auch für Donnerstag zwei weitere Stunden gebucht. Und ich will diese Surrogattherapie. Bald."

Halloran lehnte sich in seinem Stuhl zurück und musterte Daniel mit einem Hauch von Bewunderung. „Nun, Daniel, dann wollen wir loslegen. Wie wäre es, wenn Sie mir zuerst mehr über Ihre Ehe erzählen?"

4

SAMSTAGABEND. DER Tag des Gerichts. Oder der Neugeburt. Wie immer man es sehen wollte.

Daniel arbeitete normalerweise auch samstags. An diesem Tag arbeitete er die weniger dringlichen Dinge ab, die im Laufe der Woche liegen blieben. Aber heute? Vergiss es. Er hatte sich den ganzen Tag freigenommen. Er war zu angespannt und zu nervös, um sich auf seine Arbeit zu konzentrieren. Er ging am Morgen zur Massage, weil er dachte, es würde ihm helfen, sich zu entspannen und – ja – etwas weicher zu machen. Er aß nur wenig – ein kleines Omelett mit Obst zum Frühstück und einen Salat zum Mittagessen. Ohne Knoblauch natürlich.

Er dachte sogar daran, sich am ganzen Körper zu rasieren, verwarf den Gedanken aber wieder. Es war zu spät und er wollte nicht riskieren, davon Hautausschlag zu bekommen. Also schnitt er sich nur die Haare etwas kürzer und wusch sich, als wollte der Präsident der Verinigten Staaten höchstpersönlich das Galadinner auf seinem Arsch servieren. Mochten schwule Männer das? Oder mochten sie ihre Männer lieber verschwitzt und stinkend? So, wie Pferde und Hunde angeblich persönlichen Geruch mochten?

Gott, Daniel war höllisch nervös.

Das Große Ereignis sollte in Michaels Wohnung stattfinden. Daniel fuhr an dem alten Backsteinhaus auf dem Capitol Hill vorbei. In einer Seitenstraße fand er einen Parkplatz. Es war eine lebhafte, aber teure Wohngegend. Viele der alten Häuser waren in den letzten Jahren – dank der boomenden Wirtschaftslage in Seattle – renoviert worden. Alte Eichenbäume am Straßenrand verbargen die Vorgärten und ihre Wipfel tauchten die Straße in einen angenehmen Schatten. Hier konnte Daniel den Lexus beruhigt abstellen.

Daniel blieb noch kurz im Wagen sitzen. Er trug eine edle schwarze Hose und einen dunkelblauen Kaschmirpullover zu dreihundert Dollar. Trotzdem fragte er sich jetzt, ob er die richtige Wahl getroffen hatte. Wäre ein Hemd angemessener gewesen? Er zerkaute einige Minzbonbons und stellte fest, dass er ein zuverlässigeres Deospray finden musste. Außer … Na ja, die Sache mit dem Geruch.

Guter Gott, gleich würde er Sex haben. Mit einem Mann. Dass Michael Lamont ein Surrogatpartner war, der – wie Halloran ihm erklärt hatte – ständig mit Männern zu tun hatte, die tiefsitzende Sexualprobleme bewältigen mussten, hätte Daniel eigentlich selbstbewusster machen sollen. So schlecht konnte er im Vergleich doch nicht abschneiden, oder?

Es machte ihn nicht selbstbewusster. Was war, wenn er ihn nicht hochkriegte? Oder wenn er nach zwei Sekunden kam wie ein verdammter Anfänger? Wenn Michael ihn nicht mochte? Wenn Daniel selbst feststellte, dass er tatsächlich schwul war?

Oder wenn er es nicht war? Daniel war sich ziemlich sicher, dass ihn das enttäuschen würde. Bei seinen Gefühlen für Nick … Mein Gott, das hatte er schon so lange nicht mehr gefühlt. Er hatte schon befürchtet, dass er zu solchen Gefühlen gar nicht fähig war. Es war so … so schön, endlich wieder etwas wie Leidenschaft zu fühlen. Sich *menschlich* zu fühlen.

Er stieg aus dem Wagen, holte tief Luft und ging auf das Haus zu.

Die Klingel zu der Wohnung, die man ihm genannt hatte, war mit dem Namen ‚Lamont' beschriftet. Daniel konnte sich kaum konzentrieren und war deshalb für die eindeutige Information dankbar. Er drückte den Klingelknopf und die Haustür wurde geöffnet. Die Wohnung befand sich im ersten Stock. Daniel starrte die Tür an. Er war so nervös, dass er all seinen Mut brauchte, um anzuklopfen.

Aber bevor es soweit war, öffnete sich schon die Tür und ein Mann stand vor ihm. Daniel sah ihn an und kontrollierte dann sicherheitshalber die Nummer an der Tür. „Entschuldigung. Ich, äh … ich suche Michael Lamont."

„Ich bin Michael", sagte der Kobold, der vor ihm stand.

Guter Gott. Wie alt war dieser Junge eigentlich?

Michael Lamont war ein kleiner Mann, vielleicht Einssiebzig groß und sehr schlank, dazu eine Mischung aus Supermodel und Punkrocker. Aber attraktiv war er. Er hatte zarte, hellbraune Haut, volle Lippen und sensible, dunkle Augen. Seine Haare waren glatt und hatten die Farbe von dunkler Schokolade. Sie waren in einem Grunge-Emo-Stil geschnitten und fielen ihm in die Stirn. In seinen Ohren waren mehrere Piercings. Der taffe Eindruck, den er dadurch vermittelte, wurde jedoch durch seine Bekleidung gemildert. Er trug einen einfachen, braunen Pulli und Levis Jeans.

Mein Gott, war Michael überhaupt schon achtzehn?

„Äh …" Daniel sah ihn zweifelnd an.

Michael lächelt liebenswert zurück. „Ich bin fünfundzwanzig. Willst du meinen Führerschein und die Prüfungsurkunde als Sexualbegleiter sehen?"

Das wollte Daniel wirklich. Aber bei einem Mann, mit dem er gleich Sex haben würde, wäre das zu unhöflich gewesen. Außerdem hatte Halloran Michael empfohlen. Daniel ging davon aus, dass die Klinik alle nötigen Formalitäten einhielt und den Jungen überprüft hatte.

Er schüttelte den Kopf. „Nein, schon gut. Ich war nur etwas überrascht."

„Komm rein." Michael trat einen Schritt zurück.

Die Wohnung hatte Charakter. Die dunklen Holzpaneele an den Wänden und die hohen Decken waren gut erhalten. Die Einrichtung erinnerte an ein Liebesnest, war beruhigend und sinnlich. Auf dem Sofa lagen orientalische Decken, an den Wänden hingen Landschaftsbilder, auf Tischen und Kommoden standen Kerzen. Es roch nach Räucherstäbchen und aus versteckten Lautsprechern klangen leise Wassergeräusche. Daniel bekam plötzlich Angst, im unpassenden Moment auf die Toilette zu müssen.

Er zog sicherheitshalber zweimal die Bauchmuskeln zusammen. Nein. Alles in Ordnung. Kein Druck auf der Blase. Er ging vor einem längeren Film oder einem Flug sicherheitshalber oft mehrmals auf die Toilette, weil er es so sehr hasste, sich an fremden Menschen vorbeidrängeln zu müssen.

„Darf ich dir die Jacke abnehmen?", fragte Michael. Er neigte den Kopf zur Seite und sah Daniel mit seinen warmen, dunklen Augen an, als wollte er dessen geheimste Gedanken erkunden.

„Du willst … Ja, dass wäre … Sicher." Daniel zog die leichte Leinenjacke aus, weil er nicht noch unsicherer wirken wollte. „Hat, äh … Hat Dr. Halloran gesagt, warum ich hier bin?"

„Ja." Michael zwinkerte ihm lächelnd zu und nahm ihm die Jacke ab. Daniels Magen schlug einen kleinen Purzelbaum. Michael hängte die Jacke auf einen Kleiderbügel im Garderobenschrank. „Komm, setz dich doch." Er nahm Daniel freundlich an der Hand und führte in zu dem Sofa.

Daniel leckte sich nervös über die Lippen. „Du weißt also, dass ich noch nie … noch nie …"

„… Sex mit einem Mann hattest. Ja." Michael sah ihm ins Gesicht. „Ich weiß es."

„Und ich, äh … ich wollte nur sicher sein, dass … Na ja."

Michael lächelte. „Natürlich."

Er sah Daniel in die Augen, studierte dessen Gesicht und die Lippen. Sein Blick war offen, abschätzend und voller Neugier. Und ihm schien zu gefallen, was er sah. Daniels Magen überschlug sich wieder.

„Es ist nicht so, dass ich ein echtes Problem hätte, weißt du", erklärte Daniel. „Ich meine, eine Erektion zu kriegen oder so. Grundsätzlich gesprochen. Nicht, dass ich wegen einem Mann jemals eine hatte. Na ja. Doch, das hatte ich. Aber der Mann, um den es ging, wusste es nicht. Und es ist auch erst kürzlich passiert, deshalb …"

Michael nickte. „Okay."

„Und ich muss dir noch sagen, dass es … es gibt da jemanden. Einen anderen, meine ich."

Gott, dieses Mundwerk. Was hatte er da gesagt? Michael Lamont war ein Sexualbegleiter, ein Surrogatpartner. Daniel schuldete ihm keine Erklärungen, schon gar nicht eine Zusammenfassung seiner Gemütslage.

Aber Michael schien Daniels Worte durchaus ernst zu nehmen. Sein Lächeln verblasste. „Willst du überhaupt hier sein, Daniel? Wenn du deine Meinung geändert hast, ist das auch kein Problem."

„Nein, nein …", sagte Daniel hastig. „Ich meine … Ja, ich will hier sein. Auf jeden Fall."

Michael nickte. Er sah Daniel immer noch in die Augen. „Kann ich dir etwas zu trinken anbieten? Wasser? Kaffee? Bier? Wein?"

Daniel war viel zu nervös, um etwas zu essen oder zu trinken. Er würde sich wahrscheinlich alles überschütten und sich noch mehr blamieren. „Nein."

Michael hob die Hand und legte sie zärtlich auf Daniels Brust. Daniel schaute nach unten. Sein Herz pochte, als wäre er gerade zehn Kilometer gelaufen. *Verdammt.*

„Wenn wir an einem Projekt zusammenarbeiten, richten wir uns ganz danach, was dir angenehm ist", sagte Michael ruhig.

Daniel nickte nur. Die Hand auf seiner Brust streichelte ihn sanft und Michael ließ ihn dabei nicht aus den Augen.

„Wir könnten beispielsweise in den ersten Sitzungen nur Berührungstherapie machen. Leichte Massage. Wenn es dir unangenehm ist, berührt zu werden – insbesondere von einem Mann –, wäre das ein guter Einstieg. Was meinst du?"

Daniel schüttelte den Kopf. „Nein, so kaputt bin ich nicht. Ich habe auch keine Phobie oder so etwas Ähnliches. Ich mag es, berührt zu werden. Ich liebe es sogar. Ich will nur wissen, ob ich schwul bin. Verstehst du?"

Michaels Augen blitzten spitzbübisch und er konnte das breite Grinsen nicht unterdrücken, das sich in sein Gesicht stahl.

„Was ist?", fragte Daniel. Sein Mund machte es Michaels nach und verzog sich zu einem Lächeln, ohne zu wissen, warum Michael sich so freute. Aber der Junge sah einfach so verdammt niedlich aus.

Michael lachte. „Du weißt doch hoffentlich, dass du damit die Wunschträume aller schwulen Männer erfüllst – ein heißer Typ, der zum ersten Mal experimentieren will."

„Wirklich?" Daniel amüsierte sich darüber, in die Geheimnisse der schwulen Fantasien eingeweiht zu werden und freute sich über Michaels Kompliment. Heißer Typ? Ehrlich?

Michael zuckte mit den Schultern. „Du bist sehr attraktiv. Nicht, dass es für mich eine Rolle spielt. Ich würde dir auch helfen wollen, wenn es nicht so wäre." Michael fuhr zuversichtlich mit der Hand über Daniels Brust nach oben zu seinem Hals. Er streichelte ihm mit dem Daumen leicht über die weiche Haut.

„Du, äh … siehst auch gut aus", brachte Daniel hervor, während Michaels Berührungen in seinem Körper das auslösten, was man umgangssprachlich nur als ‚verdammte Geilheit' bezeichnen konnte. Er schluckte. Es war wirklich schon lächerlich lange her, seit er das letzte Mal Sex hatte.

Michaels Lächeln wurde weicher und ermutigend. „Was wäre dir für den Anfang denn am liebsten? Soll ich dich berühren? Oder willst du lieber mich berühren? Ich kann trotzdem mit einer Massage beginnen und wir warten einfach ab, was dann passiert."

Daniel war heute schon massiert worden. Er saß hier neben einem Mann, bei dem er sich sicher fühlte, der ihn mit seinen sexy braunen Augen ansah und alle möglichen Antworten versprach – Daniel wollte nicht mehr warten.

Bevor er seine Absicht in Worte fassen konnte, schien Michael sie schon in seinem Gesicht gelesen zu haben. „Du willst es nicht langsam angehen."

Daniel lachte bitter. „Eigentlich nicht. Ich bin schon vierunddreißig. Ich habe das Gefühl, als wäre mir der Zug schon Dutzende Male vor der Nase weggefahren und ich wusste noch nicht einmal, dass ich überhaupt einen Fahrschein habe. Es ist ein beschissenes Gefühl." Ohne sich bewusst zu entscheiden, legte er spontan die Hand an Michaels schlanke Taille und forderte ihn mit einem leichten Druck auf, näher zu kommen.

Für einen kurzen Augenblick sah Daniel Nicks Gesicht vor sich, als Michael willig in seine Arme kam. Michael *war* schön und sehr gut in allem, was er tat. Er schien genau zu wissen, was Daniel brauchte, und erfüllte dessen Bedürfnissen mit kompletter Hingabe. Und das war, sich über Daniels Schoß zu knien und ihn zu küssen. Michael machte genau das und … ja. Das brauchte Daniel jetzt.

Michaels Lippen waren fest und doch weich und unterschieden sich so gar nicht vom Mund einer Frau. Sein Kuss war süß und zurückhaltend, verlangte nichts und lud zu allem ein. Daniel öffnete ungeduldig den Mund und fing leicht zu saugen an. Michaels Lippen teilten sich und ihre Zungen begannen zu spielen, sinnlich und erotisch. Es war kein besonders neuer Kuss, nur der Körper, der dazu gehörte, war ein anderer als sonst. Er hatte nichts Weibliches an sich. Daniel legte die Hände auf Michaels Rücken und spürte die Muskeln eines Mannes. Er drückte Michael an sich und stellte fest, dass sie ohne den störenden Busen hervorragend zusammenpassten, Bauch an Bauch und Brust an Brust. Michaels Körper war nicht weich und nachgiebig, sondern fest und hart. Es gefiel Daniel. Es gefiel ihm sogar sehr. Er drückte Michael noch fester an sich, um diesen männlichen Körper so nahe wie möglich zu spüren.

Oh ja. Daniel vertiefte ihren Kuss. Die Erregung fuhr ihm in warmen Wellen durch den ganzen Körper. Er ließ die Hände nach unten gleiten und legte sie auf Michaels knackigen, runden Hintern. Dann zog er ihn an sich. Michael stöhnte und presste und dann … fühlte Daniel Michaels Schwanz. Er war steif und hart. Und verdammt groß für einen so kleinen Mann. Oh ja, das war definitiv eine wohlgeformte, warme und harte Erektion, und sie war *genau hier*.

Bei der ersten Berührung bog Daniel sich ihr entgegen wie ein Neugeborenes, das nach dem Nippel seiner Mutter sucht. Michael rieb sich leicht an ihm und ließ ihn seinen harten Schwanz spüren. Daniel konnte nur noch eines denken: *Oh fuck, ja. Oh Gott!*

In diesem Moment öffnete sich der Himmel und ein Sonnenstrahl drang durch die trüben Wolken über Seattle, durch die Decke von Michaels Wohnung und direkt in Daniels Herz, als wäre er Paulus auf dem Weg nach Damaskus. Und er wusste es. Es war wie eine Erleuchtung. Er schob Michael von sich, stand vom Sofa auf und schrie: „Heiliger Gott, ich bin schwul!"

Michael lag halb auf dem Rücken auf dem Sofa wie eine in die Ecke geschmissene Puppe und blinzelte ihn an. „Bist du …" Er schluckte. „Ist alles in Ordnung?"

„Ich bin schwul", stellte Daniel fest. „Guter Gott, es ist wahr. Ich habe mich mein ganzes Leben lang selbst belogen. Mist. Wie konnte das passieren?"

„Bist du dir sicher?", fragte Michael. „Wir könnten …"

„Oh, ich bin mir sicher!" Daniel brach in lautes Gelächter aus. „Ich habe mich immer gewundert, was an Sex so umwerfend sein soll. Und jetzt stellt sich heraus, dass ich nur billigen Wein aus Kanistern getrunken habe, während alle anderen den besten Henri Jayer hatten. Dich nur zu küssen und … und *das*." Er winkte mit der Hand vage in Richtung von Michaels Schwanz, wo die Jeans eine beträchtliche Ausbeulung aufwiesen. „Das ist ja so unglaublich geil. Mein Gott, was ich damit alles anstellen will. Mann, bin ich schwul. Ich meine … Schau dir das an!" Daniel zeigte auf seine eigene, mehr als beeindruckende Erektion. Sie brach beinahe durch den Reißverschluss – und das nur von einem Kuss und etwas reiben. Seit er sechzehn Jahre alt war, hatte ihn keine Frau mehr so erregt. Das Gefühl eines harten Körpers, der steife Schwanz, der sich an ihn presste … Ja. Jawoll, mein Herr.

Michael schaute nach unten auf die Beule in Daniels Hose. Er leckte sich über die Lippen. „Wollen wir ins Schlafzimmer gehen?"

Daniel zögerte. Wollte er das? *Ja, verdammt!* Aber musste er es auch?

Er sollte sich eigentlich nicht über die Wirkung wundern, die Michael auf ihn ausübte. Er hatte sich schließlich schon zu Nick sexuell hingezogen gefühlt. Halloran hatte ihm auch einige wertvolle Hinweise gegeben, sich selbst besser zu verstehen. Aber trotzdem. Es war … beeindruckend. Theorie war eben nur Theorie, und die praktische Erfahrung stellte jede noch so einleuchtende Erklärung in den Schatten. Michaels Körper zu spüren war, als hätte er sich gekratzt, ohne zu wissen, dass es ihn überhaupt gejuckt hatte. Oder wie der Moment, an dem man sich ins Bett legte und plötzlich merkte, wie müde man schon die ganze Zeit war. Jede Zelle in Daniels Körper verlangte nach Mann, nach *Schwanz*. Es war atemberaubend. Es war so richtig, dass die Erkenntnis ihn demütig werden ließ.

„Wir können tun, wozu auch immer du Lust hast, was immer dir angenehm ist", sagte Michael. Er setzte sich auf, als er merkte, wie lüstern er sich auf dem Sofa räkelte. Sein Blick war auf Daniels Gesicht gerichtet.

„Ich will", sagte Daniel zögernd. „Wirklich, ich will."

Aber er sah Michael nur an, ohne sich von der Stelle zu rühren. Der Mann, so stellte Daniel fest, war nicht nur attraktiv, er hatte auch ein wunderschönes Gesicht. Und er war süß. Aber er war so jung und er … war nicht Nick.

Eine kleine Stimme in seinem Kopf flüsterte Daniel zu, er sollte seine ursprüngliche Absicht nicht aufgeben, ein halber Test wäre so gut wie gar kein Test, der Höhepunkt wäre die Unterschrift unter den Vertrag und Teil der Sorgfaltspflicht, mit der er sein Leben neu regeln wollte. Ein anderer Teil von Daniel war hart und wollte Sex, und zwar innerhalb der nächsten zehn Minuten, wollte den Jungen ausziehen und erfahren, wie es war, ihn zu berühren und zu schmecken. Ihn oder irgendeinen anderen Mann, Hauptsache, es kam zum Orgasmus.

Aber seine Kaltblütigkeit, seine Logik wollte sich nicht wieder einstellen. Es ... Verdammt, es bedeutete ihm einfach zu viel, einen Mann so zu berühren. Es war wie Regen in der Wüste und es machte ihm Angst, wie gierig er darauf war. Er wollte für Michael Lamont keine Gefühle entwickeln, wollte nicht so tief empfinden mit einem Mann, der für seine Freundlichkeit bezahlt wurde.

Daniel wollte Nick.

Michael konnte offensichtlich wieder Gedanken lesen, denn er seufzte und seine Augen verloren ihren erregten Glanz. „Du hast diesen Mann sehr gern", sagte er sanft. „Und wir müssen nicht weitermachen, wenn du dir sicher bist."

„Das bin ich", gab Daniel zu.

Michael lächelte etwas gezwungen. „Prima! Ich bin froh, dass du deine Antwort gefunden hast, Daniel. Ich hoffe, ich konnte dir helfen."

„Das hast du." Daniel nickte übertrieben. „Du warst wunderbar. Es war ..." Er holte zitternd Luft. „Ich würde wirklich gerne weitermachen, aber ich denke, ich lasse es besser bleiben."

„Schon gut, Daniel." Michael stand auf und nahm ihn am Arm wie eine Frau in einem alten Film. „Es ging hier nicht um mich, sondern nur um dich. Du musst genau das tun, was du für richtig hältst." Er führte Daniel zum Garderobenschrank und ließ ihn lange genug los, um ihm in die Jacke zu helfen.

„Danke", sagte Daniel, als sie zur Tür kamen. Er bot Michael die Hand an, der sie ergriff und schüttelte. „Ich würde ja sagen, ich empfehle dich meinen Freunden weiter, aber ..."

Michael lachte. „Wenn sie mich bräuchten, würden sie es wahrscheinlich niemals zugeben." Er küsste Daniel auf die Wange. „Ich hoffe, du bekommst deinen Mann. Werde glücklich."

5

Eine Woche später kam Daniel aus seinem Büro und traf im Vorzimmer Marcia an, die sich mit Gwen, seiner und Nicks Sekretärin, unterhielt. Marcia: Die Frau mit der goldglänzenden Haut, der kunstvoll verstrubbelten Frisur, die Haarwurzeln noch feucht von ihrem Besuch in der Sauna, mit einer weit ausgeschnittenen Kaschmirjacke bekleidet, deren Wolle wahrscheinlich von Himalajaschafen stammte, die von bettelarmen Arbeitssklaven gehütet wurden, dazu passend der schicke schwarze Rock und die kniehohen Lederstiefel. Sie verströmte einen zarten Duft nach Babyöl und Kräutern.

Die verdammt perfekte Marcia.

Als sie ihn sah, lächelte sie strahlend und ihre Augen blitzten erfreut auf.

„Daniel!" Sie wirbelte zu ihm herum und wartete auf seine Komplimente.

Er enttäuschte sie. Er musterte sie nicht bewundernd von oben bis unten, weigerte sich, niedriger zu schauen als bis zu ihrer edel geformten Nase. Ihm fiel auf, dass er in der Vergangenheit durchaus anders auf ihren Anblick reagiert hatte, dass er sie, automatisch und ohne lange nachzudenken, wie im Reflex begafft hatte. Wahrscheinlich, weil es eine lange eintrainierte Gewohnheit war, die zu seiner Rolle als heterosexueller Mann passte. So reagierte man eben auf eine Frau, die sich zur Schau stellte. Aber – oh nein! – heute nicht. Stattdessen sah er sie nur freundlich an.

Sie blinzelte überrascht. „Ich war gerade bei Day Lily Wellness und dachte mir, ich hole Nick zum Mittagessen ab. Es war eine lange Fahrt heute." Sie versuchte immer noch, das Bild des glücklichen Paares aufrecht zu erhalten, als hätte sie Nick tatsächlich vermisst, während er in Hongkong war. Vielleicht stimmte es sogar, aber in ihrem Bett hatte er ihr offensichtlich nicht gefehlt.

Daniel warf einen schuldbewussten Blick zurück in sein Büro und durch das Fenster auf die Einfahrt zur Tiefgarage. „Er ist nicht hier. Ich habe heute früh eine E-Mail von ihm bekommen. Es gab, äh … gewisse Verzögerungen. Ich wollte gerade zum Flughafen fahren, um ihn abzuholen."

Marcia runzelte die Stirn. „Aber er hat doch seinen Wagen am Flughafen abgestellt."

„Gestrichen", fügte Daniel hastig hinzu. „Sein Flug wurde gestrichen. Tut mir leid. Ich wollte sowieso zum Flughafen und … Ich werde mich erkundigen, wann sein neuer Flug ankommt. Ich melde mich bei Gwen und sie informiert dich über die Einzelheiten. Telefonisch. Er, äh … er sollte im Laufe des Tages ankommen. Hoffe ich."

Marcia sah ihn skeptisch an und zog die Augenbrauen hoch.

„Ich muss dann wohl los", meinte Daniel. „Gwen, ich bin rechtzeitig zu meinem Termin um zwei Uhr zurück."

„In Ordnung", sagte Gwen bedächtig. Sie war eine sehr effiziente junge Frau mit einer großen, roten Brille, die einen reizvollen Kontrast zu ihrer mokkafarbenen Haut bildeten. Und im Moment schien sie genauso verwirrt zu sein wie Marcia.

Daniel öffnete die Tür zum Flur und verließ das Zimmer, wollte beherrscht und locker wirken, ruinierte es aber gründlich, als sich der Ärmel seiner Jacke im Türgriff verfing. Verdammt. Er zog ihn frei und lief los.

Der Fahrstuhl brachte ihn die zweiundzwanzig Stockwerke nach unten ins Erdgeschoss. Es dauerte unerträglich lange und je weiter er nach unten kam, umso mehr spürte Daniel die Schmetterlinge in seinem Bauch, die es dem Fahrstuhl nachmachten und sich in Richtung Süden verzogen. *Nick.* Daniel hatte ihn seit zwei Wochen nicht gesehen. Nick war in Hongkong geblieben, um Mojambo zum Laufen zu bringen. Einerseits war Daniel froh, Nick nicht sehen zu müssen, während er mit Hallorans Hilfe seine Probleme löste und … na ja, da war auch noch die Sache mit Michael gewesen. Andererseits war das Hauptquartier von DRE leer und leblos ohne seinen Partner. Allein der Anblick von Nicks geschlossener Bürotür hatte Daniel beinahe ein Magengeschwür eingebracht. Ständig hatte er wie besessen darüber nachgedacht, was

36

er Nick sagen sollte und wie es sich wohl anfühlen würde, ihm wieder gegenüberzustehen.

Jetzt würde er es herausfinden. Daniel kam gerade unten an, als Nick von der Tiefgarage in die Lobby kam. Er sah so müde und erschöpft aus, wie es nach einem Langstreckenflug nicht anders zu erwarten war.

„Hey!" Ein strahlendes Lächeln erhellte Nicks müdes Gesicht. „Bist du auf dem Abflug?" Nick schien enttäuscht darüber, dass sie sich so knapp verpasst hatten. Daniel verspürte ein gewisses Gefühl von Befriedigung. *So viel dazu, Marcia!*

„Nein, ich lade dich zum Mittagessen ein." Er fasste Nick am Ellbogen und machte mit ihm eine Kehrtwende zurück, direkt zum Eingang der Tiefgarage.

„Ich möchte erst mein Gepäck ins Büro bringen", sagte Nick.

„Geht nicht. Der Fahrstuhl. Hat schon seit einer Woche Macken. Lahm wie eine Gurke." Daniel führte Nick zu seinem Lexus und warf sicherheitshalber noch einen Blick zurück. Marcia war nirgends zu sehen.

Er ging mit Nick auf die Beifahrerseite, nahm ihm die Aktentasche und den Mantel ab und legte beides auf den Rücksitz. Nick sah ihn fragend an, als könnte er nicht begreifen, was diesen Anfall von Höflichkeit ausgelöst hätte.

„Es war ein langer Flug, nicht wahr?", fragte Daniel.

Nick rieb sich mit beiden Händen übers Gesicht. „Es kommt mir vor, als würde er jedes Mal länger dauern. Ich glaube, der Erdumfang nimmt heimlich zu."

Daniel lachte leise und hielt Nick die Autotür auf. Er wartete ab, bis Nick sich gesetzt und angeschnallt hatte, schloss dann die Tür und ging auf die Fahrerseite. Nicks fragender Blick folgte ihm.

Endlich drinnen. Verdammt. Das Auto roch frisch nach Leder – nicht, weil es neu war, sondern weil seine Vertragswerkstatt es immer mit diesem Duft einsprühte. Aber er konnte Nick trotzdem riechen. Er roch nach abgestandener Flugzeugluft, ja. Aber darunter lag Nick, etwas süß wie frisch gemähtes Gras und Erde. Daniel startete den Motor. Er konnte sich einen Seitenblick auf seinen Partner nicht verkneifen und auch nicht verhindern, dass es ein längerer Blick wurde.

Sie redeten beide gleichzeitig los.

„Ich bin froh, dich zu sehen", sagte Nick.

„Ich bin froh, dass du wieder hier bist", sagte Daniel.

Nick lachte. „Verhext." Er boxte Daniel an den Arm, wie sie es früher an der Uni oft gemacht hatten. Daniel schluckte.

Daniel hatte sich sehr verändert, seit er Nick das letzte Mal gesehen hatte. Jetzt saß er hier neben ihm in dem engen Auto und das Atmen fiel ihm schwer. Daniel wollte sich zu ihm beugen, ihn auf den Mund küssen und sagen: *Ich habe dich so vermisst.* Und wenn er ehrlich war, wollte er noch viel mehr. Aber selbst wenn Nick ihn nicht von sich stieß und seinen Anwalt anrief, selbst wenn sie in zwanzig Sekunden auf dem Rücksitz lagen und sich wie geile Teenager aufführten, selbst dann …

Daniel rutschte nervös in seinem Sitz hin und her. Wie alt war er denn? Zwölf? Seine Libido lief total aus dem Ruder.

„Wo fahren wir hin?", fragte Nick.

„Hä?" Daniel wurde rot und schaute in den Rückspiegel.

„Zum essen, Daniel. Wohin?"

„Oh. Ja. Äh. Metropolitan Grill."

Nick stöhnte zufrieden. „Hmm. Das kann ich jetzt vertragen."

„Du isst nie etwas, wenn du im Flugzeug sitzt", sagte Daniel.

„Stimmt." Nick sah ihn dankbar an. Sein Blick sagte: *Ich weiß, wie gut du mich kennst.* Und er sagte: *Vielen Dank.* Aber es war trotzdem ein rein platonischer Blick.

Daniel fuhr los. Er musste sich auf die Zunge beißen, um nicht etwas kitschiges, unangemessenes oder komplett Dämliches zu sagen. Er fuhr die zwei Kilometer bis zum Grill und tat überrascht, als die Empfangsdame ihnen sagte, er hätte keine Reservierung. Sie bekamen trotzdem sofort einen Tisch. Innerhalb weniger Minuten hatten sie bestellt.

Daniel wusste, dass er sich an einen Plan halten musste. Er hatte Halloran selbst gesagt, dass die *Sorgfaltspflicht* jedem guten Geschäft vorausging. Bevor man ein Angebot abgab, eine Strategie oder ein sonstiges Geschäftskonzept entwickelte, musste man sich sorgfältig kundig machen. Man informierte sich über die Firmengeschichte, den Besitz und den Marktwert. Man musste erst verdammt sicher sein, dass es sich lohnte, bevor man sich in die Verhandlungen stürzte. Denn danach – wenn man seine Karten erst offen auf den Tisch gelegt hatte – gab es kein Zurück mehr.

Daniel war sich jetzt seiner selbst sicher. Dafür war er ‚Expanded Horizons' mehr als dankbar. Aber er konnte sich Nicks nicht sicher sein. Er musste zumindest herausfinden, ob es überhaupt das Potential für eine Beziehung gab oder ob diese Tür verschlossen blieb, verriegelt und versiegelt. Schließlich hatte Nick auf die Frau in Hongkong reagiert. Es war also durchaus möglich, dass er an Daniel sexuell genauso viel Interesse hatte wie an einem tibetanischen Yak. Und das wäre mehr als beschissen, deshalb musste Daniel es unbedingt vorher in Erfahrung bringen.

Er sah Nick zu, der sich ein Stück von seinem Porterhouse Steak abschnitt, in dem Mund schob und begeistert kaute. „Danke, dass du das für mich arrangiert hast. Ich war am Verhungern."

„Ich kümmere mich immer um dich, Nick." Der Satz hörte sich aus Daniels Mund bedeutungsvoller an, als eben noch in seinem Kopf.

Einige Minuten und einige Bisse später stellte er fest, dass Nick ihn ebenfalls beobachtete. Seine Miene ließ allerdings keinerlei Rückschlüsse auf seine Gedanken zu. „So. Willst du wissen, wie es mit Mojambo gelaufen ist?"

„Auf jeden Fall."

Nick informierte ihn kurz darüber, wie die neue Geschäftspolitik bei Mojambo aufgenommen wurde. Die Mitarbeiter dort waren sehr erleichtert und erfreut gewesen, besonders, als sie von der geplanten Einrichtung eines Betriebskindergartens hörten. Nick war ihr Robin Hood. Das war er schon immer gewesen. So funktionierte ihre Arbeitsteilung. Daniel entfernte das Krebsgeschwür und Nick heilte die Wunden. Auf diese Weise konnte sie die übernommenen Firmen wieder heilen und dann mit einem deftigen Gewinn weiterverkaufen.

Warum hatte Daniel dann nicht gesehen, welches Krebsgeschwür das Leben seines Freundes befallen hatte? Nick wirkte ausgelaugt und vor der Zeit gealtert.

Jetzt, wo er es wusste, erkannte Daniel die Anzeichen dafür an Nicks grauen Schläfen und den tiefen Falten auf seiner Stirn. Nick war immer noch ein gutaussehender Mann. Er war schlank gebaut und seine goldbraune Haut hob sich warm von seinem rostbraunen Haar und den braunen Augen ab. Wie so oft, hatte er auch heute sexy Bartstoppeln im Gesicht. Nick war vielleicht kein Supermodel, aber er war attraktiv und wirkte freundlich und ehrlich. Das konnte man als Geschäftsmann für alles Geld der Welt nicht kaufen und seinen Verhandlungspartnern auch nicht erfolgreich vorspielen. Nick war liebenswert, vor allem für *Daniel*. Und das war das Bemerkenswerte daran. Nick war einer der wenigen Menschen, die Daniels Intensivität und sein Lachen ertragen konnten, die ihn zurückhalten und beruhigen konnten, die seiner Härte mit Verständnis begegneten und trotzdem die nötige Stärke aufbrachten, um Daniel bei Bedarf zu zügeln.

Daniel hörte Nicks Bericht zu, nickte ab und zu höflich und war sich unwiderruflich sicher: *Ich will dich.* Nicht für einen Quickie. Nicht als Freund. Ich will dich dauerhaft und für mich. Aber würde Nick das auch wollen? *Könnte* Nick es überhaupt wollen? Daniel musste es wissen.

Die Sitznischen des Metropolitan Grills waren mit grünem Samt ausgekleidet. Die Bar lag direkt in Daniels Blickrichtung und es dauerte nicht lange, bis er sich einen Plan zurechtgelegt hatte. Er zog unvermittelt den Kopf ein.

„Was ist los?", fragte Nick und unterbrach seinen Bericht, um einen Blick über die Schulter zu werfen.

„Ein Geschäftspartner meines Vaters. Ich möchte nicht von ihm angesprochen werden." Daniel schob den Teller von sich. „Darf ich mich auf die andere Seite setzen?"

„Wollen wir den Platz tauschen?", bot Nick ihm an.

„Nein, nicht nötig. Iss ruhig weiter. Ich setze mich einfach zu dir."

Daniel ging um den Tisch herum und Nick rutschte etwas zur Seite, um ihm Platz zu machen. Dabei schaute er noch einmal über die Schulter zur Bar und runzelte die Stirn.

„Wie geht es deinem Vater eigentlich?", fragte er Daniel.

Daniel überlegte, ob er Nick von der Krebsdiagnose erzählen sollte, entschied sich aber dagegen. Es war nicht der richtige Moment für dieses Thema. „Ich habe ihn kürzlich getroffen. Er war außergewöhnlich väterlich."

„Das ist schön", meinte Nick und zuckte überrascht mit den Schultern. Dann nahm er seinen Bericht über Mojambo wieder auf.

Sie saßen jetzt nur wenige Zentimeter voneinander entfernt. Daniel hörte zu essen auf, nickte wieder höflich und machte ab und zu eine passende Bemerkung. Insgeheim jedoch beobachtete er Nick, richtete seinen Blick auf Nicks Augen und – gelegentlich – dessen Mund.

Nach einigen Minuten wurde Nick leiser, wie ein Radio, das aus einem vorbeifahrenden Auto tönte. Er aß langsam weiter, schnitt kleine Stücke von seinem Steak ab und kaute sie im Schneckentempo. Er griff nach seinem Weinglas und nahm einen tiefen Schluck. Er nahm vorsichtig die Gabel wieder in die Hand, ohne Daniel anzusehen. Daniel spürte die Spannung zwischen ihnen wie eine unsichtbare Batterie, die mit Starterkabeln an ihren Herzen und Lenden befestigt war. Jedenfalls fühlte es sich für Daniel so an. Er biss sich auf die Lippen, um nichts Falsches zu sagen.

Nicks Hand schwebte bewegungslos über dem Teller.

Das ist es, Nick. Du fühlst mich auch, nicht wahr?

Nick legte die Gabel wieder ab. „Ich bin doch nicht so hungrig, wie ich dachte." Er sah Daniel an und lächelte entschuldigend.

Aber ihre Blicke trafen sich und Nick schaute nicht mehr weg. Das Lächeln fiel ihm langsam aus dem Gesicht. So sahen sie sich einige Zeit wortlos an. Daniel konnte den Pulsschlag an Nicks Hals erkennen, der immer schneller zu flattern begann. Seine braunen Augen hatten sich verdunkelt.

„Ich bin so froh, wieder zuhause zu sein", sagte Nick mit heiserer Stimme.

„Ich bin so froh, dich zu sehen", sagte Daniel im gleichen Moment.

Sie lachten beide und die Spannung zwischen ihnen löste sich wieder.

„Verhext", sagte Nick, rührte Daniel aber dieses Mal nicht an. „Ich, äh … ich denke, wir sollten jetzt ins Büro fahren." Er trank einen tiefen Schluck Wein, bis das Glas leer war.

„Hey", sagte Daniel und legte ihm unter dem Tisch die Hand auf den Oberschenkel. „Danke für deine Arbeit in Hongkong. Sie war hervorragend wie immer."

Nick öffnete überrascht den Mund und starrte ihn an. Daniel ließ seine Hand noch einige Sekunden warm und schwer auf Nicks Bein liegen, dann stand er auf und nahm seine Jacke von der anderen Seite der Bank. Er achtete darauf, sie erst zuzuknöpfen, bevor er sich Nick wieder zuwandte. Nick jedoch gönnte er diese Höflichkeit nicht. Er drehte sich zu Nick um und beobachtete genau, wie sein Freund aus der Bank rutschte und seine Jacke zuknöpfte. Die Beule in Nicks Hose war unübersehbar.

Der Anblick versetzte Daniel in einen inneren Siegestaumel, wie er ihn noch bei keinem Geschäftsabschluss erlebt hatte.

„Weshalb grinst du so breit?", fragte Nick auf dem Weg zur Tür.

„Ich musste nur an eine Übernahme denken, die ich in Planung habe."

„Oh?" Nick sah ihn fragend an. „Du siehst aus, als wärst du damit sehr zufrieden."

Daniel seufzte glücklich. „Du kannst dir gar nicht vorstellen, *wie* zufrieden ich damit bin."

TEIL II: FEINDLICHE ÜBERNAHME

FEINDLICHE ÜBERNAHME

(1) Eine Übernahme, die vom Management des betroffenen Unternehmens aktiv bekämpft wird.

(2) Eine Übernahme, der das Management des erworbenen Unternehmens nicht zugestimmt hat oder die durch den geheim gehaltenen Erwerb von Aktien erfolgte.

6

„TRINK NICHT alles aus", sagte Marcia, als Nick sich ein Glas Saft einschenkte.

Er schaute sich die Flasche an. Sie fasste über einen Liter und war noch halb voll. Nick biss sich auf die Lippen, um keine klugscheißerische Bemerkung zu machen. Vierzehn Jahre Ehe hatten auch einen Vorteil – er wusste genau, wann ein Streit bevorstand und wie er ausgehen würde. Er musste nicht mehr mitspielen und konnte ihm aus dem Wege gehen.

Wenn er jetzt zum Beispiel gesagt hätte: *Da ist noch mehr als ein halber Liter drin,* wäre ihre Antwort gewesen: *Als ob ich das ständig überprüfen will. Ich sage doch nur, du sollst den Kindern genug übriglassen.*

Nick sagte also nichts.

„Bist du zum Abendessen zuhause?" Marcia kontrollierte ihre Frisur und ihr Make-up in dem Spiegel über dem Kalender.

„Äh ... wenn ich kann. Aber ihr solltet nicht auf mich warten."

Marcias Missfallen wurde von dem Spiegel zurückgeworfen. Nick musste an den Film mit Sigourney Weaver denken, den er im vorigen Jahr mit Jenny und Sylvan besucht hatte. *Snow White.*

„Nick, du bist gerade erst von einer längeren Geschäftsreise zurückgekommen. Du könntest wenigstens lange genug anwesend sein, um mit deiner Familie zu essen."

Sie schoss ihre Pfeile mit der üblichen Präzision ab und traf direkt ins Ziel. Nick fühlte sich schuldig, Sylvan und Jenny drei Wochen lang nicht gesehen zu haben. Er hatte sich eingeredet, einen Weg zu finden, um mehr Zeit mit ihnen zu verbringen. Er überlegte kurz. „Ich bin um sieben Uhr zurück."

Marcia verdrehte die Augen, ohne den Blick vom Spiegel abzuwenden. „Das ist sehr spät für ein Abendessen mit den Kindern."

Nick seufzte. Wenn Marcia mit ihren Freundinnen unterwegs war oder einen Yogakurs besuchte, war sieben Uhr für die Kinder nicht zu spät.

Consuela rettete die Lage. „Ist gut. Ich mache Enchiladas. Die brauchen lange, bis sie fertig sind." Sie kam von der Frühstückstheke, die sie gerade abwischte, zu Nick und tätschelte ihn am Arm. „Ich bereite alles für sieben Uhr vor. Sie kommen, Mr. Nick."

Nick lächelte ihr zu. „Vielen Dank, Consuela. Ich werde da sein."

Marcia schnaubte. „Verspäte dich nicht. Und vergiss nicht, dass ich demnächst meinen Yogalehrgang habe. Er dauert zehn Tage, du kannst also wegen der Kinder die Stadt nicht verlassen. Ich habe Gwen angerufen und gebeten, es in deinem Terminplan vorzumerken. Hier habe ich es auch eingetragen." Sie zeigte auf den Kalender, der vor ihr an der Wand hing.

„Ich erinnere mich. Ich sollte in diesem Monat nicht mehr geschäftlich verreisen müssen."

Marcia zog ihren Lippenstift nach und grunzte leise, als würde sie ihm erst glauben, wenn sie es sähe. „Und am Sonntag sind wir bei meiner Mutter zum Brunch eingeladen."

Nick unterdrückte ein Stöhnen und sein Kopf fing zu pochen an. „Mein Gott, Marcia. Nicht an diesem Sonntag. Ich bin doch gerade erst zurückgekommen."

Er wusste es einfach. Wenn er für jeden Vortrag, den Estelle, seine Schwiegermutter ihm über die Bedeutung von Familie hielt, einen Viertel Dollar bekommen hätte, könnte er davon ein Kasino eröffnen. Verdammt, Nick wollte eine Familie. Deshalb hatte er mit zwanzig geheiratet, deshalb hatte er sich gefreut, als Marcia schwanger wurde, beim ersten und beim zweiten Mal. Nick war in einer liebevollen Familie aufgewachsen und vermisste sie, nachdem seine Eltern gestorben und seine beiden Geschwister nach Kalifornien gezogen waren. Er wollte das, was er als Kind erlebt hatte. Aber Estelles Vorstellung von Familie war wie eine BDSM-Variante dessen, was er kannte. Sie erwartete, dass alle sofort und ständig ihre Befehle befolgten. Jedes Mal, wenn er von einem Besuch bei ihr zurückkam, spürte er die vielen Pfeile in seinem Rücken, die sie auf ihn abgeschossen hatte – wie er aß, wie seine Haare geschnitten waren, dass er zu viel arbeitete und welchen Wagen er fuhr … Alles nahm sie aufs Korn. Und noch schlimmer war es, dass sie Marcia und die Kinder nicht besser behandelte.

Ja, Mom. Wir freuen uns schon tierisch darauf, ins Auto zu springen und zu Granny zu fahren.

Aber … Nick sagte keinen Ton.

„Einen schönen Tag noch", sagte er zu Marcia und lächelte ihr freundlich zu. Dann ging er, um sich anzuziehen.

Seine Anzüge hingen im Kleiderschrank des Gästezimmers, wo er auch schlief, wenn er zuhause war. Natürlich hieß es immer noch ‚das Gästezimmer', weil es Marcia peinlich gewesen wäre, vor ihren Freunden und der Familie zuzugeben, dass sie getrennte Zimmer hatten. Und Nick selbst lag auch nicht daran, es allgemein bekannt zu machen.

Während er duschte, schossen im alle möglichen Gedanken durch den Kopf. Schon seit einigen Wochen zog er immer wieder Bilanz seines Lebens, wog Gewinne und Verluste – Plus und Minus – gegeneinander ab. Das Leben konnte schon seltsam sein. Manchmal dachte er lange Zeit nicht darüber nach, erledigte nur Tag für Tag seine Arbeit und war mehr oder weniger zufrieden mit dem Verlauf der Dinge. Doch dann löste ein vollkommen unerwartetes oder nebensächliches Ereignis wieder diese Nachdenklichkeit aus – fast wie ein plötzlicher Grippeanfall – und er wurde von diesem bohrenden *Was-wäre-wenn* und *Wofür-das-alles* geplagt.

Dieses Mal kannte er den Anlass genau. Es war der Tag mit Daniel in der Bar in Hongkong. Nick hatte sich an den Status quo seiner Ehe gewöhnt. Normalerweise dachte er gar nicht mehr darüber nach. Aber jetzt wollte es ihm nicht mehr aus dem Kopf gehen.

Pluspunkt: Er hatte zwei wunderbare Kinder, die bei ihm lebten. Er konnte sie sehen, mit ihnen reden, wann immer er wollte. Jedenfalls dann, wenn er nicht auf Geschäftsreise war.

Pluspunkt: Sie hatten ein schönes, großes Haus und viel Geld. Er war finanziell sehr gut gestellt. Dafür musste er Daniel dankbar sein. Die wirtschaftliche Lage war nicht die beste und viele Menschen hatten Angst um ihren Arbeitsplatz. Aber Daniels Geschäftssinn hatte DRE zum Erfolg geführt, trotz der miserablen Umstände. Nick hatte ein Heidenglück gehabt.

Pluspunkt: Er liebte seine Arbeit. Es machte ihm Spaß, kranke Firmen wieder zu erneuern und zu Erfolg zu verhelfen. Und er konnte mit seinem besten Freund zusammenarbeiten. Vielleicht muteten sie sich beide manchmal zu viel zu, vielleicht beschränkte sich ihre Beziehung nur auf das Geschäftliche, aber trotzdem. Nick hatte das Glück, mit Menschen zu arbeiten, die er mochte und an denen ihm etwas lag.

Das war doch schon eine ganze Menge, oder? Wer hatte schon ein perfektes Leben? Niemand. Es gab immer Nachteile, die man in Kauf nehmen musste. Eine Ehe wie aus dem Drehbuch zu einem Hollywood-Schinken zu erwarten, wäre naiv gewesen.

Aber die demütigende Szene, als er in der Bar wegen einer Prostituierten einen Ständer bekommen und anschließend Daniel gegenüber zugegeben hatte, dass er und Marcia keinen Sex mehr hatten … Seit diesem Tag ging es ihm einfach nicht mehr aus dem Kopf. Daniel hatte sich seinetwegen sehr aufgeregt, hatte darauf bestanden, dass es *nicht richtig* wäre.

Nein, das war es auch nicht. Nick hatte sich nie vorgestellt, jemals ein solches Leben zu führen. Aber wer tat das schon? Wer träumte schon davon, eines Tages in einer derart beschissenen Ehe zu enden? Und Nick würde auch nichts dagegen unternehmen. Er wollte es nur wieder vergessen, wollte es verdrängen und sich nicht seinen Seelenfrieden rauben lassen. Es war zurzeit so schlimm, dass er selbst seine allmorgendliche Masturbation unter der Dusche nicht mehr genießen konnte. Wie erbärmlich.

Nick zog sich an und schaute auf die Uhr. Fast Zeit für die Schule. Er klopfte an Jennys Tür. Sie öffnete und sah ihn verschlafen an.

„Noch zehn Minuten, meine Kleine", sagte er und rubbelte ihr die Haare.

„Ich habe auch eine Uhr, Daddy", erwiderte sie herablassend.

Er lächelte. „Wir sehen uns unten." Als sie die Tür geschlossen hatte, rief er laut nach seinem Sohn. „Sylvan! Noch zehn Minuten!"

„Komme schon!", rief Sylvan zurück.

NICK FUHR die Kinder zur Schule oder zum Sommercamp – je nach Jahreszeit –, wann immer er zuhause war. Er arbeitete abends oft so lange, dass der frühe Morgen die einzige Zeit war, in der er seine Kinder sehen konnte.

Er saß schon in seinem Volvo SUV und wartete auf sie, als die Beifahrertür aufging und Jenny sich auf den Sitz fallen ließ. Sylvan stieg hinten ein und machte es sich bequem.

„Du siehst süß aus", sagte Nick zu seiner Tochter.

Jenny war dreizehn und kam in die Pubertät. Ihr Körper zeigte schon die ersten Veränderungen und sie war deswegen unglaublich unsicher. Nick machte ihr so oft wie möglich Komplimente, um ihr mehr Selbstbewusstsein zu geben. Heute trug Jenny einen schwarzen Rock mit Volants, der etwas oberhalb der Knie endete, ein rosa T-Shirt und eine schwarze Jacke mit kurzen Ärmeln. Ihre Beine steckten in hautengen, rosa Strumpfhosen. Nicks Meinung nach saß alles etwas zu eng, denn Jenny hatte zwar ein hübsches Gesicht und wunderschöne, lange blonde Haare, war aber etwas pummelig. Der schwarze Rock und das enge T-Shirt trugen nicht gerade dazu bei, ihren Babyspeck zu verbergen. Aber das hätte Nick ihr niemals gesagt. Eher hätte er sich über einen Ameisenhaufen binden lassen. Also zwinkerte er ihr zu. „Wie aus dem Bilderbuch."

Jenny zoppelte unbehaglich an ihrem Rock. „Ich sehe aus, wie eine ausgestopfte Wurst. Ausgestopfte Würste sind ekelhaft, Dad."

Nick zögerte, weil er nichts Falsches sagen wollte. „Warum ziehst du dich nicht bequemer an, wenn es dir nicht gefällt, was du trägst?"

Jenny warf ihm einen bösen Blick zu und schaute aus dem Fenster.

Es musste an der Mode liegen, dachte Nick. Oh, die Zwänge der Jugend.

„Was macht ihr heute Spannendes im Camp?", fragte er, während sie den Hügel zur Seattle Academy hinauffuhren, ihrem ersten Ziel.

„Viel mit Kunst", sagte Jenny. „Wir arbeiten an Porträts. Und wir fangen mit Fotos als Vorlage an."

„Ist das nicht gemogelt?", mischte sich Sylvan von hinten ein.

„Nein, du Idiot. Es ist auch nicht anders, als mit einem lebenden Model zu arbeiten." Jenny hörte sich unglaublich professionell an.

„Ooo-kay." Sylvan verdrehte die Augen und erfüllte seine Rolle als nerviger, jüngerer Bruder perfekt.

„Wen willst du porträtieren?", fragte Nick.

48

Jenny zuckte mit den Schultern. „Das ist mein Geheimnis."

„Ich kann es kaum abwarten, es zu sehen. Du bist künstlerisch sehr begabt." Nick meinte es ernst. Jenny hatte schon als kleines Kind eine künstlerische Ader gehabt. Marcia besuchte gerne Ausstellungen, was Nick gar nicht lag. Aber mit der kleinen Jenny auf den Armen, die er von Bild zu Bild trug und dabei die Faszination in ihrem Gesicht beobachtete, war es wunderbar gewesen und hatte auch ihn zu einem begeisterten Fan gemacht.

Wann hatten sie das zum letzten Mal gemacht? Es musste schon einige Jahre her sein. Mist. War Jenny damals nicht noch in Sylvans Alter gewesen?

Er wartete in der Schlange der Autos, mit denen die anderen Kinder zur Schule gebracht wurden. Bevor Jenny ausstieg, gab er ihr noch einen Kuss auf die Wange. „Ich habe dich lieb, Jenny."

„Ich dich auch, Dad."

Wie üblich, stieg auch Sylvan aus und setzte sich nach vorne auf den Beifahrersitz. Es war ein Privileg für ihn, auf das er nicht verzichten wollte, denn er war der Dritte auf der Reservierungsliste für diesen Platz, weil er erst seit einigen Monaten groß genug war für den Airbag. Sylvan machte das Beste daraus und nutzte es weidlich aus. Er schnallte sich umständlich an und legte den linken Arm hinter Nick auf die Rücklehne des Fahrersitzes. Dann seufzte er theatralisch. „Es tut gut, ab und zu der König zu sein."

Nick lachte. Sylvan hatte eine bemerkenswerte Persönlichkeit.

„Und was treibst du heute so, Kumpel?", fragte er, als sie zu der Montessori-Schule fuhren, wo Sylvan den Sommer verbrachte.

„Keine Ahnung. Basteln oder so. Aber … Hey! Nach dem Camp haben wir Testspiele für Baseball!"

„Wow, das ist ja prima", stimmte Nick ihm zu. „Weiß deine Mom, dass sie dich später abholen soll?"

„Consuela holt uns ab. Und ja, ich habe es ihr gesagt." Sylvan sah ihn treuherzig an. „Meinst du, du könntest zu dem Spiel kommen? Es würde deinem kleinen Sohn sooo viel bedeuten, wenn du dabei wärst. Bitte?"

Nick musste über Sylvans schauspielerische Einlage lachen. „Hmm. Zwischen drei und vier Uhr?"

„Ja."

Nick verzog das Gesicht. „Ich glaube nicht, Kumpel. Es ist eine schlechte Zeit, um sich aus dem Büro abzusetzen."

„Ja." Sylvans Begeisterung ließ schlagartig nach. Er klopfte Nick resigniert auf den Oberschenkel. „Schon gut. Aber ich musste es einfach versuchen."

Nick lachte. „Bitte versprich mir, dass du nicht Schauspieler werden willst."

„Nein. Ich dachte eher an eine Karriere als Drogendealer."

„Was?", platzte es aus Nick heraus.

„Erwischt!" Sylvan streckte grinsend den Zeigefinger aus, als ob er ihn erschießen würde.

„Sylvan, das ist nicht zum Lachen. Du kennst doch keine Drogendealer, oder?"

Sylvan rollte mit den Augen. „Doch. Mrs. Thompson drängt uns ständig Pillen auf. Nein, Dad, ich kenne Drogendealer nur aus dem Fernsehen. Entspann dich. Ich habe einen Witz gemacht. Du weißt schon: Ha, ha, ha."

Sie fuhren vor Sylvans Schule vor. Nicks Herz pochte immer noch.

„Darüber sollte man keine Witze machen. Jemand könnte dich ernst nehmen. Außerdem verursachst du damit bei deinem armen Vater einen Herzanfall."

„Sorry, Dad." Sylvan schnallte sich ab. Ohne die vielen Kinder zu beachten, die draußen herumliefen, beugte er sich zu Nick auf die Seite und drückte ihm einen großen, schmatzenden Kuss auf die Wange. „Ich habe dich tausendmal lieb! Tschüss!" Und dann war er auch schon verschwunden.

Nick sah seinem lustigen, klugen Sohn nach, der sich den Weg durch die anderen Kinder bahnte. Er hatte einen Kloß im Hals, so sehr liebte er den kleinen Kerl. Ja. Die Pluspunkte seiner Lebensbilanz waren alles wert gewesen. Das durfte er niemals vergessen.

7

DANIEL KLOPFTE an Nicks Tür und betrat das Büro. Nick hing voller Konzentration über seinem Computer, fast wie ein Arzt am Operationstisch.

„Hey, Kumpel. Wie geht's?", fragte Daniel und lehnte sich an die Schreibtischkante. Nick lächelte ihm müde zu.

„Es ist viel zu tun nach den Umstrukturierungen bei Mojambo." Er zeigte auf den Bildschirm. „Ich habe einige hundert E-Mails. Aber es scheint alles gut zu laufen. Was ist mit dir? Recherchierst du immer noch Lictol?"

Lictol war ein Unternehmen im biochemischen Sektor, das kurz vor der Pleite stand. Daniel war schon seit Monaten dahinter her. Er zuckte mit den Schultern.

„Nein. Ich habe mich gegen das Projekt entschieden."

„Wirklich?" Nick sah ihn überrascht an. „Hat es dir nicht gefallen?"

„Ich habe im Augenblick, äh … andere Prioritäten. Hey! Was macht ihr eigentlich am Wochenende?"

„Wir? Wen meinst du damit?"

Daniel zog vier Tickets aus der Brusttasche. „Für das Mariners-Spiel. Vier Plätze im VIP-Bereich. Sylvan steht doch auf Baseball, oder?"

Nick war beeindruckt. „Wow. Ich wollte am Samstag eigentlich arbeiten, aber ich glaube, das kann ich Sylvan jetzt nicht mehr antun. Ich würde seinen enttäuschten Gesichtsausdruck nicht überleben. Damit hast du dich auf der Liste seiner Lieblingsmenschen ziemlich nach oben geschoben."

Er wollte Daniel die Tickets abnehmen, aber der ließ sie nicht los. Sie zogen beide, bis Nick ihn verwirrt ansah.

Verdammt. Daniel liebte diesen Blick.

„Ich habe nur diese vier", sagte Daniel bedauernd.

Jetzt sah Nick noch verwirrter aus. Er ließ die Tickets wieder los. „Als ich das letzte Mal nachgezählt habe, waren wir zu viert. Und

Marcia kommt sowieso nicht mit. Sie hat samstags Yoga und außerdem hält sie es für unzumutbar, stundenlang in einem Sportstadion in der Sonne zu sitzen."

Daniel hätte beinahe erfreut gelacht, konnte es sich aber gerade noch verkneifen. „Oh. Das ist aber schade. Nun, dann haben wir ja kein Problem. Dein SUV hat mehr Platz als mein Lexus. Was hältst du davon, wenn ich gegen elf bei dir bin? Ich bringe Getränke und Proviant mit. Wir können es dann in dein Auto umräumen."

Nick klappte die Kinnlade herunter. „Du willst mitkommen?"

„Wen es dir recht ist."

Nick strahlte. „Das wäre fantastisch, Daniel. Dann sind wir ... ich, Jenny, Sylvan und du?" Er wurde rot vor Verlegenheit. „Sorry. Das war anmaßend von mir. Du meinst wahrscheinlich mich und Sylvan. Du hast doch bestimmt auch eine Verabredung, oder? Ich bin sicher, es macht Jenny nichts aus. Sie ..."

„Du. Jenny. Sylvan. Und ich", sagte Daniel langsam. „Du kannst also bis vier zählen, Nick. Sehr gut. Ich wusste doch, dass es einen Grund gab, warum ich dich zu meiner rechten Hand gemacht habe."

„Oh. Ja. Prima. Ich ... ich wusste nicht, dass du auf Baseball stehst."

„Tue ich auch nicht." Daniel zwinkerte ihm zu, stieß sich vom Schreibtisch ab und verließ das Büro.

Hinter sich konnte er beinahe hören, wie sich die Festplatte in Nicks Kopf drehte.

AM SAMSTAG war Daniel pünktlich um elf Uhr bei Nick. Er kam gerade rechtzeitig, um Marcia noch zu sehen, die mit ihrem viersitzigen Porsche Panamera aus der Garage fuhr. Sie hatte das Dach aufgeklappt und trug eine Art Yogakleidung mit eingewebten, glitzernden Fäden. Sie hielt in der Einfahrt an und begrüßte Daniel.

„Sylvan freut sich sehr auf das Spiel", sagte sie und gab sich keine Mühe, ihre Überraschung über Daniels ungewohnte Geste zu verbergen. Sie schob die Sonnenbrille auf den Kopf, hob das Kinn an und warf sich für ihn in Pose.

Daniel zwang sich zu einem bewundernden Lächeln. „Yoga? Seit wann machst du denn das?"

Marcia strahlte in an und ihr Lächeln wirkte jetzt ehrlicher. „Oh, ich *liebe* Yoga, Daniel! Es ist wichtig, locker und mental entspannt zu bleiben. Seinen Mittelpunkt zu finden. Meinst du nicht auch?"

„Absolut."

„Ich spiele sogar mit dem Gedanken, Ausbilderin zu werden. Nicht, dass wir das Geld bräuchten, aber … es wäre eine interessante Herausforderung."

Sie schien es wirklich ernst zu meinen. Die Begeisterung über die Idee ließ sie jünger und weicher wirken. Daniel nickte. „Eine Herausforderung ist immer gut. Ich bin sicher, du wirst sie bestehen."

„Danke. Na dann. Ich muss los. Viel Spaß!" Sie fuhr los und bog auf die Straße ab.

Sayonara, dachte Daniel und sein Magen zog sich zusammen vor Eifersucht.

Verdammt. Darauf hätte er verzichten können. Marcia regte ihn auf. Er hatte sie noch nie gemocht. Sie kam ihm fiel zu oberflächlich vor für einen Mann wie Nick. Und jetzt … jetzt behandelte sie seinen besten Freund nicht nur schlecht, sie war Daniel auch im Weg. Wenn sie Nick nicht genug liebte, um gut zu ihm zu sein, dann sollte sie wenigsten den Platz räumen für einen anderen. Daniel war allerdings überzeugt davon, dass Marcia diese Meinung nicht teilte.

Er schob seinen Ärger beiseite und öffnete die hintere Wagentür. Er hatte sich das Essen von einem der besten organischen Restaurants liefern lassen. Es gab Sandwichs, frisches Gemüse, Oliven, frisch gebackene Plätzchen, fünf verschiede Arten von Getränken (was mochten Kinder eigentlich am liebsten?), Pâté und Hummus, kaltes Hühnchen, einen veganen Salat – falls Jenny Veganerin sein sollte – und mehrere Tüten Chips. Alles war sorgfältig verpackt in einer nagelneuen Kühlbox und einem Picknickkorb. Das Plastikgeschirr war mit Ballsportmotiven bedruckt. Daniel hatte an alles gedacht und dabei vermutlich maßlos übertrieben.

Aber er war so verdammt nervös. Schmetterlinge flatterten in seinem Bauch und sein Herz pochte wie eine Buschtrommel. Er konnte die mächtigsten Geschäftsmänner der Welt mit seinem

Auftreten beeindrucken, aber Kinder? *Nicks* Kinder? Daniel hatte eine Heidenangst. Doch das ließ sich nicht vermeiden. Es war eine seiner wichtigsten Maximen bei einer Übernahme: *Bringe die wichtigsten Anteilseigner auf deine Seite.* Er musste ins kalte Wasser springen und schwimmen oder untergehen.

Nick und die Kinder kamen aus dem Haus. Jenny ignorierte Daniel und öffnete die Beifahrertür von Nicks SUV. „Rücksitz!", rief Nick ihr zu und kam auf Daniel zu. Jenny schloss ungerührt die Vordertür und öffnete eine Tür hinten für Sylvan, der anmarschiert kam wie eine Ein-Mann-Marschkapelle. Er spielte mindestens drei Luftinstrumente gleichzeitig und warf sich dann auf den Rücksitz.

Guter Gott, ich bin dem Untergang geweiht, dachte Daniel.

„Hey." Nick begrüßte Daniel mit einem breiten Lächeln und nahm ihm den Picknickkorb ab. Das Blitzeis um Daniels Herz schmolz sofort wieder.

„Hey", antwortete er und griff sich die Kühlbox.

Nick blieb noch kurz stehen und schaute Daniel etwas betreten an. „Ich ... bin froh, dass du heute mit uns kommst. Es ist lange her, seit wir etwas zusammen unternommen haben. Jedenfalls etwas, das nichts mit Arbeit zu tun hat."

„Ja. Die Zeit rast manchmal, nicht wahr? Ich hoffe, wir können das in Zukunft ändern. Na ja, nicht die Zeit natürlich. Nur ... nur öfter etwas zusammen unternehmen oder so."

Nick lachte. „Ja? Wenn du das am Ende dieses Tages immer noch sagst, glaube ich es dir vielleicht." Er schnickte mit dem Kopf in Richtung seines Wagens. „Das da könnte Spuren hinterlassen."

Daniel atmete tief durch. „Wenn ich ehrlich bin? Sie sind etwas einschüchternd. Ich glaube, ich würde mich wohler fühlen, wenn ich den Tag mit dem Großen Vorsitzenden Mao verbringen müsste."

„Sagt der Mann, der mit einem Blick ganze Vorstandsetagen auf seine Seite bringt. Komm schon, du Großes Tier. Wir werden ja sehen, wie du mit einem Achtjährigen zurechtkommst."

Es STELLTE sich heraus, dass Daniel mit ihm recht gut zurechtkam. Sie hatten Plätze direkt am Spielfeld und Sylvan war hellauf begeistert.

Wenn er nicht vor Aufregung auf- und absprang, erzählte er pausenlos über Baseball. Daniel hielt gut mit. Schließlich war er Daniel Derenzo. Er ging nie unvorbereitet zu einem strategisch wichtigen Treffen. Und heute? Für heute hatte er gepaukt, als ginge es um Leben und Tod. Er hatte *Baseball für Dummies* studiert, die Grundregeln und Fachausdrücke auswendig gelernt und sich sogar dazu gezwungen, drei ganze Spiele – auf ausgeliehenen CDs – anzuschauen. Dann hatte er alles gelesen, was die Seattle Times im letzten Jahr über die Mariners veröffentlicht hatte, inklusive einer fünfzigseitigen Sonderbeilage über die aktuelle Mannschaft.

Er sagte Dinge wie: „Joe Saunders ist gut, aber er wird nie so schnell sein wie King Felix" und „Niemand schüchtert die Gegner so sehr ein wie Randy Johnson".

Nick sah ihn an, als wäre er sich nicht ganz sicher, wer von ihnen den Verstand verloren hätte. Später besorgte Nick ihnen Getränke und Popcorn, obwohl sie schon vor dem Spiel auf dem Parkplatz königlich gespeist hatten. Sylvan hatte sich in der Zwischenzeit auf den Platz neben Daniel gesetzt und Nick übernahm klaglos den freigewordenen Sitzplatz weiter entfernt.

Er warf Daniel über Sylvans Kopf hinweg einen fragenden Blick zu. Daniel lächelte beruhigend und forderte Sylvan zu einem Spiel heraus. Sie fingen an, Trikotnummern zu raten. Sylvan beherrschte dieses Spiel sehr, sehr gut und Daniel war gebührend beeindruckt.

„Dein Junge ist sehr klug", sagte er zu Nick. „Hat er ein photographisches Gedächtnis oder was?"

„Baseball", erwiderte Nick nur und wackelte mit den Augenbrauen. „Und falls du dich jemals für Dinosaurier interessieren solltest, kannst du ihn auch jederzeit fragen. Das war seine letzte Leidenschaft."

„Stegosaurus!", schrie Sylvan, stand auf und ahmte mit den Händen die Schutzschilde am Kopf nach. Daniel beschloss, sich *Dinosaurier für Dummies* zu kaufen.

Als das achte Inning kam, hielt es Sylvan nicht mehr auf seinem Sitz. Er stand auf und stützte sich mit der Hand auf Daniels Schulter. Im neunten Inning lagen die Mariners zehn Punkte vorn und Sylvan erklärte das Spiel für ‚gelaufen'. Das kleine Energiebündel Sylvan Ross sackte zusammen wie ein Modell-Kamikazeflieger, dem die Batterie ausgegangen war. Er legte den Kopf auf Daniels Schoß und schlief ein.

Nick blinzelte überrascht und seine Miene nahm einen beinahe traurigen Ausdruck an. Als er wieder aufs Spielfeld sah, musste er einige Tränen wegblinzeln. Kurz darauf, seine Gefühle wieder im Griff, drehte er sich zu Daniel um und fragte: „Soll ich ihn dir abnehmen? Er kann ziemlich schwer werden."

„Nicht nötig." Daniel schaute auf den kleinen Jungen, der auf seinem Schoß lag, und stellte erstaunt fest, dass er es ehrlich meinte. Ein warmes, ungewohntes Gefühl breitete sich in seiner Brust aus wie ein kleines Tier, das sich aus einem Laubhaufen herausgräbt. Vaterinstinkte? Wirklich? Es kam ihm fast noch merkwürdiger vor als seine Entdeckung, schwul zu sein. „Es ist schon in Ordnung."

Sylvan war ein cooler Junge. Wieso hatte Daniel nicht gewusst, dass der Sohn seines besten Freundes so klug und lustig und liebenswert war? Waren alle Kinder so? Oder hatte Nick nur zufällig den Robin Williams aller Kinder?

Er sah zu Jenny hinüber, die von Daniel Derenzo vollkommen unbeeindruckt zu sein schien. Sie saß auf der anderen Seite von Nick und verbrachte das ganze Spiel damit, sich die Beine zu bräunen, Texte und Fotos des Spiels an Freunde zu verschicken. Dabei ging es offensichtlich weniger um die sportlichen Qualitäten des Spiels, als vielmehr darum, welcher Spieler am besten aussah. Jenny war damit so beschäftigt, dass sie Daniel kaum zur Kenntnis nahm.

Bedauerlicherweise konnte Daniel sich nicht vorstellen, dass es ein Dummie-Buch gab, von dem er lernen konnte, wie man eine Teenagerin für sich einnahm.

8

NICKS SUV verließ den Parkplatz von Safeco Field. Die Sonne schien noch hell am Himmel. Daniel saß auf dem Beifahrersitz und wollte den Tag noch nicht beenden. Das Baseballspiel war ein Erfolg gewesen, aber er hatte sich nicht mit Nick unterhalten können. Er warf einen Blick über die Schulter auf den Rücksitz mit den Kindern. Sylvan war wach und schaute mit müden Augen aus dem Fenster. Jenny war, wie immer, mit ihrem Handy beschäftigt.

„Hey, kennt ihr eigentlich Molly Moon's Icecream? Es ist die beste Eiscreme in ganz Seattle", sagte er.

Nick lachte. „Meinst du das ernst? Wir haben heute schon mehr gegessen als eine ganze Elefantenherde."

„Parade."

„Wie bitte?" Nick sah sich um, als würde er erwarten, dass im nächsten Moment Fahnen und Marschkapellen auf der Straße auftauchten.

„Man nennt es auch Parade, wenn eine Elefantenherde unterwegs ist", erklärte Daniel und schaute Sylvan an. Der Junge wurde wieder wach und lächelte Daniel zu.

„Eine Elefantenparade!", rief er. *Eiscreme!"*

Nick rollte theatralisch mit den Augen. „Du musstest es ja sagen."

„Molly Moon's ist absolut köstlich." Jenny hörte zum ersten Mal zu texten auf. „Die Eiscreme mit Minze ist zum Reinlegen. Bitte, Dad? Du bist noch nie dort gewesen."

„Wart ihr mit eurer Mom dort?" Nick warf einen Blick in den Rückspiegel.

Jenny zog eine sarkastische Grimasse. „Aber sicher. Eiscreme enthält Zucker. Kohlehydrate. Wir waren ein paar Mal mit Lainies Eltern dort."

„Na gut … Dann essen wir also jetzt Eiscreme." Nick warf Daniel einen bedeutungsvollen Blick zu, als wollte er ihm sagen: *Du hast es nicht anders gewollt.* Daniel lächelte nur.

Sie mussten sich anstellen, aber die meisten Leute nahmen ihr Eis mit nach draußen, um die letzten Sonnenstrahlen zu genießen. Sie fanden also schnell einen freien Tisch. Nick rutschte auf der Sitzbank nach hinten an die Wand und Daniel setzte sich schnell neben ihn. Die Kinder nahmen begeistert auf den Holzwürfeln Platz, die auf der anderen Tischseite standen. Daniel hatte sein Kalorienlimit für diesen Tag schon überschritten und gab sich mit einer Kugel Melonensorbet zufrieden. Nick versuchte gesalzenes Karamelleis. Jenny bestellte natürlich Minze und Sylvan bettelte so lange, bis er ein Ananas Sundae bekam, auf das er sich stürzte, als wäre er am Verhungern. Verdammt, konnte der Junge essen.

„Habt ihr Lust auf ein Spiel?", fragte Daniel.

„Was für ein Spiel?", wollte Jenny wissen und ihre Augen blitzten interessiert.

„Ja, was für ein Spiel?", kam das Echo von Sylvan.

„Ja, was für ein Spiel?", fragte auch Nick und warf Daniel einen amüsierten Blick zu.

„Kennt ihr Wahrheit oder Pflicht?", erkundigte sich Daniel.

„Cool", meinte Jenny.

„Wie geht das?", fragte Sylvan, der sich offensichtlich nicht festlegen wollte, bevor er alle Fakten kannte.

„Wenn du an der Reihe bist, kannst du jemanden fragen, ob er Wahrheit oder Pflicht wählt. Bei Wahrheit darfst du den Mitspieler alles fragen und er muss dir ehrlich antworten. Bei Pflicht kannst du ihnen eine Aufgabe stellen, die er lösen muss."

„Aber ich will nicht im Gefängnis landen oder aus der Eisdiele geworfen werden", fügte Nick hastig hinzu.

„Okay", stimmte Sylvan zu.

„Jenny, willst du anfangen?", schlug Daniel vor.

Sie nickte. „Äh … Dad. Wahrheit oder Pflicht?"

„Wahrheit." Nick sah sie herausfordernd an.

Jenny grinste. „Hast du jemals Haschisch geraucht?"

„Jenny!", rief Nick und schaute bedeutungsvoll auf Sylvan.

„Du musst die Wahrheit sagen, Nick", sagte Daniel.

„Mein Gott, wer ist nur auf diese Idee gekommen?", grummelte Nick. „Na gut. Einige Male. Im College, weil ich neugierig war. Aber seitdem nicht mehr. Okay? Und ... Nein, euch erlaube ich es nicht. Jedenfalls nicht, bevor ihr auch aufs College geht."

Jenny war hochzufrieden, ihm ein Geheimnis entlockt zu haben. „Wahnsinn, Dad. Du bist dran."

Nick dachte kurz nach. „Sylvan, Wahrheit oder ...?"

„Pflicht!", rief Sylvan, bevor Nick den Satz zu Ende bringen konnte.

„Also gut. Du musst dir gleichzeitig mit einer Hand den Bauch reiben und mit der anderen auf den Kopf klopfen. So." Nick machte es ihm einigermaßen erträglich vor, aber Sylvan wollte es nicht gelingen. Er konnte nur eines von beiden – entweder reiben oder klopfen. Beides zusammen ging nicht. Sie mussten alle lachen und Sylvan selbst lachte am lautesten.

„Jetzt du, Syl", sagte Jenny.

„Äh ..." Sylvan ließ sich absichtlich Zeit beim Nachdenken. „D-D-D ..." Er sah zwischen Nick und Daniel hin und her, um die Spannung noch mehr zu steigern.

„Komm schon, du Spinner", sagte Jenny.

„D-Daniel! Wer ist dein Lieblings..."

„Du musst erst nach Wahrheit oder Pflicht fragen." Jenny schubste ihren Bruder in die Seite.

„Oh, richtig. Daniel, Wahrheit oder Pflicht?"

„Wahrheit."

„Wer ist dein Lieblingsbaseballspieler aller Zeiten?"

„Äh ... du?"

„Das ist keine Antwort!"

„Du bist doch ein Baseballspieler, oder? Und du bist der einzige, den ich persönlich kenne", erklärte Daniel.

Sylvan verschränkte die Arme und schaute ihn mit einem Blick an, den nur ein Achtjähriger so fertigbrachte. „Es muss aber ein *echter* Baseballspieler sein."

„Oh. Na gut. Äh ... Randy Johnson."

Sylvan grinste. „Meiner auch!"

Daniel hob die Hand und klatschte sich mit Sylvan über den Tisch hinweg ab. Als er sich wieder zurücklehnte, berührte er mit dem Bein Nicks Oberschenkel. Sie trugen beide lange Shorts, aber Daniel konnte Nicks harte Muskeln durch den Stoff spüren. Direkt über den Knien berührte sich ihre Haut. Daniel ließ sich einen Augenblick davon ablenken und genoss den warmen Kontakt mit Nicks Haut.

Nick zog sein Bein nicht zurück.

„Du bist dran", sagte Jenny.

„Hmm. Richtig. Jenny – Wahrheit oder Pflicht."

„Wahrheit."

Daniel verdrängte widerstrebend alle Gedanken an Nick und überlegte kurz. Er erinnerte sich an den besten professionellen Ratschlag, den sein Vater ihm jemals gegeben hatte: *Immer erst zuhören.* Viele Geschäftsleute machten den Fehler, sich zu sehr auf ihre eigenen Vorstellungen zu konzentrieren und ihre Kunden oder Partner davon überzeugen zu wollen, sich diesen anzuschließen. Aber ein kluger Mann fand immer erst heraus, was der andere wollte und was ihm wichtig war, um dann einen Weg zu finden, zu einer für beide Seiten akzeptablen Lösung zu kommen. Mit anderen Worten – wenn man wusste, welche Probleme der andere hatte und wie sie zu lösen waren, hatte man das Geschäft schon so gut wie in der Tasche.

Daniel hatte sich schon oft an diesen Rat gehalten, hatte seinen Verhandlungspartnern im Aufsichtsrat zugehört, um herauszufinden, was sie wirklich von ihm wollten. Die Geschäftsführung war meistens zu sehr an ihren eigenen Plänen interessiert, um auf den Aufsichtsrat zu hören. Die beiden Gremien lagen deshalb oft im Streit. Daniel hatte dann das Geschäft so strukturiert, dass der Aufsichtsrat zufrieden war und sein Ziel erreichte. Anschließend war es kein Problem mehr, Störenfriede in der Geschäftsführung loszuwerden.

„Jenny, was würdest du an deinem Leben ändern, wenn du einen Wunsch frei hättest?"

Jenny dachte ernsthaft darüber nach. Daniel konnte Nicks Aufmerksamkeit und Interesse an ihrer Antwort fast körperlich spüren. Nicks Bein presste sich etwas fester an Daniels, der aber nicht wusste, ob es als Warnung oder als Dank gedacht war. Sylvan war mit seiner Eiscreme beschäftigt.

„Meine Kleidung", sagte Jenny dann und schaute auf ihren Eisbecher. „Ich hasse sie."

„Wirklich?", fragte Nick überrascht.

Jenny runzelte die Stirn und warf ihm einen schüchternen Blick zu. „Mom und Grandma gehen immer mit mir einkaufen. Sie ziehen mich an, als wäre ich eine verd… eine dumme Barbiepuppe. Oder eine Cheerleaderin oder so, aber das bin ich nicht. Und ich muss immer eine Größe zu klein nehmen. Als ob sie sich schämen würden, dass ich nicht schlanker bin. Oder vielleicht denken sie auch, ich höre auf zu essen, wenn alles zu eng sitzt und überall zwickt." Sie hörte sich bitter an und presste die Lippen fest zusammen, um nicht noch mehr zu sagen. Dann zuckte sie mit den Schultern, als wäre es alles nicht so schlimm, und schob ihr Eis zur Seite. „Wie auch immer."

„Mein Gott, Jenny, warum hast du mir das nie gesagt?", fragte Nick aufgeregt.

„Na ja, du bist ja so selten da. Außerdem kennst du sie doch. Sie sind beim Einkaufen immer vollkommen aus dem Häuschen und wählen das, was *ihnen* gefällt und was *ich* gerne hätte, gefällt ihnen nicht und … Ich bin so fett und es sieht sowieso fürchterlich aus. Was spielt es also für eine Rolle?"

„Jenny, das ist absoluter Unsinn", widersprach ihr Nick. „Du bist ein sehr hübsches Mädchen."

„Für eine Schwester schon", murmelte Sylvan schulterzuckend in sein Glas Wasser.

Jenny rollte mit den Augen. „Keine Sorge, Dad. Ich bin nicht neurotisch und werde auch nicht magersüchtig oder so. Kann ich bitte kurz zur Toilette gehen?"

Nick wollte etwas sagen, ließ es aber bleiben. „Natürlich. Das musst du doch nicht fragen", meinte er nur.

Jenny stand auf. Sie wollte offensichtlich für einen Moment allein sein.

Nick rieb sich mit der Hand übers Gesicht. „Guter Gott! Ich kann nicht glauben, dass sie dir das nach nur einer Stunde gebeichtet hat. Ich bin ihr Vater. Ich hätte es wissen müssen."

Daniel stieß ihn mit der Schulter an. „Hey, manchmal fallen solche Geständnisse bei einem Fremden leichter. Es ist ja nicht so, dass sie in Lumpen geht. Woher hättest du es also wissen sollen?"

Nick schüttelte den Kopf. „Aber jetzt kann ich es auch sehen. Gott, ich hasse das. Marcias Mom ist sehr anstrengend. Es wundert mich nicht, dass Jenny so ungern mit ihnen einkaufen geht. Ich werde mit Marcia darüber reden. Sie sollten ihr wenigsten die richtige Größe kaufen. Das ist doch ..." Er erinnerte sich plötzlich an Sylvan, der sie intensiv beobachtete. „Ja", schloss Nick leise.

ALS SIE wieder vor Nicks Haus ankamen, sprangen die Kinder sofort aus dem Auto. Sie stritten schon darüber, welchen Film sie gleich ansehen wollten. Nick half Daniel, die geplünderte Kühlbox und den Picknickkorb in den Lexus umzuladen. Dann lehnte er sich mit verschränkten Armen an den Wagen. „Es hat viel Spaß gemacht. Du kannst wirklich gut mit den Kindern umgehen. Um ehrlich zu sein, hat mich das sehr überrascht."

Daniel rieb sich über die Stirn. „Ja, kann ich das? Ich bin mir nicht so sicher, ob Jenny in nächster Zeit meinem Fan-Club beitreten wird."

„Sie ist eine Teenagerin", meinte Nick schulterzuckend. „Und du bist der Freund ihres Dads. Das macht dich gewissermaßen unsichtbar."

„Nun, für einen unsichtbaren Mann hatte ich heute jedenfalls auch viel Spaß. Ich hoffe, wir können das bald wiederholen."

Nick sah ihnen lange nachdenklich an. „Was ist los mit dir, Daniel?"

„Wie meinst du das?"

„Ich meine, dass wir seit Jahren keinen Tag wie diesen mehr miteinander verbracht haben – schon gar nicht mit den Kindern. Und ich freue mich wirklich darüber, mit dir gemeinsam etwas zu unternehmen. Aber ... Ich komme mir vor, als wäre ich in einer anderen Wirklichkeit gelandet. Ist alles in Ordnung mit dir?"

Nick wirkte besorgt. Er war viel zu aufmerksam für Daniel. Aber natürlich hätte er von Anfang an damit rechnen müssen, dass Nick eine so plötzliche Verhaltensänderung nicht entgehen würde. Daniel gab sich den Anschein von Coolness und stützte sich mit einer Hand am Wagen ab. Doch nach einem Tag in der prallen Sonne war der Lack heiß und er zog seine Hand sofort wieder zurück. „Aua."

Nick lachte leise. „Sehr geschickt, Derenzo."

„Leck mich." David grinste verlegen und rieb sich die verbrannte Handfläche. Dann schüttelte er den Kopf. „Es ist … es ist mein Vater, Nick. Er liegt im Sterben."

„Was?"

„Ja. Verrückt, was? Der Mann aus Stahl hat Darmkrebs im dritten Stadium. Er hat nur noch wenige Monate zu leben."

Nick wirkte geschockt. Er legte Daniel die Hand auf die Schulter. „Mein Gott, das ist ja schrecklich. Es tut mir so leid."

Daniel hätte Nick am liebsten in die Arme gezogen, um sich von ihm trösten zu lassen. Aber er riss sich zusammen, weil es ihm wahrscheinlich nicht gelungen wäre, seine Gefühle im Zaum zu halten. „Ja. Und es hat mich nachdenklich gemacht. Du sagst mir seit Jahren, dass wir etwas kürzertreten sollten. Du hast recht. Ich habe uns beide viel zu sehr angetrieben."

Nick schüttelte den Kopf, als wollte er ihm widersprechen, sagte aber kein Wort.

„Doch, das habe ich. Du solltest mehr Zeit für deine Kinder haben. Und ich … ich will mehr sein, als nur der Mann, der eine Firma nach der anderen kauft und wieder verkauft."

Nick sah ihn lange an, als wollte er Daniels Glaubwürdigkeit richtig einschätzen. „Das ist wunderbar, Daniel. Du solltest mehr ausgehen, Menschen kennenlernen. Und ich verbringe gern mehr Zeit mit dir. Ich … ich habe dich wirklich vermisst."

Daniel wurde bei diesen Worten warm ums Herz. Aber er lachte nur. „Du hast mich doch jeden Tag im Büro gesehen."

Nick zuckte mit den Schultern. „Dort sehe ich Daniel Derenzo, den Geschäftsmann. Ich mag ihn zwar, aber dieser Mann hier … der ist mir jederzeit willkommen."

Daniel holte zitternd Luft und gab sich alle Mühe, nicht wie ein verliebter Narr auszusehen. Er wusste, dass Nick es nur platonisch meinte. Aber träumen durfte man ja wohl.

„Ich kann mir allerdings nicht erklären, warum du dich meinen Kindern aussetzt", fügte Nick trocken hinzu.

63

„Ich mag Jenny und Sylvan." Daniel boxte ihn leicht an den Arm. „Und was ihrem Dad wichtig ist, ist auch mir wichtig."

Nick sah betreten zu Boden und wurde rot. Daniel konnte sehen, dass sein Freund diesen Satz verarbeiten musste, um ihn in den Rahmen ihrer bisherigen Freundschaft zu stellen. Daniel unterdrückte ein Lächeln.

„Stört es dich?", fragte er. „Dass ich deine Kinder in Beschlag nehme?"

„Nein." Nick sah ihm in die Augen. „Nein, Daniel. Sag mir, wie ich dir helfen kann. Was brauchst du? Was kann ich für dich und deinen Dad tun?"

„Sei einfach für mich da", erwiderte Daniel.

„Das bin ich, Mann."

Für einen kurzen Moment sahen sie sich in die Augen. Nicks Blick war warm, aber zögerlich, als ob er sich nicht im Klaren wäre, was er noch sagen oder tun sollte. Nick hatte keine Zeit mehr, sich endgültig zu entscheiden, denn in diesem Augenblick öffnete sich die Tür und Marcia kam aus dem Haus.

„Ist das dein Ernst, Nicky? Ein Ananas Sundae nach Popcorn und einem Tag in der Sonne? Wie toll. Komm rein, du kannst gleich die Kotze deines Sohns vom Sofa wischen."

Sie ging wieder ins Haus zurück und knallte hinter sich die Tür zu.

„Äh … ja. Ich gehe dann wohl besser", sagte Nick schuldbewusst.

„Das mit dem Eis tut mir leid." Daniel verzog gespielt das Gesicht.

Nick lachte. „Dann sollte ich dich das Sofa reinigen lassen. Lauf. Lauf, solange du noch kannst."

Daniel stieg in den Wagen und fuhr los. Nick blieb noch vor der Tür stehen und winkte ihm zum Abschied nach.

9

„Treten Sie ein, Mr. Derenzo.“

Daniel schüttelte Dr. Hong, dem Facharzt, der seinen Vater behandelte, die Hand. „Ich kenne meinen Vater, deshalb weiß ich, dass Sie der Beste sind auf Ihrem Gebiet.“

Dr. Hong lachte und musterte Daniels Zweitausend-Dollar-Anzug. „Ich denke, das liegt in der Familie.“ Dann wurde er ernst. „Unglücklicherweise kann ich für Ihren Vater nicht mehr viel tun.“

„Das hat er mir auch gesagt. Wollten Sie mich deshalb sprechen?“

„Ja. Nehmen Sie doch Platz.“ Dr. Hong zeigte auf einen Besuchersessel. Daniel zog den Sakko aus und nahm Platz. „Ihr Vater hat nur noch vier bis acht Wochen zu leben. Mehr kann ich nicht sagen. Bedauerlicherweise gibt es keine Behandlungsoptionen mehr. Der Krebs hat schon Metastasen in der Leber gebildet, die kaum noch funktioniert. Die letzte Chemotherapie hat Ihrem Vater mehr geschadet als genutzt.“

Die Worte des Arztes hallten wie ein Echo durch Daniels Kopf. Er hatte immer noch gehofft, sein Vater hätte übertrieben und dass alles gar nicht so schlimm wäre. Jetzt suchte er nach Worten, aber es fielen ihm keine ein. Er faltete die Hände auf dem Schoß.

„Ich wollte mit Ihnen reden, weil … Nun, es ist Zeit, an ein Hospiz zu denken. Wenn es mein Vater wäre, würde ich ihn nach Hause holen. Wir können hier nicht mehr für ihn tun, als ein Pfleger in einem Hospiz auch tun könnte. Und … ich weiß auch nicht. Sie kennen Ihren Vater besser als ich. Er wäre vielleicht glücklicher, seine letzten Tage nicht hier im Krankenhaus zu verbringen.“

Daniel nickte. Er wurde von Gefühlen überwältigt, mit denen er nicht gerechnet hatte und die er kaum unterdrücken konnte. „Ja. Das hört sich vernünftig an. Vielen Dank.“

Dr. Hong erhob sich. „Es tut mir leid“, sagte er bedauernd. „Er scheint mir ein guter Mann zu sein.“

„Das ist er.“

DANIEL GING bei seinem Vater vorbei, aber der schlief. Daniel setzte sich einige Zeit an Franks Bett und beobachtete ihn. Er musste an die Wohnung seines Vaters denken. Wann war er eigentlich das letzte Mal dort zu Besuch gewesen? Es war ein minimalistisch eingerichtetes Penthouse in einem von Seattles besten Wohnkomplexen. Würde sein Vater dorthin zurückgehen wollen? Um sich von einem Pfleger behandeln zu lassen? Es hörte sich so gemütlich an wie eine Eisskulptur. Daniel würde dort jedenfalls keine längere Zeit verbringen wollen. Und Daniels eigene Wohnung … Er hatte ein modernes Stadthaus aus Holz und Glas, das in der Nähe des Aquariums am Wasser stand. Daniel hatte das Haus nach der Trennung von Lisa gekauft. Es war eine Investition gewesen, fast so kalt und leer wie das Penthouse seines Vaters.

Guter Gott. Er war wirklich ein Abziehbild seines Vaters. Von einer Sache abgesehen – nämlich, dass er schwul war.

Daniel ging auf den Flur und rief Gwen an. Er beschrieb ihr, wonach er suchte. Wie er Gwen kannte, würde sie sich innerhalb der nächsten Stunde mit den besten fünf Angeboten melden. Er sagte ihr auch, dass er im nächsten Monat nur selten im Büro wäre, damit sie alle neuen Geschäfte auf einen späteren Termin verschieben konnte.

Daniel wusste, was er zu tun hatte. Er war sich über alles im Klaren. Die Sache war … Er wollte es nicht alleine tun. Er lief am Bett seines Vaters auf und ab.

Nick würde ihm bestimmt helfen, wenn er ihn fragte. *Sag mir, wie ich dir helfen kann. Was brauchst du? Was kann ich für dich und deinen Dad tun?* Nick würde alles stehen und liegen lassen, würde selbst Marcia abwimmeln, obwohl er gerade erst aus Hongkong zurückgekommen war und mit Sicherheit nicht vorhatte, seine Kinder schon wieder allein zu lassen. Und dann fiel Daniel ein, was Nick kürzlich nebenbei erwähnt hatte.

Er ging auf den Flur zurück, um Gwen noch einmal anzurufen. „Hallo. Äh … Sorry, aber ich wollte noch etwas fragen. Nick hat doch erwähnt, dass er in diesem Monat in der Stadt bleiben muss, weil Marcia auf einen Lehrgang geht. Habe ich das richtig verstanden?"

Gwen überlegte. „Ich sehe sofort nach. Ja, Marcia ist von diesem Freitag an bis zum 23. des Monats nicht da. Brauchst du Nick in dieser Zeit?"

„Nein, ich wollte nur sicher sein. Danke." Daniel legte enttäuscht auf. Marcia stand ihm schon wieder im Weg. Nick konnte das Haus nicht verlassen. Daniel saß am Bett seines Vaters und grübelte nach. Was würde der Mann aus Stahl in dieser Lage tun?

Wenn dir jemand Zitronen liefert, machst du daraus die verdammt beste Limonade, die es jemals gab. Und dann wirfst du den Kerl aus dem Geschäft.

Daniel lächelte.

10

NICK SCHLOSS gerade die Kühlschranktür, als Marcia die Küche betrat. „Hey, Nick. Du hast heute lange gearbeitet. Vergiss nicht, am Freitag früher nach Hause zu kommen."

Nick hielt das Abendessen, dass ihm Consuela vorbereitet hatte, in der Hand und sah seine Frau ausdruckslos an.

„Du erinnerst dich doch, was ich am Freitag vorhabe?", wolle Marcia wissen.

Nick stellte den Teller in die Mikrowelle und drückte auf den Knopf. Jahrgangstreffen? Wasserski? Er war müde und nicht besonders aufnahmefähig. „Gibst du mir einen Tipp? Wie viele Silben hat das Wort?"

„Mein Lehrgang, Nick! Yoga am Hudson mit dem Meister Vivekandr? Klingelt es jetzt bei dir?"

„Mein Gott ja, entschuldige. Natürlich."

Marcia schnaubte. „Nick! Du könntest wenigstens so tun, als ob es dich interessiert. Weißt du, in dem Yogastudio gibt es zwei echt nette Kerle, die ständig mit mir flirten. Die meisten Ehemänner wären da höllisch eifersüchtig." Sie nahm einen tiefen Schluck aus ihrer großen Wasserflasche, die sie ständig bei sich hatte. Ihr Grinsen erinnerte ihn an eine Katze, die gerade eine Schüssel Sahne entdeckt hatte.

Nick schenkte ihr nicht viel Beachtung. Marcia versuchte ständig, ihn eifersüchtig zu machen. Er zweifelte nicht daran, dass andere Männer auf sie standen. Er hatte es oft genug selbst erlebt. Aber er bezweifelte sehr, dass sie sich jemals ernsthaft mit ihr einlassen würden. Und selbst wenn – er war bei ihr schon so lange abgehakt, dass es ihn nicht mehr sonderlich kümmerte.

Und seit dem Baseballspiel am letzten Wochenende hatte er auch noch den letzten Funken Interesse verloren. Leck mich doch.

Nick hatte Daniel nicht mehr so erlebt – entspannt, freundlich, mit den Kindern scherzend und *Sylvan auf dem Schoß* –, seit ... Eigentlich noch nie. Selbst während des Studiums war Daniel immer ehrgeizig gewesen, wollte die immer besten Noten erzielen und hatte parallel dazu bereits an seinem Geschäftsmodell gearbeitet. Ständig hatte er von Leuten wie Mark Zuckerberg geschwärmt, der Facebook bereits während seines Studiums entwickelte. Und Daniel hatte von sich selbst nie weniger erwartet als von seinen Vorbildern.

Nick bewunderte Daniels Ehrgeiz. Er wusste, Daniels Partner zu sein bedeutete, mit einem Genie zu arbeiten. Er war sich auch sicher, dass er Daniel ebenfalls eine Hilfe war. Er war unverzichtbar, um die Firmen, die Daniel kaufte, wieder auf die Beine zu stellen. Trotzdem machte Nick sich nichts vor. Er wusste, wer die treibende Kraft hinter DRE war. Und es war nicht der Mann, der gerade in der Küche vor seiner Mikrowelle stand.

Vor langer Zeit war Nick in der geheimsten Ecke seines Herzens in Daniel Derenzo verliebt gewesen. Aber das hatte er schon lange hinter sich gelassen. Er schwärmte nicht mehr für Daniel, seit der Lisa geheiratet und unwissentlich Nicks Herz gebrochen hatte. Auf dem Hochzeitsempfang der beiden hatte Nick Marcia kennengelernt, eine Freundin Lisas. Er war betrunken gewesen und Marcia eine schöne Frau. Sie war frivol, charmant und weiblich – das genaue Gegenstück zu Daniel. Genau das, was Nick damals so dringend brauchte. Drei Monate und drei Tage nach ihrem ersten Zusammentreffen waren sie schon verheiratet.

Nein. Nein, verdammt. Nick wusste, wohin dieser Weg führte. Er wollte Daniel nicht wieder begehren. Ja, der Samstag war ein schöner Tag gewesen und ja, Daniel liebenswert, lustig und – verdammt – heiß. Daniel war großzügig zu den Kindern gewesen. *Und er hat in der Eisdiele sein Bein an meines gedrückt.* Aber was immer mit Daniel auch los war, es lag daran, dass der Tod seines Vaters ihn aus dem Gleichgewicht geworfen hatte. Es war ein vorübergehender Zustand. Früher oder später normalisierte sich das wieder und wenn Nick nicht aufpasste, würde Daniel ihm wieder das Herz brechen und ihn dazu bringen, etwas verdammt Dummes zu tun.

Und außerdem – nicht zu vergessen, Nick Ross – bist du ein verheirateter Mann und hast nicht das Recht, dich zu bedienen. Selbst wenn man ihn dir auf dem Silbertablett serviert und auf den Schoß stellt. Selbst wenn man ihm ein goldenes Schleifchen um den Schwanz bindet.

Die Mikrowelle klingelte. Nick nahm den Teller heraus und aß an der Frühstückstheke. Er hatte fürchterlichen Hunger nach zwölf Stunden Arbeit im Büro. Daniel war heute nicht aufgetaucht, deshalb war Nick länger geblieben, um mit ihrer beider Arbeit Schritt zu halten und all die Dringlichkeiten zu erledigen, die Gwen ihm auf den Schreibtisch legte.

„Nick!"

„Hä?" Er drehte sich zu seiner Frau um. Mein Gott, worüber hatten sie eben noch besprochen?

„Ich habe dir von meinem Lehrgang erzählt! Ich habe schon alles mit Consuela besprochen. Sie kann unter der Woche die Kinder nachmittags abholen und ihnen das Abendessen machen. Sie wartet dann, bis du nach Hause kommst. Aber du musst dafür sorgen, dass sie morgens zum Sommercamp gebracht werden. An den beiden Wochenenden musst du dich auch um sie kümmern. Wenn du willst, kannst du sie bei Mom vorbeibringen. Sie würde sich freuen, die Kinder für ein Wochenende zu nehmen. Also … ist alles klar?"

Nick zögerte. Es war kein guter Zeitpunkt. Daniel brauchte ihn. Andererseits hörte es sich im Moment ziemlich gut an, Marcia für zehn Tage loszuwerden. Besonders, weil Daniel emotional gerade eine sehr schwierige Zeit durchmachte.

Für einen Augenblick stellte Nick sich vor, Daniel würde abends vorbeikommen und sie würden zusammen auf dem Sofa sitzen, wenn die Kinder im Bett wären. Sie würden sich unterhalten und Daniel würde vielleicht weinen (nicht, dass Nick das jemals erlebt hätte). Nick würde näher rücken und den Arm um ihn legen. Dann würde sich Daniel umdrehen und an Nicks Brust lehnen, um sich trösten zu lassen.

„Ich habe alles im Griff", sagte Nick ernst. „Geh und amüsiere dich. Wir schaffen das hier schon."

Marcia lächelte. „Dafür bin ich dir wirklich dankbar, Nick. Sehr sogar." So seiner großen Überraschung beugte sie sich vor und küsste ihn auf die Wange.

Sie verließ gerade die Küche, als Jenny aus ihrem Zimmer kam. Sie trug eines von Nicks alten, grünen Camouflage-T-Shirts, das ihr viel zu groß war. Auch die alten Shorts waren von ihm. Nach dem Geständnis in der Eisdiele hatte Nick ihr einige seiner alten Hemden abgetreten und sie hatte in seinen Schubladen gewühlt, als wären sie die Quelle der Haute Couture. Heute sah er sie zum ersten Mal in dem neuen Stil.

„Was trägst *du* denn da, zum Teufel?", fragte Marcia, als wäre sie zu Tode erschrocken.

Jenny blieb auf ihrem Weg zur Spüle stehen. „Was?"

„Du hast mich genau gehört!" Marcias Stimme hörte sich jetzt schrill an.

„Ich habe ihr einige von meinen alten Klamotten gegeben", sagte Nick. „Sie sind recht bequem."

„*Bequem*? Jen, du hast sechs Victoria's Secret Pyjamas, die wir vor einigen Monaten gekauft haben. Sie sind sehr hübsch und *bequem* genug. Ich will nicht, dass meine Tochter rumläuft wie eine Kampflesbe."

Nick kniff Augen und Lippen zusammen. „Das war jetzt absolut unangemessen", sagte er bedrohlich ruhig. „Ich lasse nicht zu, dass du vor den Kindern diesen homophoben Unsinn redest."

Marcia sah ihn schuldbewusst an. „Ich habe nichts gegen Lesbierinnen gesagt. Leben und leben lassen. Aber ich sehe nicht ein, dass Jenny deine ekligen alten Sportklamotten anziehen muss. Sie hat den ganzen Schrank voll teuerster Kleidung."

„Komm schon, Marcia. Sie will es doch nur bequem haben! Sie muss doch in unserem eigenen Haus nicht rumlaufen, wie eine Stilikone! Wen willst du denn damit beeindrucken?" Nick war jetzt ziemlich aufgeregt.

„Ich will gar niemanden beeindrucken! Aber ich will nicht, dass meine Tochter wie eine Pennerin aussieht, wo ich soviel Zeit und Mühe opfere, um ihr die hübschesten Kleider zu besorgen, die man für Geld kaufen kann!"

„Lasst das!", schrie Jenny laut dazwischen.

Sie drehten sich beide zu ihr um. Jennys Gesicht war rot und verzerrt. Nick fühlte sich schuldig. Eben noch war alles in Ordnung gewesen, sie hatten sich verstanden und Marcia hatte ihn sogar auf die Wange geküsst. Und eine Sekunde später brachen sie vor Jennys Augen in eine Mutter der Schlachten aus. Genau aus diesem Grund widersprach er Marcia normalerweise nicht mehr. Er hatte sich vorgenommen – egal, was er oder Marcia dachten und fühlten –, das Haus nicht zu einem

Kriegsgebiet werden zu lassen und den Kindern damit ein schlechtes Beispiel zu geben. Aber ... dieses Mal hatte Marcia so verdammt unrecht!

„Es ist doch egal!", insistierte Jenny. „Mein Gott, ich wollte mir nur ein Glas Wasser holen. Ich ... ich ziehe mich um, wenn ich wieder in meinem Zimmer bin."

„Ich will sehen, was du hast", erwiderte Marcia scharf. Ihr Gesichtsausdruck signalisierte die oberste Kontrollgewalt, als sie davonrauschte, um in Jennys Zimmer zu gehen. Nick konnte sich gut vorstellen, dass innerhalb von Minuten eine Sammlung Spitzenpyjamas auf Jennys Bett ausgebreitet liegen und seine Tochter einem Verhör unterzogen würde, warum ihr diese edlen Stücke nicht zusagten.

Nick seufzte und versuchte, sich wieder zu beruhigen. „Du musst dich nicht umziehen", sagte er zu Jenny. Die rollte nur mit den Augen und zeigte ihm unmissverständlich, was sie von seiner Autorität hielt. Nick nahm sich vor, später mit Marcia darüber zu reden. Vielleicht, wenn sie von ihrem Lehrgang zurückkam.

„Es ist doch egal, Dad", wiederholte Jenny und verließ kopfschüttelnd die Küche.

SIE SASSEN im Olive Garden, Estelles Lieblingsrestaurant. Marcia fand es etwas mittelmäßig, aber es lag günstig und sie aßen jedes Mal hier, wenn sie einen Einkaufsbummel machten. Marcia beobachtete Jenny, die ausdruckslos mit der Gabel auf ihrem Teller stocherte. Hühnchenbrust mit Gemüse. Marcia wusste, dass Jenny lieber Fettucine Alfredo bestellt hätte, wenn sie damit durchgekommen wäre. Aber dann hätte ihre Großmutter ihr einen endlosen Vortrag gehalten über Kalorien und dass man jedes zusätzliche Pfund ein Leben lang mitschleppte, selbst wenn man es wieder abnahm, weil die Verlangung zur Gewichtszunahme im Körper einprogrammiert wäre.

Marcia war nicht sicher, was sie davon halten sollte, wie ihre Mutter Jenny ständig zurechtwies. Einerseits war Jenny tatsächlich etwas pummelig und nahm leicht zu. Das musste ihre Tochter von Nicks Seite der Familie geerbt haben, denn sowohl Marcia wie auch Estelle waren natürlich schlank. Marcia war auch der Meinung, dass Jenny aufpassen musste, um nicht noch mehr zuzunehmen. Trotzdem übertrieb Estelle es etwas mit ihren Maßregelungen. Aber so war ihre Mutter eben – bei *allem*. Sie war schon immer so gewesen.

Marcia war erschöpft. Sie hatte ihre Mutter und Jenny durch jeden einzelnen Laden des Einkaufszentrums geschleppt, um Kleidung zu kaufen. Die vielen Tüten hatten gerade noch in den Kofferraum ihres Autos gepasst. Nick würde einen Anfall bekommen, wenn er die Rechnungen sah. Aber Marcia weigerte sich, Jenny in den alten Sportklamotten ihres Mannes herumlaufen zu lassen. Sie hatte Nick Ross nicht geheiratet und jahrelang in seinem anstrengenden Beruf unterstützt, damit ihren Kindern etwas fehlte. Jenny sollte niemals der Lächerlichkeit ausgesetzt werden, die Marcia selbst in ihren Jugendjahren erlebt hatte, als das Geld nur für getragene Kleidung aus Second-Hand-Läden und Kleiderkammern der Wohlfahrt reichte.

Estelle war endlich mit der epischen Geschichte über ihren letzten Arztbesuch zu Ende gekommen. Marcia stärkte sich mit einem Schluck Wein.

„Mom, ich habe dir doch schon erzählt, dass ich an einem Yogalehrgang teilnehme, nicht wahr? Ich breche am Freitag auf und bleibe für zehn Tage. Nick und Consuela kümmern sich um die Kinder, aber ich habe Nick gesagt, er könnte sie an einem der nächsten Wochenenden zu dir bringen."

„Ich bin dreizehn. Ich brauche keinen Babysitter mehr", sagte Jenny, die endlich von ihrem Teller aufsah.

„Ich weiß, Jen", sagte Marcia. „Aber dein Bruder braucht einen und wenn dein Dad am Wochenende arbeiten muss, wird es für dich allein zuhause langweilig."

„Das ist mir egal. Außerdem kann ich auch auf Sylvan aufpassen."

„Zu meiner Zeit wäre eine Frau nicht wochenlang in Urlaub gefahren und hätte ihre Kinder und ihren Mann zuhause allein gelassen", sagte Estelle und rümpfte die Nase.

Marcia fühlte sich sofort schuldig und ärgerte sich darüber. Sie trank noch einen Schluck Wein. „Die Kinder sind sowieso den ganzen Tag im Sommercamp. Außerdem ist Nick so oft auf Geschäftsreise, dass ich ständig mit ihnen allein bin und mich um alles kümmern muss. Ich habe ab und zu auch eine Pause verdient."

„*Nick* arbeitet, weil er es muss. Er ist der Mann und verdient das Geld für die Familie. *Dein* Job ist es, das Haus zu führen und dich um die Erziehung der Kinder zu kümmern. Mütter haben keinen Urlaub. Du bist doch jetzt schon ständig unterwegs.“

Marcia schob mit der Gabel ihr Gemüse über den Teller, obwohl sie keinen Bissen mehr essen konnte, so sehr schlug ihre Mutter ihr heute auf den Magen. Sie war in diesem Jahr schon dreimal auf einem Lehrgang gewesen und war selbst auch der Meinung, dass sie es wahrscheinlich etwas übertrieb. Aber sie liebte es, von zuhause weg zu sein und sich zur Abwechslung einmal vollkommen entspannen zu können. Mit Nick und den Kindern – und ihrer Mutter – musste sie sich immer beherrschen. „Ich hätte mich nicht angemeldet, wenn der Kurs nicht von dem Meister unserer Disziplin veranstaltet würde. Er kommt nur alle paar Jahre nach Amerika. Ich glaube auch, das Studio hätte mich gerne als Ausbilderin, deshalb brauche ich diesen Lehrgang, um mich weiterzubilden.“

Estelle schnaubte. „Yogalehrerin! Warum um alles in der Welt solltest du Yogalehrerin werden wollen?“

Marcia zwang sich zu einem Lächeln und wechselte das Thema. „Jen, was macht ihr nächste Woche im Sommercamp?“

Jenny zuckte mit den Schultern. „Was mit Kunst. Wir wollen Skulpturen aus Pappmaché herstellen.“

„Gibt es in den Sommercamps keinen Sport? Du bräuchtest dringend mehr Bewegung“, mischte sich Estelle ein. „Halb Sport und halb Kunst. Das ist doch fair, oder?“

Jenny hörte auf, ihr Hühnchen zu massakrieren und legte die Gabel auf den Tisch. „Ja, Gram. Das ist fair. Ich muss kurz auf Toilette.“

„Geh nur“, sagte Marcia.

Sobald sie allein waren, geriet ihre Mutter in Fahrt. „Du solltest es dir nicht zur Gewohnheit werden lassen, Nick allein zu lassen. Du schießt dir ins eigene Knie.“

„So ist Nick nicht, Mutter. Er ist nicht der Typ, der fremdgeht.“

Estelle schnaubte. „Alle Männer sind dieser Typ. Es braucht nur eine zielstrebige Frau, und schon lassen sie Hosen runter, so schnell kannst du nicht schauen. Nick sieht nicht schlecht aus, das weißt du. Es ist dumm von dir, ihn nicht im Auge zu behalten.“

Marcia schüttelte den Kopf. „Da täuschst du dich. Nick hat viel zu viel Angst, die Kinder zu verlieren."

Estelle grunzte halb besänftigt. „Das mag sein. Aber die Kinder werden älter und unabhängiger. Ein hübsches junges Ding könnte ihm leicht den Kopf verdrehen. Du würdest dich wundern, welche Ausreden Männer finden, wenn sie mit ihrem Dingdong denken. Es passiert jeden Tag. Und wo bleibst du dann? Du bist nicht mehr die Jüngste, Marcia. Du willst doch nicht als eine dieser Frauen enden, die mit vierzig allein sind. Glaubst du wirklich, dass du dann noch die gesellschaftliche Stellung und die Freunde hättest wie jetzt? Du wärst eine Lachnummer."

„Mutter …"

„Es ist die Aufgabe der Frau, ihren Mann unter allen Umständen an sich zu binden. Egal, wie untreu er dir ist und egal, welche Druckmittel du anwenden musst. Wenn ich nicht so stark gewesen wäre, hätte sich dein Vater auch davongemacht. Er hat mir auf seinem Sterbebett dafür gedankt – *gedankt* –, dass ich unsere Familie zusammengehalten habe und du nicht in einem zerbrochenen Haushalt aufgewachsen bist. Scheidungskinder sind nie wieder die Gleichen wie vorher … Nie! Es liegt an dir, Marcia. Egal, was die Leute sagen – es liegt immer an der Frau."

Marcia hatte diesen Vortrag schon Hunderte Male gehört. Es begann kurz nach ihrer Hochzeit mit Nick. Aber ihre Mutter war noch schlimmer geworden, seit ihr Vater vor zehn Jahren an einem Herzanfall gestorben war. Sie hatten beide sehr darunter gelitten. Marcia war immer der Augenstern ihres Vaters gewesen und sie vermisste ihn immer noch sehr. Seine Liebe war wie ein Sonnenstrahl in ihrem Leben gewesen, selbst wenn sie sich nur am Telefon unterhielten. Niemand hatte sie jemals so sehr geliebt wie ihr Vater. Und niemand war ihr jemals so teuer gewesen. Er war ein sanfter, wunderbarer Mann gewesen.

Nick ähnelte ihm sehr. Mr. Nice Guy. Dadurch hatte sich Marcia von Anfang an zu ihm hingezogen gefühlt, selbst wenn sie ihn sexuell weniger attraktiv fand. So sehr sie sich im Alltag nach der Sicherheit eines guten Mannes sehnte, so sehr liebte sie im Bett die harten Kerle. Aber damit hatte sie kein Problem. Marcia konnte ohne die Erregung und Lust leben. Es war sowieso immer mit so viel Schmutz verbunden. Was sie schon mehr störte war, dass Nick sich zu einem

Pantoffelhelden entwickelt hatte. Er redete kaum noch mit ihr. Sie hatten sich auseinanderentwickelt wie ein kontinentaler Grabenbruch. Trotzdem war sie gerne Mrs. Nick Ross. Er war ein guter Vater und ein guter Versorger. Ihre Freundinnen hielten ihn für einen Prachtkerl und perfekten Ehemann. Und er drängte sich ihr nicht auf. Er ließ sie in Ruhe. Nein, Marcia war absolut glücklich mit ihrer Ehe. Und für den unwahrscheinlichen Fall, dass Mr. Nice Guy auf falsche Gedanken kam, hatte sie auch noch einen letzten Trumpf im Ärmel.

Sie lächelte. „Keine Sorge, Mom. Nick wird mich niemals verlassen."

11

AM DONNERSTAG früh war Nick gerade über Skype mit Mojambo verbunden, als Daniel das Büro betrat. Seine anfängliche Freude wurde schnell von Betroffenheit abgelöst. Daniel nickte zur Tür und signalisierte ihm, das Gespräch nicht zu unterbrechen.

Daniel ging in sein Büro zurück und rief die E-Mails ab. Er hatte gestern Abend schon vieles erledigt und alle wissen lassen, dass er für mindestens einen Monat nicht erreichbar wäre. Glücklicherweise war die Mojambo-Übernahme unter Dach und Fach und er entschied sich, einige der zusätzlich geplanten Projekte aufzugeben. Es war ein gutes Gefühl. Ein sehr gutes sogar. Und ein merkwürdiges. Vor einem Monat hatten solche Projekte noch jeden seiner Gedanken beherrscht. Jetzt versuchte er nur noch, die Fassung zu wahren, für seinen Vater da zu sein und etwas Zeit für sich und Nick zu finden.

Er besprach gerade die Details mit Gwen, als Nick an die Tür klopfte.

„Hey!", rief Nick und trat ein. „Wie geht's dir?"

Daniel stand auf. Nick zögerte kurz, kam dann auf ihn zu und umarmte ihn zur Begrüßung. Dann hielt er Daniel auf Armeslänge von sich. „Ist wirklich alles in Ordnung?"

„Ja, alles im Griff."

Nick ließ die Arme fallen. „Wie geht es deinem Dad?"

„Äh, nicht so gut. Der Arzt gibt ihm höchstens noch zwei Monate. Sie können im Krankenhaus nichts mehr für ihn tun, deshalb will ich mehr Zeit mit ihm verbringen. Gwen, würdest du uns kurz entschuldigen?"

„Selbstverständlich." Gwen verließ sie mit einem traurigen und ermutigenden Lächeln.

Daniel folgte ihr und schloss hinter ihr die Tür.

„Du nimmst dir also eine Auszeit?" Nick lehnte sich an Daniels Schreibtisch.

„Ja. Mein Vater hat viel darüber gesprochen, was wir alles hätten zusammen unternehmen sollen, als ich noch ein Kind war. Camping, Urlaub, aufs Land fahren. Ich habe eine kleine Hütte in Bainbridge gemietet. Sie liegt sehr einsam und direkt am Wasser. Die Ärzte haben empfohlen, ihn nach Hause zu bringen. Aber du weißt ja, wie leer meine Wohnung ist. Und seine sieht nicht viel besser aus. Ich dachte mir, er wäre gerne am Meer."

„Ich bin mir sicher, dass es ihm gefallen wird, Daniel. Aber … geht es ihm gut genug, um die Reise zu machen?"

„Ich habe einen privaten Ambulanzdienst beauftragt, ihn mit der Fähre zu bringen. Er wird Tag und Nacht gepflegt. Es ist das Mindeste, was ich für ihn tun kann."

Nick nickte ernst. „Es tut mir so leid, Daniel. Mach dir keine Sorgen um die Firma. Nimm dir so viel Zeit, wie du brauchst. Gwen und ich können uns in der Zwischenzeit um alles kümmern."

„Um ehrlich zu sein …" Daniel schaute zu Boden und holte tief Luft. Dann sah er Nick in die Augen. „Ich dachte mir, wir könnten unser Büro für einige Wochen schließen. Dann können du und Gwen auch etwas Urlaub machen."

Nick sah ihn verwirrt an und neigte den Kopf zur Seite. „Ich … Na gut. Aber es würde mir nichts ausmachen, für dich einzuspringen."

„Ich, äh … ich dachte, du könntest mich begleiten", sagte Daniel und leckte sich nervös über die Lippen. „Es würde mir viel bedeuten, dich bei mir zu haben, Nick."

Nick Miene wurde sanft. Er sah gerührt aus. „Natürlich. Was immer ich tun kann …" Er unterbrach sich und zog eine Grimasse. „Verdammt."

„Was ist?"

„Marcia ist nicht in der Stadt. Ich könnte die Kinder übers Wochenende zu ihrer Mutter bringen, falls das eine Hilfe wäre. Aber ich muss Sonntagabend zurück sein. Oder … weißt du was? Ich frage Marcia, ob sie ihren Lehrgang absagt. Es ist doch nur Yoga. Ich bin sicher, sie versteht, dass dein Problem wichtiger ist."

„Nein", sagte Daniel hastig. „Nein, tu das nicht. Lass mich nachdenken." Er rieb sich übers Kinn und machte einen überlegenen Eindruck. „Weißt du was? Wenn Marcia nicht in der Stadt ist, können

78

du und die Kinder doch mitkommen. Du hast immer gesagt, du solltest mehr Zeit mit ihnen verbringen. Dann habt ihr auch Urlaub. Die Hütte hat einen Privatstrand, ein Boot mit Anlegesteg ... Die Kinder werden begeistert sein."

Nick riss erstaunt den Mund auf. „Ich ... äh ... wirklich?"

„Mein Dad würde die Kinder auch gerne sehen. Er redet ständig über Enkel."

„Der Mann aus Stahl redet über Enkelkinder?" Nick sah ihn zweifelnd an.

„Seit er krank ist. Im Moment geht es ihm einigermaßen gut. Er kann sitzen und sein Verstand ist so scharf wie gewohnt. Er wird einen Pfleger haben, der ihn rund um die Uhr betreut. Er sieht nicht so schlimm aus, dass die Kinder Angst bekommen."

„Nein, ich ... Darum habe ich mir keine Sorgen gemacht." Nick wirkte immer noch unentschlossen, als wollte er das Angebot annehmen, wäre sich aber nicht sicher, ob es eine gute Idee war.

„Ich zeige es dir." Daniel ging zum Computer und öffnete ein Fenster mit Bildern der Hütte, die er gemietet hatte. Das Wort Hütte war eine Untertreibung. Es war wunderbar. Das Wohnzimmer hatte eine Glasfront mit Blick aufs Wasser, die Holzwände waren in Blockbauweise und alles modern eingerichtet. Ein Foto zeigte den Bootssteg im Dämmerlicht. Es sah aus, als wäre das Bild aus einem teuren Reisejournal.

„Es gibt vier Zimmer im ersten Stock und ein großes Schlafzimmer im Erdgeschoss. Mein Dad und der Pfleger bleiben unten und wir können mit den Kindern die Zimmer oben nehmen."

Nick sah erst auf die Fotos, dann auf Daniel. Es war eine verführerische Idee. „Bist du sicher, dass du dir die Kinder so lange zumuten willst?"

Daniel nickte. „Ja, das bin ich. Ich denke, es wäre für uns alle eine schöne Abwechslung."

„Nur für eine Woche. Bis Marcia wieder zurückkommt."

„Ja."

Nick holte unsicher Luft. „Okay. Ich möchte wirklich für dich da sein, Daniel. Wenn du dir sicher bist, dass die Kinder nicht stören ..."

„Sie stören ganz und gar nicht", erwiderte Daniel.

AM FREITAGMORGEN winkten Nick und die Kinder Marcia zum Abschied nach. Sie fuhr nach Vancouver und Nick hatte ihr geholfen, das Gepäck im Porsche zu verstauen. Um sechs Uhr in der Früh brach sie auf.

Die Kinder gingen danach wieder ins Bett. Nick kochte sich Kaffee und ließ sich einige Minuten Zeit, bevor er in sein Zimmer ging, um zu packen.

Er hatte Marcia nichts von Bainbridge erzählt. Er hätte es tun sollen, das wusste er. Er hatte keinen Grund, es ihr zu verschweigen. Aber er redete sich ein, dass es nur wieder zu Streit geführt hätte. Sie hätte gefragt, warum er ausgerechnet jetzt und ohne sie mit den Kindern verreiste (der sterbende Vater seines besten Freundes spielte in diesen Erwägungen keine Rolle). Sie hätte sich darüber aufgeregt, dass es für die Kinder emotional ungesund wäre, einen Sterbenden zu erleben. Sie hätte darauf bestanden, dass er die Kinder zu ihrer Mutter brachte und getobt, dass sie sich nicht auf ihn verlassen konnte, wenn sie ein einziges Mal nicht im Haus war. Es gab also tausend Gründe, Marcia nichts zu sagen. Und es waren absolut nachvollziehbare Gründe. Nur ein Grund – so redete Nick sich ein – spielte keine Rolle: Dass er sich darauf freute, Daniel mit den Kindern zu begleiten. Und der Grund dafür war, dass er sich schon so lange nichts mehr für sich selbst gewünscht hatte. Mit Daniels Vater hatte das alles absolut nichts zu tun.

Was war nur los? Er machte sich schon wieder Hoffnungen. Hoffnungen auf Daniel, seinen heterosexuellen besten Freund, der nur eine Schulter zum Anlehnen brauchte. Er belog seine Frau, was unweigerlich zu Konsequenzen führen würde. Und – um Gottes Willen – er war ein verheirateter Mann, der sich danach sehnte … Wonach eigentlich? Einer schwulen Affäre? Einem Seitensprung? Wirklich?

Nein. *Nein*, sagte er sich. Aber das war eine Lüge, und wenn man sich selbst belog, war man wirklich nicht mehr ganz bei Sinnen.

Er schlug stöhnend die Hände vors Gesicht. „So ist das nicht, Nick. Lass es. Vergiss es."

Aber es half alles nichts. Er konnte die Sehnsucht nicht unterdrücken, die sich in seinem Magen und – ja, auch tiefer – festgesetzt hatte. Er hatte sie zu lange ignoriert, und so sehr er sich jetzt auch zurechtwies, er wollte nur noch packen und die Kinder ins Auto laden, damit sie so schnell wie möglich an die Fähre kamen. Er wollte bei Daniel sein, egal, warum. Nick nahm sein Handy und wählte Consuelas Nummer.

12

„MEIN GOTT, schau dir nur diese Badehose an!", meinte Frank.

Es war drei Uhr nachmittags. Vor neun Stunden hatte Nick seine Frau verabschiedet. Er saß auf der Terrasse der gemieteten Hütte auf Bainbridge Island und schaute aufs Meer. In dem Stuhl neben ihm saß Frank Derenzo.

Es war kein Wunder, dass alles so schnell gegangen war. Wenn man Kinder an einen Ort wie diesen brachte, musste man damit rechnen, dass sie fünf Minuten nach dem Aussteigen aus dem Auto im Wasser waren. Aber dass Daniel bei ihnen war und die Badehose, die er trug ... Das war einen ganzen Schönheitssalon voller hochgezogener Augenbrauen wert.

Frank war von der Pflegerin auf die Terrasse gebracht worden. Jedenfalls hatte sie das versucht, aber Frank hatte ihr ohne Umschweife mitgeteilt, er wäre noch kein Leichnam und könne sich mit seinem Rollator sehr gut selbst bewegen. Sein Anblick hatte Nick schockiert. Er hatte Frank nicht oft zu Gesicht bekommen. Daniel sah Frank sehr ähnlich und Nick hatte Frank immer für einen gutaussehenden, vitalen Mann gehalten. Jetzt sah er aus, als hätte er mindestens dreißig Pfund Gewicht verloren und seine Haut war grau. Aber er war, wie Daniel gesagt hatte, immer noch von scharfem Verstand.

„Er gibt sich alle Mühe, jemanden zu beeindrucken", meinte Frank bedeutungsvoll.

Nick zuckte mit den Schultern. „Daniel ist modebewusst. Er hat sie wahrscheinlich nur blind aus der Schublade gezogen."

Frank lachte, als wäre das der beste Witz, den er je gehört hätte. „Kennst du meinen Sohn wirklich? Er greift nicht blind in Schubladen und zieht einfach an, was er findet. Er plant alles bis ins kleinste Detail. Was immer er trägt, trägt er zu einem bestimmten Zweck."

Nick wusste natürlich, dass Frank recht hatte. Trotzdem konnte er nicht glauben, dass Daniel sich ... Nicks wegen so anzog. Falls Frank das mit seiner Andeutung gemeint hatte. Für die Pflegerin, die schon weit über sechzig war, konnte Daniel es allerdings auch nicht getan haben. Und Jen fiel hoffentlich auch aus. Mein Gott, wenn das für Jen war, würde Nick jemanden umbringen müssen. Vermutlich sich selbst. Er trank einen Schluck Bier.

Verdammt, *diese Badehose.*

Jen trug einen ziemlich peinlichen rosa Bikini. Sie lag auf dem Bootssteg und sonnte sich, während Daniel und Sylvan, beide nass vom Schwimmen, am Strand Frisbee spielten.

Nick hatte keine Ahnung, welche Marke diese Badehose war, aber sie war modern und teuer. Nicht so klein wie ein Speedo, das nicht. Es war schon eine normale Badehose, aber sie war verdammt knapp geschnitten. Der Bund war sieben oder acht Zentimeter unter Daniels Nabel und die Beine bedeckten höchsten einen oder zwei Zentimeter Oberschenkel. Der dunkelblau gestreifte Stoff war durchweicht und schwer. Er klebte an Daniel auf eine Art, die nicht obszön und übertrieben wirkte, aber definitiv als gut passend bezeichnet werden konnte. Ja. Sehr, sehr gut passend.

Mein Gott, Daniel sah wunderbar aus. Nick wusste, dass Daniel auf seine Form achtete. Doch das letzte Mal hatte er ihn während ihres Studiums halbnackt gesehen, wenn sie zur Dusche gingen. Daniel war kräftig, aber nicht dick, hatte eine Andeutung von Sixpack und starke Muskeln an den Armen und Beinen. Seine Beine und die Brust waren leicht behaart und die kleine Spur Haare, die hinter den Bund seiner Badehose verschwand, hätte eine ganze Piratenflotte auf die Jagd nach dem Schatz schicken können.

Mein Gott, ja. Es war lange her, seit Nick das letzte Mal mit einem Mann geschlafen hatte. Seit Marcia nicht mehr, und auch davor nur selten. Der Anblick von Daniels hartem Körper und dem Schwanz, der sich hinter dem dunkelblauen Stoff verbarg, löste eine Sehnsucht in Nick aus, die ihm die Brust eng werden ließ. Er zwang sich, wegzusehen. Er wollte nicht mit Daniels Vater auf der Terrasse sitzen und einen Ständer bekommen.

„Ich dachte, du wärst verheiratet", meinte Frank.

„Bin ich."

Frank grunzte. „Aber bist du gut verheiratet? Schweben noch die kleinen Engelchen des Glücks über eurem Haus, Nick Ross?"

Nick schnaubte. „Alles Scheiße." Er hatte nicht so unverblümt ehrlich sein wollen und wurde rot vor Verlegenheit.

Sie sahen dem Frisbee-Spiel zu. Sylvan war ein Witzbold. Er fing die Scheibe aus der Luft, riss beide Arme hoch und verneigte sich vor einem imaginären Publikum.

„Ein netter Junge", sagte Frank nachdenklich. „Danke, dass du die Kinder mitgebracht hast."

Nick war gerührt. „Sylvan ist wunderbar."

„Er erinnert mich etwas an Daniel, als der in diesem Alter war. Aber nur, weil er auch ein Junge ist. Daniel war ein ernster kleiner Kerl, selbst damals schon. Nicht so lustig wie dein Sohn."

Nick konnte es sich gut vorstellen. „Daniel nimmt alles sehr ernst."

„Also ... bist du schwul?", fragte Frank.

Das Timing des alten Mannes war perfekt. Nick hatte gerade einen Schluck Corona aus seiner Flasche getrunken, den er jetzt in hohem Bogen auf die Terrasse spuckte. Er hustete so laut, dass Franks Pflegerin alarmiert aus dem Haus gerannt kam, um nach ihm zu sehen. Nick und Frank winkten sie wieder zurück.

„Mein Gott, bist du direkt", sagte Nick.

„Ich sterbe bald. Feinfühligkeit ist etwas für Menschen mit mehr Zeit. Ich werde nicht mehr da sein, um das Ende dieser Aufführung zu erleben. Ich will wissen, wie es weitergeht."

Nick überlegte, ob er sich um eine Antwort drücken sollte oder nicht, aber Frank hatte recht. Die Zeit für Spielchen war vorbei. „Ich ... ja. Na ja, eigentlich bin ich bisexuell."

„Danke, dass du so ehrlich warst."

„Aber Daniel ist nicht bi oder schwul", fügte Nick hinzu.

Frank seufzte. „Zu schade."

Nick warf Frank einen erstaunten Blick zu, aber der beobachtete nur ungerührt das Frisbee-Spiel. Ihm war nicht anzusehen, was er sich dachte.

Nick lehnte sich wieder in seinem Stuhl zurück und tat das Gleiche. Es war ... einfach schön, Daniel und Sylvan zuzusehen. Daniel schien ihre Existenz vollkommen vergessen zu haben und amüsierte sich einfach nur. Die beiden begannen ihr Spiel in kurzem Abstand zueinander und gingen nach jedem erfolgreichen Wurf einen Schritt zurück. Und dann wieder und wieder. Nick nahm an, dass sie das so lange machen würden, bis einer von ihnen die Scheibe nicht mehr fangen konnte oder sie keinen Platz mehr hatten. Er musste lächeln, als er sie lachen hörte.

Frank hatte recht. Es war schade. Sylvan hatte eine Seite in Daniel zum Leben erweckt, die Nick noch niemals erlebt hatte. Und es war eine gute Seite. Sylvan, der Aufmerksamkeit aufsog wie ein Schwamm, konnte viel von Daniel lernen. Jeder Junge konnte das. Vielleicht würde Daniel sich ja auch noch Zeit für Sylvan nehmen, wenn alles vorbei war. Vielleicht würde er sie als Freund der Familie ab und zu besuchen kommen.

„Weißt du, was das Komische an Daniel ist?", fragte Frank.

„Was?"

„Das er so hart und ungerührt tut. Er denkt immer, er hätte alles im Griff, hätte für alles einen Plan und würde alles kontrollieren. Aber wenn man ihn nur ein bisschen kratzt, fängt er zu bluten an."

Nick glaubte, Frank zu verstehen. Er hatte immer gewusst, dass unter Daniels selbstbeherrschter Fassade viel Unsicherheit und Verletzlichkeit verborgen lagen. Aber Nick wusste nicht, ob Frank ihn mit dieser Bemerkung warnen wollte, Daniel in Ruhe zu lassen, oder ob es als Bitte gemeint war, nach Franks Tod für Daniel da zu sein. Wie auch immer, Nick hatte die Botschaft bekommen.

13

NACH FÜNF Tagen auf der Insel fühlte sich Daniel so glücklich und entspannt wie seit Jahren nicht mehr. Seinem Vater ging es auch gut. Die neue Umgebung und die Gesellschaft schienen Wunder bewirkt zu haben. Frank schlief lange und oft, ging früh zu Bett und nahm anstandslos die vielen Pillen, die seine Pfleger für ihn bereithielt. Aber er verbrachte auch viele Stunden mit ihnen auf der Terrasse und genoss das schöne Wetter. Falls er Schmerzen hatte, kam er damit offensichtlich zurecht.

Sylvan nannte Frank aus unerklärlichen Gründen mittlerweile Pops und erkundigte sich oft, wie es ihm ging. Er stellte Frank unzählige Fragen über dessen Leben, über Franks und Daniels Kindheit, Daniels Mom, Sport, Dinosaurier und alles, was ihn sonst noch so interessierte. Frank beantwortete die Fragen unermüdlich und schien daran sogar Freude zu haben. Jenny kam auch gut mit ihm zurecht, war allerdings weniger gesprächig. Nick hatte den Kindern von Franks Krebserkrankung erzählt, ihnen aber verschwiegen, dass er bald sterben würde. Daniel hielt es so ebenfalls für das Beste. Er war erstaunt, wie aufmerksam die Kinder sich Frank gegenüber verhielten, obwohl sie doch noch so jung waren. Aber es waren schließlich Nicks Kinder und sie hatten, wie ihr Vater auch, ein großes Herz.

Daniel, Nick, Jenny und Sylvan waren zweimal in die Stadt gefahren, um essen zu gehen. Meistens waren sie es jedoch zufrieden, sich mittags Sandwiches zu machen und abends zu grillen. Das Wetter war wie bestellt – tagsüber warm genug, um sich wie Sommer zu fühlen und schwimmen zu gehen, nachts kühler, um gut schlafen zu können. Der Regen hielt sich in Grenzen. Es war, als wollte der Wettergott Frank noch einige schöne Tage bescheren.

Sylvan verbrachte viel Zeit im Wasser, beschäftigte sich mit Videospielen oder spielte mit Daniel und Nick am Strand Baseball oder Frisbee. Jenny war schwerer einzuschätzen. Sie verbrachte fast die

Hälfte ihrer Zeit – sofern sie nicht schlief – damit, ihren Freunden zu texten. Aber sie machte einen entspannten Eindruck und schien nichts gegen ihr Exil zu haben. Ab und zu lächelte sie sogar oder spielte mit ihnen Frisbee oder Baseball. Nach dem ersten Morgen kleidete sie sich fast nur noch in abgelegten Klamotten ihres Vaters. Offensichtlich hatte sie aber nicht genügend davon eingepackt, denn am zweiten Tag hatte sie das T-Shirt an, das Nick selbst am Tag zuvor getragen hatte.

Daniel fiel auf, dass Nick kein Wort darüber verlor. Nachdem Daniel an diesem Nachmittag ein Badetuch am Strand ausgebreitet hatte, verbrachte Jen Stunden damit, mit Nick am Strand zu liegen. Dabei trug sie das alte T-Shirt über ihrem Badeanzug und hatte einen großen, alten Strohhut auf dem Kopf, den sie in einem Schrank der Hütte gefunden hatte. Sie las auf ihrem Kindle, während Nick auf seinem iPad seine E-Mails las und ihr ab und zu über den Kopf streichelte.

Daniel wäre fast eifersüchtig geworden. Na gut, er *war* eifersüchtig. Er wäre es gerne selbst gewesen, der Nicks T-Shirt trug und mit ihm aneinander gekuschelt am Strand lag. Daniel legte sich zwar kurz zu ihnen, aber er konnte die Nähe zu Nick, der nur lange, karierte Shorts und sonst nichts anhatte, nicht allzu lange aushalten. Jedes Mal, wenn er in Nicks Nähe kam, ließ ihn die elektrische Spannung fast aus der Haut fahren, die zwischen ihnen herrschte. Er spürte Nicks Nähe beinahe körperlich und sehnte sich danach, ihn zu berühren. Jede Stunde, die sie miteinander verbrachten und so taten – jedenfalls ging es Daniel so –, als wären sie eine Familie, sehnte sich Daniel nach mehr, mehr und mehr. Jede Stunde fiel es ihm schwerer, sich zurückzuhalten und so zu tun, als wäre alles normal. Und Nick … Nick wusste, dass etwas vor sich ging. Daniel erwischte Nick oft dabei, ihn in unbeobachteten Momenten zu betrachten. Dann senkte Nick schnell den Blick. Manchmal schaute er Daniel aber auch fragend an und Daniel hätte ihm seine Fragen nur zu gerne beantwortet.

Am Mittwochmorgen um elf Uhr klingelte es an der Haustür. Daniel, der seine schwarzgrauen Louis Vuitton Shorts und ein weißes Tank-Top trug, ließ den Besucher lächelnd ein.

„Wow, zum *Anbeißen*", sagte der Mann und bewunderte Daniel von oben bis unten, als wäre der ein Stück Schokoladentorte. „Mein

Gott, diese Shorts haben nicht mehr so gut ausgesehen, seit sie das erste Mal über den Laufsteg paradiert wurden."

„Hallo. Komm doch rein." Daniel errötete unter den bewundernden Blicken des Mannes. „Die anderen sind hinterm Haus auf der Terrasse."

Er führte ihren Gast durch das Haus nach hinten, wo sich die ganze Gang versammelt hatte – sein Vater und der Tagespfleger, Hector, eingeschlossen. Sie saßen um einen runden Tisch und pokerten.

„Hallo ihr! Das ist Laurent. Laurent, das sind Frank, Hector, Sylvan, Jenny und Nick." Er deutete auf jeden einzelnen am Tisch.

Laurent konzentrierte sich sofort auf Jenny. „Was bist du nicht niedlich!", schnurrte er. Dann stellte er sich hinter ihren Stuhl und fing an, ihr die blonden Haare zu verstrubbeln. Jenny riss erschrocken die Augen auf. „Sehr gesunde, starke Haare", sagte Laurent glücklich.

Laurent war Mitte zwanzig und ziemlich schrill mit seinem rosa Hemd, den weißen Leinenshorts und den langen, gebleichten Locken. Von der Sammlung Diamantstecker, die seine Ohren zierten, gar nicht zu reden.

Hübsch, meldete sich Daniels Libido vorlaut zu Wort. Gott, diese Sache mit Nick machte hoffentlich bald und – vor allem – schnell Fortschritte. Daniels Körper wurde in Alarmzustand versetzt, sobald er nur einen halbwegs attraktiven Mann sah. Der Schwule in ihm wollte endlich *freigelassen* werden.

„Äh …" Nick war verwirrt.

Jenny öffnete den Mund, um zu protestieren, als Daniel wieder zu sich kam. „Oh, sorry. Laurent ist Stilberater. Einer der besten seines Faches im Nordwesten und …"

Laurent schnaubte. „*Der* beste."

„Richtig. *Der* beste Stilberater im Nordwesten."

„Es … es ist mir ein Vergnügen", erwiderte Nick, immer noch sichtlich verwirrt, und sah Daniel fragend und etwas verletzt an. Mist. Nick war auf den falschen Gedanken gekommen.

„Laurent und ich haben uns auch eben erst kennengelernt", fügte Daniel hastig hinzu. „Was ich meine ist … Ich dachte mir, Jenny hat vielleicht Lust, einkaufen zu gehen. Laurent kann mit ihr aufs Festland fahren und ihr helfen, sich eine Garderobe auszusuchen, die ihr wirklich gefällt und die zu ihr passt."

Jenny runzelte die Stirn. „Danke, aber … ich *hasse* einkaufen."

„Oh, meine Süße!" Laurent hockte sich vor sie und sah ihr in die Augen. „Das liegt nur daran, dass du noch nie mit mir unterwegs warst. Ich schwöre dir, wir werden mehr Spaß haben, als du jemals erlebt hast. Mit Ausnahme von … Nein, dazu bist du noch zu jung. Es ist der größte Spaß der Welt, ich schwöre es. Und wir können irgendwo essen gehen. Wie und wo du willst."

Jenny starrte in Laurents große, braune Augen. Sie war immer noch unsicher und drehte sich ratsuchend zu ihrem Dad um.

Nick biss sich auf die Lippen. „Es ist deine Entscheidung, Jen."

„Ich will dir was sagen", meinte Laurent und setzte sich mit seinem kleinen Knackarsch auf den Tisch. „Wir gehen jetzt auf dein Zimmer und du zeigst mir, was du zum Anziehen hast, was dir daran gefällt und was nicht. Und wenn du denkst, dass ich Unsinn rede und immer noch nicht mitkommen willst, verspreche ich dir, widerspruchslos von dannen zu ziehen und mich einsam in den Schlaf zu weinen, damit du dich nicht schuldig fühlen musst."

Jenny musste laut lachen.

„Abgemacht?" Laurent zwinkerte ihr zu und streckte die Hand aus.

„Abgemacht." Jenny schlug ein und die beiden verschwanden im Haus.

Nick starrte Daniel ausdruckslos an.

„Was ist?", fragte Daniel.

„Bekomme ich jetzt einen Spielzeugberater?" Sylvan kippte den Stuhl nach hinten und schaute in den Himmel, bis er fast das Gleichgewicht verlor.

Nick lachte verlegen. „Nein, Syl. Du bist selbst der beste Spielzeugberater."

„Stimmt", gab Sylvan gnädig zu. „Darf ich schwimmen gehen?", fragte er dann betont langsam.

„Ja. Aber bleibe in der Nähe des Stegs."

„Yippie!" Sylvan rannte los, ohne auch noch einen Gedanken an das Pokerspiel oder seine Schwester zu verschwenden.

Daniel fühlte den wissenden Blick seines Vaters auf sich gerichtet. Er wurde rot und setzte sich an den Tisch. „Soll ich, äh … für Jenny weiterspielen?"

Nick machte keine Anstalten, das Spiel fortzusetzen. Daniels Vater sah zwischen den beiden hin und her und grinste, als würde gleich seine Lieblingssendung im Fernsehen beginnen.

„Hast du ein Problem?", fragte Daniel Nick.

„Du hast einen der besten und teuersten Stilberater beauftragt, mit Jenny einkaufen zu gehen?"

Daniel zuckte mit den Schultern. „Ich dachte mir, sie langweilt sich vielleicht mit der Zeit. Sie hat hier auf der Insel nur männliche Gesellschaft und ich dachte mir, sie hätte möglicherweise Spaß an einem Einkaufsbummel. Außerdem habe ich mich daran erinnert, was sie mir über ihre Garderobe erzählt hat. Deshalb dachte ich, es wäre eine gute Idee."

Nick kniff die Augen zusammen. „Willst du sie … bestechen, damit sie dich mag?"

„Nein!", protestierte Daniel. „Nein, ich …" Er schluckte. „Glaubst du, es funktioniert?"

Nick lachte. „Darauf kannst du dich verlassen."

Daniel grinste. „Gut. Dann bist du jetzt dran. Sie hat mir ein hervorragendes Blatt hinterlassen."

Eine halbe Stunde später kamen Jenny und Laurent auf die Terrasse zurück. Jenny drückte ihrem Dad einen Kuss auf die Wange und teilte ihm mit, dass sie jetzt aufbrechen würden. Ein strahlendes Lächeln lag auf ihrem Gesicht.

„Warte", sagte Nick und fasste sie an der Hand. „Bist du zum Abendessen zurück?"

Sie warf Laurent einen fragenden Blick zu. „Es könnte ein klitzekleines bisschen später werden", wich Laurent aus. „Aber spätestens, wenn es dunkel wird."

„Na gut. Viel Spaß."

„Ich liebe dich, Dad! Tschüss, Frank! Tschüss, Daniel." Sie gab Nick noch einen Kuss und lief zur allgemeinen Überraschung um den Tisch, um auch Frank und Daniel zum Abschied zu küssen. Dann verschwanden sie und Laurent kichernd von der Terrasse.

„Ich hab's doch gesagt", meinte Nick, als sie ihr Spiel fortsetzten.

„Hervorragend." Daniel grinste zufrieden. „Los jetzt, zeig's mir."

DER HIMMEL bewölkte sich und das Meer übte keinen Reiz mehr aus. Frank würde müde und man konnte ihm die Schmerzen ansehen. Der Pfleger brachte ihn ins Haus, damit er ein Nickerchen machen konnte. Nick und Daniel hatten auf der Wiese zum Strand ein Baseballfeld abgesteckt und die Ecken mit alten Rettungsringen aus dem Bootshaus markiert. Daniel studierte die Regeln für ein Spiel zu Dritt auf seinem iPhone. Es funktionierte recht gut. Es gab einen Werfer, einen Fänger und einen Feldspieler. Die Punkte wurden individuell vergeben und sie spielten mit imaginären Läufern, die das Feld umrundeten. Sylvan spielte mit einer Ernsthaftigkeit, als ginge es um Leben und Tod. So verbrachten sie den ganzen Nachmittag.

Es war recht kernig. Drei Kerle in Shorts und mit freiem Oberkörper, die schwitzend und brüllend über die Wiese rannten. Daniel war ein besserer Spieler, als Nick erwartet hatte. Wahrscheinlich, weil er sich immer fit hielt. Er ging leicht und unbeschwert auf Sylvan ein und seine Haut glänzte vor Schweiß. Nick wurde warm bei dem Anblick und er verspürte eine Spannung, die er beim besten Willen nicht mehr ignorieren konnte. Sie war da und machte es ihm schwer, Daniel nicht ständig anzustarren oder überflüssigerweise zu berühren. Für einen Augenblick bedauerte Nick es sogar, dass sie nicht Football spielten.

Um sechs Uhr grillten sie auf der Terrasse Hamburger und Würstchen. Frank kam rechtzeitig zum Essen von seinem Nickerchen zurück. Er aß zwar nicht viel, schien aber keine Schmerzen mehr zu haben. Sylvan berichtete Frank in epischer Breite alle Details ihres Spiels – Zug um Zug und Punkt um Punkt. Frank neckte ihn und tat so, als würde er ihm nicht glauben, so viele Punkte gemacht zu haben. Daniel schaute Nick lächelnd in die Augen. *Vielen Dank*, sagte sein Blick. Nick lächelte zurück. Es rührte ihn, wie Frank und Sylvan sich gegenseitig aufmunterten und eine so gute Beziehung zueinander gefunden hatten. Sylvan hatte nie einen Großvater gehabt. Marcias Vater war vor Sylvans Geburt gestorben und Nicks eigene Eltern bei einem Unfall mit einem betrunkenen Autofahrer ums Leben gekommen, als Sylvan noch ein Baby war. Es brach ihm das Herz, wenn er daran dachte, dass auch Frank nicht mehr lange zu leben hatte.

Sie räumten den Tisch ab und gönnten sich noch ein zweites Bier, während Sylvan auf seinem Gameboy spielte. Die Sonne ging langsam unter und der Himmel über dem Meer wurde dunkelgold. Nick fühlte sich müde und zufrieden. Er streckte die Arme über den Kopf und dehnte sie.

„Das hat Spaß gemacht, aber Mann … Ich kann mich nicht erinnern, wann ich das letzte Mal gespielt habe. Die vielen Würfe sind mir mächtig in die rechte Schulter gezogen."

„Oh? Zeig her." Daniel stand auf und stellte sich hinter ihn. Dann fing er an, ihm durch das dünne T-Shirt die Schultern zu massieren.

Nick erstarrte und sagte keinen Ton, aus Angst, Daniel würde mit der Massage aufhören.

„Entspann dich." Daniels Hände kneteten Nicks müde Muskeln.

Nick versuchte es mit dem Entspannen. Er redete sich ein, es wäre nur eine ganz gewöhnliche Massage. Aber es fühlte sich ganz und gar nicht gewöhnlich an, von Daniel bei Sonnenuntergang massiert zu werden. Obwohl Frank und Sylvan bei ihnen waren, fühlte es sich nicht gewöhnlich an. Würde ein heterosexueller Mann das mit ihm tun? Daniels Hände waren fest und – mein Gott – so sinnlich. Seine starken Finger rieben über Nicks Muskeln, seine Daumen drückten sich in die Verspannungen und Knoten und ab und zu kreisten sie über Nicks Nacken. Nick fühlte die Hitze, die von diesen Händen ausging und ihn am ganzen Körper erfasste. Er bekam eine Erektion. Gott sei Dank trug er immer noch die karierten Shorts. Er sollte wirklich aufstehen und sich wieder unter Kontrolle bekommen. Aber es fühlte sich so verdammt gut an, von Daniel berührt zu werden. Egal, wo und wie.

Nick warf einen Blick auf Sylvan, der sich auf sein Spiel konzentrierte und von der ganzen Sache nichts mitbekam. Als er mit der linken Hand nach der Bierflasche griff, fiel ihm auf, dass Frank sie mit scharfen Augen beobachtete. Nick biss sich auf die Lippe, ohne etwas zu sagen.

Lange Zeit sagte keiner von ihnen ein Wort. Daniel war voll und ganz mit seiner Massage beschäftigt. Nick war sich sicher, dass er sich verraten würde, sollte er einen halbherzigen Versuch machen, eine Unterhaltung in Gange zu bringen. Er würde wahrscheinlich nur Unsinn stammeln. Außer der Natur war auf der Terrasse nichts zu hören, während Daniel ihm mit starken Händen die Schultern bearbeitete. Nick wünschte sich, dass irgendjemand etwas sagen würde. Er hatte Angst, die Stille durch ein Stöhnen oder Wimmern zu brechen, das ihm auf den Lippen lag. Sein Schwanz pochte in den bequemen Shorts. Es war so lange her, seit ihn jemand berührt hatte. Nick war so verdammt erregt.

„Cool! Darf ich es auch probieren?" Sylvan schaute endlich von seinem Spiel auf und bekam mit, was um ihn herum vor sich ging. Er legte den Gameboy auf den Tisch und kam zu ihnen.

Daniel legte beide Hände auf Nicks rechte Schulter. „Sicher. Übernimm die linke Seite." Seine Stimme klang heiser.

„Ich bin der zweite Schultersoldat", sagte Sylvan lachend. Seine kleinen Hände gruben sich in Nicks Muskeln. Daniel trat einen Schritt zur Seite, um ihm mehr Platz zu machen.

„Ganz ruhig", scherzte Nick. „Mein Gott, Junge, du hast einen mächtigen Griff."

Sylvan lachte, rieb aber etwas sanfter. Damit gab er sich dann einige Zeit zufrieden. Nach einigen Minuten, Nick hatte sich glücklicherweise wieder etwas abgekühlt, unterbrach Sylvan seine Massageversuche und hüpfte über die Terrasse wie ein Känguru. Dann lief er auf Daniel zu, streckte ihm die Arme entgegen und sprang an ihm hoch.

Daniel fing ihn auf und setzte ihn sich auf die Hüfte. Sylvan schlang ihm die Arme um den Hals und drückte ihn an sich. Daniel warf Nick über Sylvans Kopf hinweg einen unlesbaren Blick zu.

Nick starrte ihn mit offenem Mund an. *Wow*. Er wusste, dass Kinder sich manchmal jünger verhielten, als es ihrem Alter entsprach. Selbst Jen wollte mit ihren dreizehn Jahren noch manchmal geknuddelt werden. Aber Sylvan hatte seit drei Jahren nicht mehr auf die Arme genommen werden wollen. Er war acht Jahre alt, schon über einen Meter zwanzig groß und wog sechzig Pfund. Doch heute schien Sylvan genau das zu wollen und Daniel machte es offensichtlich nichts aus, dem Jungen seinen Wunsch zu erfüllen. Im Gegenteil, Daniel holte tief Luft und bekam feuchte Augen. Mist. Nicks Herz machte einen kleinen Luftsprung.

Daniel legte eine Hand unter Sylvans Hintern und hielt ihn mit der anderen am Rücken fest. Dann ging er mit ihm zum Rand der Terrasse.

„Wollen wir ans Wasser gehen?", fragte er den Jungen. „Die Fische springen jetzt nach den Mücken."

„Ja!", rief Sylvan begeistert, ließ Daniel aber nicht los. Daniel stieg die Treppenstufen zum Pfad hinab und machte sich auf den Weg zum Strand, als würde Sylvan nicht mehr wiegen als eine Feder.

Sie standen am Strand im Licht der untergehenden Sonne. Sylvan redete ununterbrochen und zeigte immer wieder aufs Meer hinaus.

Nick beobachtete die beiden zufrieden und überlegte, was hier vor sich ging. Lag es daran, dass Daniel ihn berührt hatte? War Sylvan eifersüchtig auf die Aufmerksamkeit, die Daniel Nick geschenkt hatte? Und wenn – auf *wen* von ihnen war er eifersüchtig? Oder war Sylvan einfach nur glücklich und fühlte sich geborgen, weil sie sich so gut verstanden?

Nick hatte nie viel Zeit für seinen Sohn gehabt. Vielleicht brauchte Sylvan ja eine Vaterfigur, die seine Bedürfnisse besser erfüllen konnte als Nick.

Und – Mann! – die beiden sahen aus wie ein verdammtes Familienidyll auf einer Postkarte. Nicks Kehle war wie zugeschnürt und eine Woge von Gefühlen erfasste ihn – stark, aber nicht unwillkommen. Die väterlichen Regungen hatten den Vorteil, der letzte Nagel am Sarg seiner Erregung zu sein. Mein Gott, die Tage hier waren eine einzige Achterbahnfahrt der Gefühle gewesen.

„Du kennst meinen Sohn schon sehr lange, nicht wahr?", wollte Frank wissen, der Daniel und Sylvan ebenfalls beobachtete.

„Wir haben uns im Studentenwohnheim ein Zimmer geteilt", erwiderte Nick. Er konnte sich nicht erinnern, dass Frank sie in dieser Zeit jemals auf dem Campus besucht hätte. Aber das hätte der alte Mann trotzdem wissen sollen.

„Habt ihr jemals …"

„Nein", sagte Nick hastig.

Frank holte tief Luft und schaute wieder auf Daniel, der mit Sylvan auf den Armen über den nassen Sand ging.

„Ich nehme nicht an, dass deine Frau und du einen Vertrag über Gütertrennung geschlossen habt?" Franks Stimme zitterte etwas.

Die Frage löste in Nick gleich mehrere Alarmsirenen aus – Hoffnung, Ungläubigkeit, Verleugnung, Furcht, *Begehren*. Was, wenn es wahr wäre? *Was, wenn es wahr wäre?* Eine kleine Stimme in seinem Hinterkopf warnte ihn, dass es sich mit diesen Gedanken auf gefährliches Territorium begab. Eine zweite, lautere Stimme, erinnerte ihn daran, dass Fantasie etwas sehr Schönes war, sich aber nur selten verwirklichen ließ. Selbst wenn die unvorstellbare Möglichkeit realistisch wäre und Daniel ihn wollte, würde Marcia niemals in eine Scheidung einwilligen.

Und dann kamen die Gefühle, die Nick sich immer zu akzeptieren geweigert hatte – Wut und ein erdrückendes Selbstmitleid, weil er sich nicht frei entscheiden konnte. Diese Möglichkeit war ihm verschlossen.

„Entschuldige mich", sagte er zu Frank und stand auf, um sich noch ein Bier zu holen.

14

Um acht Uhr machte Sylvan schlapp. Nick hob den schlafenden Jungen vom Wohnzimmersofa und brachte ihn ins Bett. Daniel sah, wie Nick ihm einen Kuss an die Schläfe gab, bevor er ihn die Treppe hinauftrug. Ein merkwürdig zärtliches Gefühl breitete sich in seiner Brust aus.

Es war ein guter Tag gewesen. Mann, Daniel hatte auf Konferenzen vor tausenden von Geschäftsleuten gestanden und den großen Macker gespielt, wenn er seine Reden hielt. Er hatte mit den Vorständen großer Konzerne Schlachten um Millionenbeträge ausgefochten, hatte mit dem Gouverneur von Kalifornien in Palm Springs Golf gespielt und auf dem Eiffelturm an VIP-Veranstaltungen teilgenommen. Aber es gab für ihn keinen Zweifel – heute war der beste Tag seines Lebens gewesen.

Er öffnete die Tür zum Weinschrank und studierte die Auswahl an Weinen, die Gwen auf seine Bitte hin besorgt hatte. Nick mochte Rotwein. Vielleicht ein Pinot Noir? Frank hatte sich schon schlafen gelegt und der Pfleger war bei ihm im Zimmer, um sich um ihn zu kümmern. Jenny und Laurent waren noch nicht von ihrem Einkaufsbummel zurück. Sie konnten zusammen eine Flasche Wein trinken. Sich vielleicht auf die Terrasse setzen. Die Vorstellung ließ Daniel erschauern. Wäre das der richtige Moment, um …?

Auf der Treppe waren Schritte zu hören und dann kam Nick in die Küche. Er legte eine Hand auf Daniels Rücken und schaute ihm über die Schulter. „Wein?", fragte er, als könnte er sich mit dem Gedanken gut anfreunden.

Daniel erstarrte und sah ihn an.

Für einen kurzen Moment sahen sie sich schweigend in die Augen. Dann leckte Nick sich über die Lippen und schaute zum Fenster. „Jenny sollte bald zurückkommen. Sie wollten bei Einbruch der Dunkelheit wieder hier sein. Vielleicht sollte ich sie anrufen."

Aus dem Küchenfenster waren die letzten Strahlen der untergehenden Sonne zu sehen, die sich wie ein goldener Faden auf dem Meer spiegelten.

„Ich bin sicher, dass mit ihr alles in Ordnung ist."

„Weißt du, wann die letzte Fähre anlegt?" Nick holte das Handy aus der Tasche seiner Shorts und sah auf die Uhr.

„Spät. Um elf oder zwölf Uhr."

Sie stellten die genaue Uhrzeit nicht mehr fest, denn in diesem Augenblick ging die Haustür auf. Jenny und Laurent waren zurück.

Jedenfalls nahm Daniel an, dass es sich bei dem Mädchen, das Laurent begleitete, um Jenny handelte. Zumindest die Gesichtsform und das Lächeln kamen ihm bekannt vor.

Verdammte Scheiße. Daniel bemerkte, wie Nick sich versteifte.

„Nun?" Jenny breitete die Arme aus und wirbelte um die eigene Achse. „Was meint ihr?" Sie sah glücklich aus, war aber offensichtlich etwas nervös.

„*Hnngh*", meinte Nick.

Jennys Haare, die lang, dick und honigblond gewesen waren und Daniels Meinung nach besser zu den *Housewives of Beverly Hills* gepasst hätten, hatten die Bekanntschaft einer ganzen Armee von Ginsu-Messern gemacht. Auf dem Kopf hatte sie einen stacheligen Pompadour, der in alle Richtungen abstand und sämtlichen Gesetzen der Schwerkraft widersprach. Lange, unregelmäßig geschnittene Locken fielen ihr in die Stirn und bedeckten fast ganz das eine Auge. Die oberste Haarschicht war weißblond gefärbt, darunter hingen lange, schwarze Haare bis auf Jennys Schultern herab. Die Locken im Gesicht waren teilweise lavendelfarben, umrahmten unter dem Weißblond ihr Gesicht und betonten ihre weichen Konturen. Jennys blaue Augen waren schon immer schön gewesen. Aber jetzt waren sie umwerfend mit dem lila Lidschatten, der zu ihren Haaren passte, und dem schwarzen Kajal als Umrahmung. Ihr Gesicht war blass geschminkt und heller, ebenfalls lila Lipgloss brachte ihre Lippen zum Glänzen. Sie trug ein lila T-Shirt, etwas dunkler als ihre Haare, aber mit einem Touch Grunge und aufgedruckten, schwarzen Symbolen, die asiatischen Ursprungs sein mussten. Das Hemd war tief ausgeschnitten und zeigte den Ansatz ihrer jungen Brust. Darunter fiel es in weiten Falten um ihren Körper wie ein Hippiehemd der 1970er

Jahre. Die elastische Hose war schwarz, saß tief auf den Hüften und wurde von einem weißen Gürtel zusammengehalten. An den Füßen trug Jenny schwarze Doc Martins aus Leder. Sie sah fantastisch aus. Die neue Garderobe ließ sie größer und mindestens zehn Pfund leichter wirken und gab ihr ein absolut hippes Flair. An ihrer Unterlippe baumelte ein silberner Ring.

Daniel fand als erster die Worte wieder. „Mein Gott, Jenny! Du siehst fantastisch aus!"

Laurent war Nicks Reaktion nicht entgangen und er lief mit erhobenen Händen auf ihn zu, um ihn zu beruhigen. „Keine Angst, das schwarz und lila wäscht sich nach wenigen Wochen wieder aus. Wir haben vorerst keine dauerhafte Färbung genommen. Wir wollten euch nur zeigen, wie es aussieht, damit ihr euch entscheiden könnt, ob es euch gefällt und ob ihr es so beibehalten wollt. Und das Piercing ist auch nicht echt. Es ist nur ein Ring, der in die Lippe geklemmt wird."

„Vorerst", meinte Jenny grinsend.

„Vorerst", stimmte ihr Laurent augenzwinkernd zu.

Daniel spürte Nicks Hand, die sich mit einem wahren Todesgriff an seinen Ellbogen klammerte. Er drehte sich zu seinem Freund um. Nick war blass und sein Blick war starr. Das war kein gutes Zeichen.

„Dad?", fragte Jenny besorgt.

„Du …" Nicks Stimme versagte und er musste es noch einmal versuchen. „Du siehst hübsch aus."

Jenny knabberte an ihrer Unterlippe. Sie schien ihm das Kompliment nicht abzukaufen.

„Wir, äh … wir werden die Farbe auswaschen müssen, bevor deine Mom zurückkommt", fügte Nick hinzu.

Jenny fiel alle Freude aus dem Gesicht. Daniel konnte es deutlich sehen. In der einen Sekunde war sie noch strahlend glücklich gewesen, in der nächsten schon wieder undurchdringlich und verschlossen. „Soll ich es gleich erledigen?", fragte sie leise.

„Nein. Mein Gott, Schatz, nein! Es ist schon gut. Nur … bevor wir nach Seattle zurückfahren."

Sie sah ihn schweigend an und spielte mit dem Ring in ihrer Lippe, als wäre es ein Schnuller. Nick sagte nichts mehr.

„Also … vor dem Haus stehen noch ungefähr fünfzig Einkaufstüten." Laurent gab sich alle Mühe, die Stimmung zu retten.

„Ich helfe dir", sagte Daniel.

SIE HOLTEN die Tüten ins Haus. Laurent übergab Daniel die Rechnungen für die Kreditkarte, mit der er ihre Einkäufe bezahlt hatte. Dann diskutierten sie sein Honorar. Daniel sagte Laurent, er solle morgen Gwen anrufen, die sich um die Bezahlung kümmern würde. Laurent wirkte immer noch niedergeschlagen und warf Nick ab und zu gekränkte Blicke zu. Daniel gab sich alle Mühe, ihn für seine hervorragende Arbeit zu loben. Dann verabschiedete sich Laurent. Jenny war mittlerweile in ihrem Zimmer verschwunden und hatte sich dort eingeigelt.

Daniel ging verwirrt in die Küche zurück. Nick lehnte an der Küchentheke und starrte aus dem Fenster in die Nacht hinaus.

Daniel zwang sich, den Anfang zu machen. „Was habe ich nur getan?"

Nick drehte sich zu ihm um und sah ihm in die Augen. „Hast du ihm erlaubt, sie so sehr zu verändern? Ihre Haare zu schneiden? Ich dachte, es hätte sich nur um eine neue Garderobe gehandelt. Hast du mich deshalb nicht vorher eingeweiht?"

In Nicks Stimmer schwang unterdrückte Wut mit und Daniel kämpfte gegen seine aufsteigende Panik. „Laurent ist … Er ist ein Stilberater. Wir haben nicht über die Details diskutiert. Ich habe ihn nur beauftragt, Jennys Stil zu finden. Ihren eigenen. Das war alles, was ich ihm gesagt habe. Ich …"

„Dann wusstest du, dass sie ihre Haare so verschandeln werden?" Nick war laut geworden und schloss erschrocken den Mund, als er sich an die Kinder erinnerte, die oben schliefen.

„Nick", sagte Daniel bedächtig. „Die Frisur hat dreihundert Dollar gekostet. Und sie ist umwerfend. Wenn sie dir nicht gefällt, lassen sich die Farben auswaschen und die Haare wachsen zurück …"

„Und das Make-Up und das *Piercing*?"

„Komm schon, Nick! Der Ring ist abnehmbar!"

Nick rieb sich mit der Hand übers Gesicht und ließ sie auf dem Mund liegen, als würde ihm gleich schlecht.

„Mein Gott, Nick. Hast du nicht gemerkt, dass es Jenny gefällt? Sie *liebt* es!"

„Natürlich liebt sie es! Sie ist dreizehn und sieht wie achtzehn aus! Und ich bin es, der zusehen muss, wie es ihr das Herz bricht, wenn Marcia ihr das alles wieder abnimmt! Alles! Daniel, Marcia wird das niemals erlauben. Sie wird einen Tobsuchtsanfall bekommen."

Daniel war unglaublich enttäuscht, als er Nicks Erklärung hörte. „Verdammt. Du hast Angst. Du hast Angst vor Marcia."

Nick lachte bitter. „Angst? Nein, Daniel. Das nennt man Respekt. Respekt dafür, dass sie Jennys Mutter ist und auch Rechte hat. Marcia nennt es Verantwortungsteilung. Man kann die Autorität seines Ehepartners nicht komplett unterminieren. Marcia hat auch etwas zu sagen, wenn es um Jennys Garderobe und Frisur geht. *Sie* hat etwas zu sagen und *ich* habe etwas zu sagen. So ist das. Es ist nicht Laurents Entscheidung, und es ist verdammt nochmal nicht *deine* Entscheidung!"

Nicks Worte trafen Daniel wie ein Schlag ins Gesicht. Er stand reglos da und blinzelte Nick erschrocken an. Seine Kehle war wie zugeschnürt.

Ja. Ja, Nick hatte recht. Daniel hatte Puppenhaus gespielt und sich etwas vorgemacht. Die ganzen Pläne, das Gefühl, Sylvan in den Armen zu halten, sich einzureden, dass es gut war und funktionieren könnte – das alles war nur ein lächerliches Schauspiel gewesen. Marcia, Nick, Jenny und Sylvan. Sie waren eine Familie. Sie waren eine Einheit. Sie waren das Bild, das auf dem Kamin stand. Er, Daniel, gehörte nicht dazu. Wie könnte er auch? Er war nicht der Vater der Kinder und er war ein Mann. Selbst wenn Nick Marcia verlassen würde – woran Daniel stark zweifelte – würde er für seine Kinder eine neue Mutter suchen. Und keinen Mann.

Daniel hätte sich fast übergeben.

„Daniel?", fragte Nick besorgt.

Daniel schüttelte nur den Kopf und verließ das Haus.

MIST. MIST, Mist, Mist. In dem Moment, in dem Daniel ohne ein weiteres Wort verschwunden war, wusste Nick auch schon, dass er Mist gebaut hatte. Mein Gott, dieser Ausdruck in Daniels Gesicht!

Aber wenn man ihn nur ein bisschen kratzt, fängt er zu bluten an.
Daniel hatte ausgesehen, als wäre er am Boden zerstört.

Nick wäre ihm am liebsten nachgelaufen, ließ es aber dann doch bleiben. Er atmete einige Male tief durch, um sich wieder zu beruhigen. Er musste darüber nachdenken, was er Daniel sagen sollte. Zum Teufel – er wusste ja selbst noch nicht recht, was eigentlich los war.

In diesem Augenblick hörte er leise Schritte auf der Treppe. Es war Jenny. Ihr Gesicht war feuerrot. Entweder hatte sie geweint oder sich das Make-Up ziemlich heftig aus dem Gesicht geschrubbt. Ihre Augen sahen wieder normal aus. Sie trug alte Shorts und eines von Nicks T-Shirts. Die Haare hatte sie am Hinterkopf zusammengedreht. Sie blieb auf der untersten Treppenstufe stehen und sah ihn traurig an.

„Es tut mir leid, Dad."

„Oh, Schatz." Nick fühlte sich grauenhaft. Er streckte die Arme nach ihr aus. „Komm her."

Sie lief zu ihm und er fing sie in seinen Armen auf. „Ich weiß, dass es Mom nicht gefallen wird. Ich habe es Laurent sagen wollen, aber er meinte, die Farbe wäre auswaschbar. Und er war so lieb und es hat so viel Spaß gemacht. Die Mädels im Frisiersalon waren auch nett und haben mir diese wunderbaren Bilder gezeigt …"

„Schh", sagte Nick. „Jenny, es ist alles in Ordnung. Du hast nichts falsch gemacht."

Er hielt seine Tochter in den Armen und überlegte, was er ihr sagen sollte. „Du … du hast so erwachsen ausgesehen. Das hat mir einen Schrecken eingejagt. Ich denke immer noch an dich als an mein Baby. Aber du warst wunderschön."

Sie hob den Kopf. „Meinst du das ernst? Findest du das wirklich?", fragte sie zögernd.

Nick nickte. Er war schockiert gewesen durch die drastischen Veränderungen und hatte Angst vor Marcias Reaktion. Zärtlich zog er an ihren Locken. Daniel hatte recht, es war eine schicke Frisur. „Du hast noch nie so schön ausgesehen. Gefällt es dir wirklich?"

Jenny nickte begeistert. „Ich liebe es, Dad. Ich habe mich zum ersten Mal in meinem Leben wie ich selbst gefühlt." Ihre Augen füllten sich mit Tränen.

Nick drückte ihr einen Kuss auf die Stirn. „Dann werde ich mit deiner Mutter reden. Zumindest werde ich es versuchen, ja? Ich verspreche dir, dass ich auf deiner Seite bin, Jenny." Und Nick schwor sich, dieses Versprechen unter keinen Umständen zu brechen.

Jenny sah ihn hoffnungsvoll an. „Wir haben nicht nur tief ausgeschnittene Sachen gekauft. Falls dich das gestört hat. Soll ich dir zeigen, was wir noch alles gekauft haben?"

„Morgen vielleicht. Bei den vielen Tüten, die ihr mitgebracht habt, werde ich wahrscheinlich meine ganze Kraft dazu brauchen."

Jenny lachte leise. „Ja, da hast du wohl recht. Wo ist Daniel? Ist er mir böse?"

„Warum sollte er dir böse sein?"

Jenny zuckte mit den Schultern. „Keine Ahnung. Vielleicht haben wir zu viel Geld ausgegeben. Oder er hat ihm nicht gefallen."

„Er war begeistert! Machst du Witze? Und er ist dir auch nicht böse, das verspreche ich dir. Er war sehr, sehr großzügig zu dir. Riesig. Du musst dich morgen bei ihm bedanken."

Jenny nickte und runzelte die Stirn. „Dad? Was bedeutet dir Daniel? Ich meine … Warum ist er plötzlich immer da? Und warum ist er so nett zu uns?"

Kindermund. Nick zog sie an sich. Einerseits hätte er ihr gerne seine Gefühle gebeichtet und sie gefragt, was sie von Daniel hielt. Aber das wäre verrückt gewesen und er hatte seine Chance sowie vor zehn Minuten verspielt. *Und welche Chance eigentlich?* Er wusste es selbst nicht. Auf keinen Fall durfte er die Kinder da reinziehen. Es wäre ihnen gegenüber nicht fair. Nick wusste selbst nicht mehr, wo oben und wo unten war.

„Ich glaube … es ist sehr schwer für ihn, dass sein Dad so krank ist. Und wir sind schon befreundet, seit wir zusammen studiert haben. Ich will einfach für ihn da sein."

„Okay. Ich mag Frank. Ich bin echt traurig, dass er bald sterben wird."

So viel zu dem Versuch, den Kindern die Wahrheit zu verheimlichen. Nick seufzte. „Ich weiß. Ich auch."

NICK FAND Daniel am Bootssteg. Daniel saß mit gesenktem Kopf am Rand des Stegs und ließ die Beine über dem Wasser baumeln. Er rührte sich nicht vom Fleck, als Nick zu ihm kam. Nick setzte sich neben ihn.

„Ich glaube, ihr solltet nach Hause fahren", sagte Daniel kühl. „Ich habe Mist gebaut mit Jenny. Es tut mir leid. Es ist wahrscheinlich besser, wenn ihr abreist. Es ist alles zu viel mit meinem Dad und …"

Nick legte ihm die Hand aufs Bein und brachte ihn damit wirkungsvoll zum Schweigen. Daniel erstarrte.

„Du hast recht, Daniel. Ich fürchte mich vor Marcia. Ich weiß auch nicht, wann es angefangen hat. Am Anfang wollte ich nur vermeiden, dass wir uns vor den Kindern streiten. Ich wollte nicht, dass sie so aufwachsen. Und mit der Zeit wurde Marcia immer unflexibler und ich habe mich immer mehr zurückgezogen. Irgendwann … Ich weiß auch nicht. Ich glaube, ich habe vor allem davor Angst, mich gehen zu lassen und ernsthaft mit ihr zu streiten. Dann könnten all die hässlichen Details ans Tageslicht kommen, die ich in mir versteckt halte. Dann könnte alles in tausend Scherben springen."

Daniel gab ihm keine Antwort.

„Aber du hast recht. Es ist Jenny sehr wichtig. Ich muss zu ihr stehen, und das werde ich auch tun."

Immer noch keine Antwort. Nick überlegte, was er noch sagen sollte. Er konnte in der Dunkelheit nur Daniels Profil erkennen, ein unbeweglicher Schatten vor dem Nachthimmel. Nick ließ die Hand von Daniels Bein gleiten, weil er keinen Grund mehr hatte, sie dort liegenzulassen. Was immer sich auch in den letzten Wochen zwischen ihnen entwickelt hatte … Hatte Nick dieses empfindliche Pflänzlein für immer ruiniert?

„Sie hält etwas gegen dich in der Hand, Nick. Was ist es?"

Nick holte tief Luft. Er fühlte sich jedes Mal schlecht, wenn er daran dachte. Jetzt überlegte er, wie viel er Daniel sagen sollte. Er entschied sich für die ganze peinliche Wahrheit.

„Ich habe dir doch erzählt, dass sie mich schon lange am ausgestreckten Arm verhungern lässt. Es war nie sehr leidenschaftlich zwischen uns, und seit der Geburt der Kinder … Als sie Babys waren, hatten wir Wichtigeres zu tun und ich habe nicht darüber nachgedacht. Vor drei Jahren hatte ich mich entschieden, einen Schlussstrich zu ziehen. Jenny fing in der Seattle Academy an und Sylvan war auch kein kleines Kind mehr. Es schien mir der passende Zeitpunkt zu sein. Ich sagte Marcia, dass ich mich scheiden lassen wollte."

„Das wusste ich nicht."

„Na ja, ich bin auch nicht sehr weit damit gekommen. Marcia hat in meinem Computer rumgeschnüffelt und … sie hat schwule Pornos gefunden. Die Namen von Websites und Abrechnungen über meine Kreditkarte. Sie hat alles dokumentiert. Ich habe ihr schon vor der Hochzeit gesagt, dass ich bisexuell bin, aber sie hat so getan, als hätte sie keine Ahnung und ich hätte sie jahrelang angelogen. Ich hatte damals einen Freund, Will Rayner. Wir haben zusammen Racquet gespielt. Sie hat mir vorgeworfen, wir hätten eine Affäre. Das war natürlich Unsinn. Er ist nicht schwul und außerdem verheiratet. Aber … mein Gott, ich habe wirklich mit dem Gedanken gespielt. Ich muss sehr schuldig gewirkt haben, denn sie war davon überzeugt, dass sie recht hatte. Sie hat mir auf ihre typische Art klargemacht, sie würde es ohne Skrupel gegen mich ausnutzen, sollte ich sie verlassen wollen. Und sie würde verhindern, dass ich das Sorgerecht für die Kinder bekäme. Ich würde sie niemals wiedersehen."

„Oh verdammt, Nick."

Nick schlug mit einem bitteren Lachen die Hände vors Gesicht. „Sie sammelt Artikel und Zeitungsberichte. Sie findet sie überall. Vermutlich hat sie Google Alert. Berichte über schwule Männer, denen das Sorgerecht an ihren Kindern verweigert wurde. In Alabama, Michigan, Spokane … Es ist fürchterlich, was dort passiert. Und sie schickt mir jede wissenschaftliche Studie, die sie finden kann und die beweist, wie sehr eine Scheidung Kinder traumatisiert. Sie schickt sie kommentarlos per E-Mail – nur die Adresse, damit ich sie anklicken kann. Eine Schmutzbombe als freundliche Erinnerung von einer liebenden Ehefrau."

Die Wut in Daniels Stimme war nicht zu überhören. „Verdammte Marcia. Das ist nicht richtig, Nick. Kein Gericht kann dir das Sorgerecht verweigern, weil du schwul bist. Das ist Diskriminierung. Hast du mit einem Anwalt gesprochen?"

Nick schüttelte den Kopf. „Nein. Aber es passiert so oft. Glaub mir, ich habe die Presse verfolgt. Die Gerichte nennen es natürlich nicht Diskriminierung, aber sie haben einen breiten Ermessensspielraum für ihre Entscheidungen. Sie nennen es Kindeswohl oder begründen es mit moralischen Bedenken. Und dann ist da noch die Sache, dass Marcia über die Pornos Bescheid weiß und behauptet, ich wäre ihr untreu gewesen. Da kann sich jedes Gericht einen Grund aussuchen. Marcia fühlt sich wohl in ihrem Leben. Sie will es nicht aufgeben. Und ich kann nicht riskieren, die Kinder zu verlieren. Selbst wenn ich dazu bereit wäre, wenn ich mich damit abfinden würde, sie nur noch ab und zu sehen zu dürfen ... Ich will nicht, dass Marcia die einzige Einflussperson in ihrem Leben ist. Das kann ich nicht zulassen. Nicht für meine Kinder."

„Ich weiß."

Dieses Mal war es Daniel, der Nick berührte. Er legte ihm die Hand auf die Schulter. „Vertraust du mir?"

Nick zögerte nur kurz. „Ja."

„Dann lass mich Erkundigungen einziehen."

Nick holte zischend Luft. „Ich weiß nicht."

„Ich will nur mit einigen Leuten reden, mehr nicht. Außer ... außer du willst wirklich, dass ich mich einmische. Außer, du ... Verdammt. Es geht mich wirklich nichts an."

Daniel ließ die Hand von Nicks Schulter gleiten und Nick konnte den Zweifel in seiner Stimme hören. Sofort kamen die Kälte und die Unsicherheit zurück. Nicks Herz fing schneller zu schlagen und er fühlte sich, als hätte er einen Stein im Magen.

„Ich habe es nicht so gemeint vorhin, als ich dir vorgeworfen habe, du hättest nichts zu sagen bei den Kindern. Ich glaube, ich habe mir einfach nur ... das Gegenteil gewünscht. Auch wenn du nur mein Freund wärst, Daniel, würde ich wollen, dass du an ihrem Leben teilnimmst. Ich weiß, dass du die Kinder sehr gerne hast."

Auch wenn du nur mein Freund wärst. Die Worte hingen in der Luft und Nick fühlte sich höllisch verletzlich. Er kam sich vor, als würde er über einem Abgrund schweben, der jederzeit die geheimen Wünsche freigeben konnte, die sich mit Haken und Ösen in seinem Herzen festgesetzt hatten. Und Nick hatte Angst, auch wenn der Schmerz in Daniels Stimme ihm Hoffnung gab. Daniel wäre durch Nicks Worte in der Küche nicht so verletzt worden, wenn sie ihm egal gewesen wären. Er musste in der vergangenen Woche ähnliche Gefühle empfunden haben wie Nick.

Nicks Hand fand den Weg zu Daniels Bein. Es war keine Absicht und geschah wie von selbst. Er fühlte die nackte Haut über Daniels Knie, wo die Shorts endeten. Es war, als wollte sich eine Verbindung zwischen ihnen herstellen, aber sie wurde erschwert durch die Wand, die Daniel um sich herum errichtet hatte. Nick wollte das nicht. Er wollte sich so fühlen wie vorhin, als Daniel ihm die Schultern massiert hatte – lebendig und voller Verlangen. Gott, wie sehr er sich danach sehnte.

„Bitte, Daniel. Du musst mit mir reden. Ich kann nicht … Ich habe das Gefühl, verrückt zu werden. Du musst mir sagen, ob ich mir das alles nur einbilde oder nicht. Ich … ich will mich nicht zum Narren machen."

Endlich sah Daniel ihn an, aber seine Augen lagen im Schatten und sein Blick blieb unergründlich. „Was bildest du dir denn ein, Nick?"

Nick versuchte verzweifelt, Daniels Miene zu deuten, doch es gelang ihm nicht. „Ich weiß es nicht genau. Dass …" Er holte tief Luft. „… dass es nicht nur um Freundschaft geht. Ich bin vermutlich schon vollkommen durchgedreht und …"

„Und was fühlst du bei diesem Gedanken?", fragte Daniel leise.

Nick verstummte und starrte ihn an. Ihm sprang fast das Herz aus der Brust.

Daniel beugte sich etwas näher zu Nick. Der schwache Lichtschein der kleinen Lampe am Ende des Bootsstegs ließ jetzt seine Augen erkennen. Er war nach Nicks Geständnis nicht zurückgewichen – im Gegenteil, er war näher zu ihm gekommen. Das musste doch etwas bedeuten, oder? Nur noch zwanzig Zentimeter lagen zwischen ihnen. Daniel sah Nick direkt in die Augen. Das war nicht der Blick eines Mannes, der mit anderen Männern nichts zu tun haben wollte. Ein solcher Mann hätte auch mehr Abstand gewahrt. Ein leises Stöhnen entrang sich Nicks Kehle.

„Was fühlst du, Nick?", fragte Daniel wieder. Sein Blick war jetzt fest auf Nicks Mund gerichtet.

Nicks Kehle war wie zugeschnürt und er brachte kein Wort über die Lippen. Also fasste er mit seiner freien Hand an Daniels Brust und klammerte sich an Daniels Hemd fest, als wäre es seine Rettungsleine. „Ja, verdammt", hörte er sich keuchen.

Und dann küssten sie sich. Nick konnte nicht sagen, wer von ihnen sich zuerst bewegte. Es spielte auch keine Rolle. Er fühlte Daniels Mund auf seinem und sie küssten sich, hart und gierig. Nick saugte stöhnend an Daniels Zunge. Gott, wie er das brauchte. Er brauchte es so sehr. Sein Körper war wie ausgehungert nach Kontakt und das ... das war Daniel. Eine kleine Stimme in seinem Kopf wollte ihn warnen und daran erinnern, dass er verheiratet war. Nick brachte sie erbarmungslos zum Schweigen. Dieser Augenblick war die Erfüllung eines Traumes, den er so lange Zeit gehegt hatte. Und in all den Jahren hatte er nie an sich gedacht. Jetzt konnte er sich seinen Wunsch nicht mehr versagen.

Die Welt drehte sich um ihn und ihm wurde schwindelig. Nick merkte, dass er mit dem Rücken auf die Bretter des Stegs gedrückt wurde. Es war Daniel, der ihn nach unten drückte, der ihn leidenschaftlich küsste und ihm eine Hand unters T-Shirt schob. Die Berührung seiner Finger brannte wie Feuer auf Nicks Haut. Oh Gott, jetzt würde es geschehen.

„Warte." Nick drehte den Kopf zur Seite.

Daniels Hand hielt inne und er drückte sich mit dem Gesicht an Nicks Hals. Sein Atem ging keuchend und sein Schwanz fühlte sich an wie eine Eisenstange an Nicks Bein. Er stöhnte. „Gott, Nick, ich will dich so sehr. Sag mir nicht, dass ich jetzt aufhören soll."

Diese Worte und der harte Beweis von Daniels Erregung jagten einen Schauer des Verlangens durch Nicks Körper. Wenn er noch die geringsten Zweifel daran gehegt hätte, dass Daniel schwul war und das nicht wollte, hätten sie sich spätestens in diesem Augenblick zerstreut. Und vielleicht sollten sie darüber reden, nur ... bitte nicht jetzt. „Gras", keuchte Nick und rieb Daniel mit beiden Händen über den Rücken. „Decke. Dunkelheit."

Damit war sein Repertoire erschöpft. Glücklicherweise verstand Daniel ihn, denn er stand sofort auf und zog Nick auf die Füße. Dann rannten sie Hand in Hand zurück zum Haus. Daniel schnappte sich eine Decke von der Terrasse und sie liefen in die dunklen Schatten der Wiese hinaus, wo sie nicht von neugierigen Blicken aus dem Haus entdeckt werden konnten. Daniel breitete die Decke aus und versuchte überflüssigerweise, sie gerade zu ziehen, da sprang Nick ihn an, warf ihn auf den Rücken und küsste ihn.

Guter Gott. Nick spürte Daniels harten Körper unter sich und alles in ihm schrie nach *Action.* Er wollte Daniel das Hemd ausziehen, landete aber zwischen dessen gespreizten Beinen. Selbst durch den Stoff ihrer Hosen fühlte sich Daniels harter Schwanz so unwiderstehlich gut an, dass Nick das Hemd vergaß und sich an ihm rieb. Es war schon so lange her und – verdammt – *er brauchte Daniel jetzt.* Er presste sich mit den Hüften an ihn und sie küssten sich saugend und leckend. Daniel schmeckte leicht nach Bier und Kokosnuss. Sonnencreme? Nick hob die Hüften an und legte sich so, dass sein Schwanz direkt auf den von Daniel drückte. Daniel stöhnte und drehte den Kopf zur Seite.

„Gott, Nick. Wenn du nicht aufhörst, komme ich gleich."

Nick merkte erst jetzt, was er machte. Er rollte sich verlegen von Daniel runter auf die Decke. „Verdammt, es tut mir leid. Ich führe mich auf wie ein wildes Tier."

„Ja, Nick, das tust du. Wie ein wildes Tier", knurrte Daniel halb scherzend und halb erregt. Dann setzte er sich auf und zog sich das Hemd über den Kopf. Die Knöpfte sprangen in alle Richtungen davon. „Und jetzt zieh dich aus und mach genau da weiter."

DANIEL WAR erleichtert, ekstatisch und … verdammt geil. *Nick begehrte ihn.* Oh ja, und wie! Zum Teufel, Nick verzehrte ihn praktisch bei lebendigem Leib. Daniel hatte sich in seinem Leben noch nie etwas so gewünscht, wie jetzt bei Nick zu sein – weder einen Geschäftsabschluss, weder ein Examen noch eine fette Gehaltsabrechnung. Das waren alles Dinge, die er sich für sein Ego wünschte. Das Verlangen danach entsprang seinem Ego. Aber sein Verlangen nach Nick kam aus Daniels wahrem Kern, einem Kern, den er tief in sich verborgen und schon fast vergessen hatte. Nick hatte jahrelang an Daniels Seite gestanden und Daniel war überzeugt davon, dass Nick seine Zukunft war. Sie gehörten zusammen. Und jetzt, da er sich endlich sicher war, würde er dafür sorgen, dass es wahr wurde. Solange Nick ihn begehrte, wollte sich Daniel durch nichts und niemanden an der Verwirklichung dieses Ziels hindern lassen. Zusammen konnten sie alles schaffen.

Zum ersten Mal in seinem Leben war Daniel mit einem Mann zusammen, und es war so verdammt heiß. Er fühlte nicht das leiseste Bedauern, nur Freude und ein Verlangen, so tief und unkontrollierbar, dass er beinahe laut darüber gelacht hätte vor Freude. Wochenlang hatte er darüber gegrübelt, hatte Michael besucht und sich nach Nick gesehnt, hatte Nick ausgetestet und seine sexuelle Spannung war bis ins Unerträgliche gestiegen. Und jetzt sollte sie endlich befriedigt werden. Er fühlte sich so sexy und erregt, wie er es nie für möglich gehalten hätte.

Daniel sah zu, wie Nick sich das Hemd auszog und die nackte Brust zum Vorschein kam. Es war dunkel in den Schatten, aber Daniels Augen hatten sich daran gewöhnt und Nicks Haut schien im Mondlicht zu glänzen.

„Verdammt." Daniel sah ihn bewundernd an. Nick wollte sich die Shorts ausziehen, doch Daniel stieß ihn auf die Decke. „Lass mich das machen."

Nick lag mit nackter Brust auf dem Rücken. Gott, das hatte sich Daniel seit Hongkong gewünscht ... Nick unter sich liegen zu haben und ihn berühren zu können, wo immer er wollte. Als ob Nick es spüren könnte, legte er einen Arm unter den Kopf und ließ es mit sich geschehen.

Daniel schwang ein Bein über Nick und hockte sich auf dessen Oberschenkel. Er fuhr ihm mit beiden Händen über die Brust, fühlte die Wärme von Nicks Haut und die verblüffend weichen, rostbraunen Haare, die Nicks Brust bedeckten und sich über den Bauch nach unten fortsetzten.

„Guter, Gott, Nick. Das habe ich mir schon die ganze Woche gewünscht."

Nick entfuhr ein wimmerndes Stöhnen und er hob die Hüften.

Daniel konnte sich dem nicht entziehen. So gerne er Nicks Brust streichelte – er fuhr ihm mit den Handflächen über die Nippel und Nick drückte sich ihm entgegen –, so sehr wollte er auch mehr. Er ließ die Hände nach unten gleiten, bis zum Rand von Nicks Shorts und noch tiefer. Dann strich er ihm mit dem Daumen über die Erektion, die sich hinter dem Stoff abzeichnete. Einen anderen Mann – Nick! – das erste Mal zu berühren, ließ Daniels Schwanz vor Erregung pochen und seine Eier zogen sich zusammen.

„Verdammt, ich könnte allein davon kommen", flüsterte er, rutschte nach hinten und senkte den Kopf, um sein Gesicht an der Beule in Nicks Hose reiben zu können. Daniel liebte dieses Gefühl – so hart und unnachgiebig. Er drückte sich mit der Wange an Nicks Schwanz.

„Um Gottes Willen, Daniel. Wenn du nicht gleich etwas unternimmst, explodiere ich", bettelte Nick und musste über sich selbst lachen.

„Kann ich … meinen Mund nehmen?" Daniel küsste Nicks Schwanz durch den feuchten Stoff.

Nick holte keuchend Luft. „Mein Gott, es ist so lange her … Ja, *bitte!*"

Daniel setzte sich auf, um Nick die Hose auszuziehen. „Weißt du, ich wollte das schon in Hongkong."

„Wirklich?" Nick hörte sich überrascht an, ließ sich aber durch Daniels Finger schnell ablenken. Er hob die Hüften an, als Daniel den Reißverschluss aufzog.

„Ja. Kannst du dich erinnern, wie du die Saketasse an die Wand geworfen hast? Da bin ich das erste Mal für einen Mann steif geworden. Und seitdem hat es nicht mehr aufgehört."

Nick wimmerte. „Gott, Daniel. Wirklich? Ich … ich begehre dich schon so lange."

Es wäre schön gewesen, dieses Thema zu verfolgen, aber jetzt war auch Daniel mit wichtigeren Dingen beschäftigt. Unter Nicks geöffneten Shorts kamen hellere Boxershorts zum Vorschein. Der eng anliegende Stoff betonte einen harten Schwanz, so verführerisch wie die Sünde. Daniel hielt es nicht mehr aus. Er zog Shorts und Unterhose in einem Rutsch über Nicks Beine nach unten. Der steife Schwanz richtete sich auf und Daniel starrte ihn einen Augenblick lang fasziniert an, bevor er sich auf den Bauch legte und mit dem Gesicht daran rieb.

„Ahhh!" Nick biss sich in die Hand, um einen Schrei zu unterdrücken, der wahrscheinlich bis nach Seattle zu hören gewesen wäre. Dann legte er die andere Hand auf Daniels Kopf. „*Oh Gott! Verdammt.*"

Daniel liebte Nicks Töne. Er leckte über die ganze Länge von Nicks Schwanz – und *war* das ein Prachtexemplar –, legte den Mund um die Eichel und ließ ihn aufreizend langsam zwischen seine Lippen gleiten.

Daniel war nicht unvorbereitet. Er hatte sich während der letzten Wochen schwule Pornos angesehen und sogar per E-Mail einen Dildo bestellt, um damit zu üben. Er war auf alles vorbereitet, was Nick sich wünschen könnte. Daniel mochte unerfahren sein, wenn es um Männer ging, aber er war beileibe nicht dumm. Er glaubte fest daran, dass mit genügend Enthusiasmus die Schlacht schon halb geschlagen war. Und davon hatte er nun wirklich mehr als genug.

Er widerstand Nicks nicht allzu subtilen Versuchen, seinen Schwanz tiefer in Daniels Mund zu schieben. Stattdessen leckte, saugte und knabberte er zärtlich an Nicks Schaft. Dann fing er an, Nicks Eier zu küssen und zu lecken.

„Oh, *ja*", keuchte Nick, stieß Daniels Kopf zur Seite und setzte sich auf. Dann schob er sich mit den Füßen die Shorts von den Beinen, als wären sie in Feuer ausgebrochen, legte sich wieder hin, spreizte die Beine und stützte sich mit den Füßen auf dem Boden ab. Verdammte Scheiße, war das geil.

„Was willst du, Nick?", fragte Daniel scherzhaft, als er Nicks eindeutige Haltung sah.

„Mehr", bettelte Nick. „Gott, Daniel, es ist so lange her. Ich … ich brauche alles." Er hob auffordernd die Hüften vom Boden.

Also gab Daniel ihm mehr. Er verlor sich in dem Gefühl von Nicks Haut unter seiner Zunge – unglaublich samten an den Hoden, überraschend zart an den Schenkel und dem harten Schwanz. Nick stöhnte, fluchte und seufzte. Irgendwann merkte Daniel, dass ein Teil dieser Geräusche von ihm selbst kam. Es hätte ihm peinlich sein sollen, aber es war nur wunderbar. Wann hatte er sich einem Menschen das letzte Mal so vorbehaltlos öffnen können? So ohne jede Scham …

Daniel fing an, rhythmisch an Nicks Schwanz zu saugen. Das Auf und Ab auf seiner Zunge, Nicks Zittern und Beben und die Laute, die er von sich gab … Es war zu gut, um aufzuhören. Und dann war Nick da und Daniel ließ ihn fallen und fing ihn wieder auf. Er fühlte auf der Zunge, wie Nicks Schwanz noch härter wurde, hörte das Keuchen, das Nicks Orgasmus ankündigte, spürte den bittersüßen Geschmack im

Mund, der ihm sämtliche Sinne benebelte. Daniel stöhnte und schluckte jeden Tropfen.

Er lag auf dem Bauch zwischen Nicks Beinen und wäre beinahe auch gekommen. Nicks Schwanz wurde langsam schlaff in seinem Mund und Daniel wusste, einige Stöße an die Decke unter ihm hätten ausgereicht. Aber er wollte von Nick berührt werden und Nick schien das auch zu wollen, denn er blieb nur kurz liegen und setzte sich dann auf.

„Komm her", sagte er zärtlich und zog Daniel in die Arme. „Das war … wunderbar. Das hat seit meiner Schulzeit niemand mehr für mich getan."

„Ich stehe jeden Freitagabend zur freien Verfügung", scherzte Daniel übermütig. Dann küsste er Nick auf beide Wangen und den Mund. Nick schob ihm die Zunge in den Mund und Daniel fragte sich, ob Nick den Geschmack mochte.

Nick rollte Daniel auf den Rücken, ohne den Kuss zu unterbrechen. Ungeduldig knöpfte er ihm die Hose auf und zerrte am Reißverschluss.

„Ich will dich", keuchte er erregt, als ob er nicht gerade erst gekommen wäre. „Ich will dich so sehr." Und dann streichelte er Daniel durch die Unterhose. Daniel seufzte und schloss die Augen, um sich besser beherrschen zu können.

„Ich, äh … Das wird jetzt kein Weltrekord in Ausdauer." Daniel atmete zischend ein, als Nick ihm die Unterhose runterzog und ihm die Hand um den Schwanz legte.

„Gut. Weil ich dich kommen sehen will wie einen verdammten Geysir."

Daniel schrie laut, als Nick ihn in seinem warmen Mund nahm. Nick wusste offensichtlich auch nach der langen Zeit noch genau, was er tat. Vielleicht war es, wie mit dem Radfahren. Nick saugte und nahm Daniels Schwanz tief in den Mund, hob und senkte den Kopf und hatte Daniel innerhalb kürzester Zeit am Rand des Höhepunkts. Es war Daniel peinlich, fühlte sich aber so verdammt gut an, dass er nicht die Kraft aufbrachte, sich zu widersetzen. Und als er die Augen wieder öffnete, um in die Wirklichkeit zurückzukommen, sah er über sich *Nick*, der ihm den Schwanz lutschte, als gäbe es nichts Köstlicheres auf der Welt. Das war alles, was Daniel noch brauchte. Er packte

Nick warnend am Handgelenk und gab auf. Seine Muskeln zogen sich zusammen, sein Kopf schnappte nach oben und alles an ihm drängte sich Nick entgegen.

Langsam ließ es nach. Daniel war wie ausgelaugt. Er ließ sich wieder auf die Decke fallen und lachte.

„Was ist?", fragte Nick amüsiert und kroch nach oben, um sich auf ihn zu legen.

„Das alles. Ich kann es nicht glauben. Wie habe ich nur fünfunddreißig Jahre ohne das alles überlebt? Na ja, fünfundzwanzig Jahre. Ich war ein Frühentwickler."

„Du meinst Sex mit einem Mann?" Nick sah ihm unsicher in die Augen.

„Genau das meine ich." Daniel streichelte ihm über die Seite.

„Seit wann, Daniel?", fragte Nick leise.

Daniel seufzte. „Seit mein Dad krank geworden ist und ich über mein Leben reflektiert habe. Seit mir in Hongkong bewusst wurde, dass ich dich begehre."

Daniel wusste, sie sollten über Marcia reden und darüber, was zwischen ihnen war und was sie zu unternehmen gedachten. Aber es fühlte sich so gut an, Nick in den Armen zu halten und einfach so zu tun, als würde Nick ihm gehören. Daniel wollte diesen romantischen Augenblick nicht verderben. Er fühlte sich geborgen, als wären sie in eine warme Decke eingewickelt, die sie vor der Welt behütete. Nein, jetzt nicht. Er half Nick auf die Beine. Dann zogen sie sich an und gingen ins Haus zurück.

Alle schliefen. Nick blieb vor der Tür zu seinem Zimmer stehen. „Komm mit zu mir", sagte Daniel und zog an Nicks Hand.

Nick sah sich schuldbewusst in dem leeren Flur um. „Die Kinder."

„Ich kann die Tür abschließen und stelle den Wecker auf sieben Uhr. Sylvan und Jenny schlafen normalerweise länger."

Mit einem zärtlichen Lächeln auf den Lippen gab Nick nach. Sie gingen in Daniels Zimmer und krochen zusammen ins Bett. Daniel schlief mit Nick in den Armen und einem wunderbaren Glücksgefühl in der Brust ein. Sicher, da war auch Unsicherheit, weil noch so viele unbewältigte Probleme vor ihnen lagen. Daniel mochte keine halben Sachen, besonders dann nicht, wenn es um wichtige, lebensverändernde

Dinge ging. Aber Nick wollte ihn auch, und das reichte Daniel für den Anfang. Sein Kopf wollte noch Pläne für die Zukunft schmieden, aber sein Körper war zu erschöpft und befriedigt, so dass er in einen tiefen Schlaf fiel.

15

AM NÄCHSTEN Morgen wurden sie von der Realität eingeholt. Es war
kurz vor sieben, als Daniel die Augen öffnete und einen Blick auf den
Nachttisch warf, wo sein Handy lag. Er hatte den Wecker auf fünf vor
sieben gestellt. Das war in zwei Minuten. Es war nicht ungewöhnlich für
Daniel, vor dem Klingeln des Weckers aufzuwachen, aber heute lag das
an dem Knirschen des Kieses in der Einfahrt. Ein Auto. Lautes Hupen
durchbrach die Stille. Daniel und Nick schossen hoch.

„Was …?", fragte Nick schlaftrunken.

Wer immer es auch war, er stand vor ihrem Haus und hupte
lautstark. Daniel ärgerte sich. Was sollte das? Er stand auf und ging
zum Fenster. Nick folgte ihm. Daniel schob den Vorhang zur Seite und
schaute nach draußen.

„Verdammt", fluchte Nick.

In der Einfahrt stand Marcia neben ihrem Porsche, die Hand auf
der Hupe. Sie war offensichtlich sehr wütend. Sie starrte das Haus an und
erkannte Nick und Daniel, die verschlafen und nur in ihre Unterhosen
bekleidet hinter dem Fenster standen.

„Verdammte Scheiße", sagte Nick erschrocken, drehte sich auf
dem Absatz um und zog sich an.

„Warte, Nick." Daniels Herz klopfte wild und mühte sich um
einen klaren Gedanken, aber Nick war schon aus dem Zimmer gestürmt.

Daniel zog hastig frische Shorts an und ein Hemd, das er aus dem
Schrank holte. Dann rannte er die Treppe hinab. Die Haustür stand offen
und er sah gerade noch, wie Marcia, die immer noch bei ihrem Auto
stand, Nick eine schallende Ohrfeige gab.

Daniel war schlecht vor Wut, als er zum Auto ging. „Hey, hey,
hey! Das ist Körperverletzung! Das ist vollkommen unnötig!"

„Mit dir rede ich nicht", fuhr Marcia ihn wütend an und drehte
sich wieder zu ihrem Mann um. „Mit ihm rede ich nicht, Nick."

„Daniel, geh zurück ins Haus", sagte Nick ruhig. In seinem bleichen Gesicht hob sich rot der Abdruck von Marcias Hand ab.

„Nein, das werde ich nicht tun." Daniel ging einen Schritt näher auf Nick zu.

Marcia ignorierte ihn und funkelte Nick zornig an. „Das machst du also, kaum, dass ich die Stadt verlassen habe? Versteckst dich hier mit deinem *Liebhaber*? Und nimmst die Kinder mit? Wie kannst du das tun, Nick? Wie kannst du meine Kinder diesem ekelhaften, *schwulen* Sex aussetzen?"

„Das ist absolut unangebracht!", schrie Daniel.

„Was … was ist mit deinem Lehrgang?", fragte Nick, als hätte er immer noch nicht kapiert, was vor sich ging.

„Mom ist bei uns gewesen, um nach den Kindern zu schauen. Niemand war zuhause, also hat sie Consuela angerufen. Consuela hat ihr die Kontaktadresse gegeben und Mom hat mich natürlich informiert. Kannst du dir vorstellen, wie demütigend es für mich war, dass ich davon nichts wusste? Das du die Kinder mitgenommen hast? Das ist Entführung!"

Daniel brach in ungläubiges Gelächter aus. „Oh mein Gott! Das ist doch hanebüchener Unsinn, und das weißt du auch."

Jenny kam aus dem Haus. Sie war offensichtlich auch gerade erst aufgewacht. „Mom? Was ist denn los?"

Nick warf seiner Tochter einen panischen Blick zu. „Komm schon, Marcia. Nicht vor den Kindern", zischte er.

„Nicht vor den Kindern? Und das sagst ausgerechnet du?"

Jenny kam auf sie zu. „Dad?", fragte sie mit zitternder Stimme.

Marcia schien ihre Tochter erst jetzt richtig wahrzunehmen. Das Mädchen ertrank fast in einem übergroßen, grauen T-Shirt und blauen Boxershorts. Die gebleichten Haare oben auf ihrem Kopf waren ungekämmt und standen noch wirrer ab als gestern Abend, die schwarzen Locken hingen ihr verstrubbelt über die Schultern. Daniel fand, dass sie niedlich aussah. Marcia schien anderer Meinung zu sein.

„Das habt ihr doch nicht erlaubt, oder?", keuchte sie schockiert. Ihre Stimme bebte vor Wut.

„Jenny, geh bitte ins Haus. Ich komme gleich nach", sagte Nick noch ruhiger als zuvor. Er versuchte offensichtlich sehr, sich zusammenzureißen. Trotzdem waren ihm seine Gefühle deutlich anzuhören.

„Pack deine Sachen!", schnappte Marcia Jenny an. „Und hol deinen Bruder. Ihr werdet sofort mit mir nach Hause kommen." Sie drehte sich zu Nick um. „Und du, Nick Ross … Du steigst entweder mit uns ins Auto oder ich schwöre bei Gott, dass ich dich vor Gericht zerren werde."

„Dad, was ist denn passiert?" Jenny kam vorsichtig auf ihn zu und legte den Arm um seine Taille. Ihre großen Augen waren ängstlich auf Marcia und Daniel gerichtet.

„Hör auf, Daniel. *Bitte*", sagte Nick mit flehendem Blick. Er machte sich Vorwürfe und in seinen Augen glänzten Tränen. Daniel konnte es kaum mit ansehen. Es zerstörte sein Selbstbewusstsein und seine Kontrolle. Nick brach zusammen.

„Nick, das muss alles nicht sein. Sie kann nicht …", fing Daniel an.

Aber Nick hob nur die Hand und brachte ihn zum Schweigen. Dann holte er tief Luft und sah seine Tochter an. Daniel erkannte, wie schwer es Nick fiel, die Fassung zu wahren. „Es ist alles in Ordnung, mein Schatz", sagte Nick. „Lass uns mit Mom nach Hause fahren. Daniel muss sich um seinen Dad kümmern. Wecke bitte Sylvan und packt eure Sachen, ja?"

Jenny nickte und schlich mit gesenktem Kopf ins Haus zurück.

Daniel fuhr sich frustriert durch die Haare, hielt aber den Mund. Verdammt, das war schnell den Bach runtergegangen. Er war noch nie in seinem Leben so wütend gewesen oder hatte sich so blamiert gefühlt. Und jetzt bekam er auch noch Angst. Angst um Nick. Angst um sie alle.

„Gott, was war ich doch für eine Närrin. All eure *Geschäftsreisen* …" Marcia war immer noch wütend, aber jetzt machten sich auch Selbstmitleid und Verachtung in ihrer Stimme bemerkbar.

„Marcia, du täuschst dich", erwiderte Nick „Daniel und ich … So war das nicht."

„Über welche Geschäftsreisen beschwerst du dich denn?", mischte sich Daniel ein. „Meinst du etwa die Geschäftsreisen, mit denen Nick Millionen von Dollar verdient hat, damit du nicht arbeiten musst?"

„Du verdammter …"

„Lasst das!", schrie Nick zornig.

Daniel schloss den Mund.

„Daniel, ich will diesen Streit nicht vor den Kindern austragen. Geh zurück ins Haus. Ich werde mit Marcia zurückfahren."

Daniel warf Marcia noch einen wütenden Blick zu und ging. Nick kam einige Minuten später nach und fing wortlos zu packen an. Daniel stand in der Tür zu Nicks Zimmer und beobachtete ihn. Er wusste nicht, was er sagen sollte.

„Du musst das nicht tun, Nick."

„Wir reden später darüber, Daniel", erwiderte Nick, ohne ihm in die Augen zu sehen. „Es tut mir leid, aber ich muss jetzt sehen, wie ich Jenny und Sylvan da raushalte. Ich hätte es ihnen niemals zumuten dürfen."

„Du hast ihnen gar nichts zugemutet. Wir hatten nur eine nette Woche auf der Insel."

Nick gab ihm keine Antwort.

Daniel verstand, dass Nick aufgeregt war und sich Vorwürfe machte, obwohl es nicht fair war. Wenn jemand die Verantwortung trug, dann Daniel selbst. Aber er konnte diese Woche nicht bedauern, keine Sekunde davon. Sagen konnte er das allerdings nicht mehr, denn die Kinder liefen aufgeregt durchs Haus und stellten Fragen. Nick war vollauf damit beschäftigt, sie zu beruhigen und so zu tun, als wäre alles in Ordnung und sie würden nur mit Mommy nach Hause fahren, weil es so praktisch wäre. Daniel fühlte mehrfach Jennys zweifelnde Blicke auf sich gerichtet. Sie nahm ihrem Vater die Geschichte nicht ab.

Zehn Minuten später fuhr Marcia mit zwei schmollenden Kindern und einem wie erstarrt wirkenden Nick los. Das leere Haus schien sich über Daniel lustig machen zu wollen.

Er setzte sich aufs Sofa und starrte vor sich hin. Dann fing er zu zittern an. Er streckte beide Hände aus und schaute sie an. Sie zitterten wie Espenlaub. Daniel hatte das Gefühl, gleich zerbrechen zu müssen. Mit schweren Beinen stand er auf und ging nach unten.

Sein Vater saß in dem Sessel neben dem Bett. Der Pfleger, Hector, begrüßte Daniel mit einem gezwungenen Lächeln. Daniel sah ihnen an, dass sie zumindest einen Teil der Aufregung mitbekommen hatten. Es wäre auch schlecht möglich gewesen, die Hupe zu überhören.

„Frank hat gerade gefrühstückt", sagte Hector. Er nahm einen Teller mit Eiern und Toast vom Tisch und ging aus dem Zimmer, um sie allein zu lassen.

„Was ist passiert, Dan?"

„Dad, es ist die reinste Katastrophe", erwiderte Daniel mit gebrochener Stimme und schlug die Hände vor den Mund.

Frank streckte die Arme aus. Daniel kniete sich neben dem Sessel auf den Boden und legte den Kopf in den Schoß seines Vaters. Tränen stiegen ihm in die Augen. Er konnte sie nicht zurückhalten. Es war so gut gewesen. Die Hoffnung und die Freude der letzten Nacht, der Optimismus, den er empfunden hatte. Und dann das grausame Erwachen und der tote Ausdruck in Nicks Gesicht.

Frank streichelte ihm über den Kopf. „Ich nehme an, das war seine Frau."

Daniel nickte. „Es ist … Sie haben seit Jahren nicht mehr miteinander geschlafen, aber Nick ist wegen der Kinder bei ihr geblieben. Er hat so viel mehr verdient." Daniels Kehle war wie zugeschnürt und er konnte kaum schlucken. „Du hast mir gesagt, ich soll leben. Nun, jetzt lebe ich. Ich liebe Nick, Dad. Ich … ich bin schwul."

Franks Finger hörten nicht auf, ihm über den Kopf zu streicheln. „Nun, was mich angeht, so ist mir das scheißegal. Falls du mich das fragen wolltest."

Eine Mischung aus Schluchzen und Lachen kam aus Daniels Kehle. Das musste man seinem Vater lassen – er kam immer auf den Punkt.

„Jeder Idiot kann sehen, dass ihr euch liebt. Und die Kinder …" Frank hörte sich nachdenklich an. „Es hat ungewöhnlich lange gedauert, bis du auf den Trichter gekommen bist. Du kennst Nick seit einer Ewigkeit und es ist dir erst jetzt aufgefallen? Wenn du es früher bemerkt hättest, wäre mir mehr Zeit mit Jenny und Sylvan geblieben."

„Ich wusste doch selbst nicht, dass ich schwul bin. Ich habe es erst bemerkt, nachdem du mit mir gesprochen hast und ich endlich über mein Leben nachdachte."

Franks Hand blieb still auf Daniels Kopf liegen. „Nun. Ich nehme an, dieses Gespräch hat uns beide aufgewühlt. Um ehrlich zu sein, hätte ich in der Vergangenheit sowieso zu viel gearbeitet, um etwas von den

Kindern zu haben. Aber für dich ist es noch nicht zu spät, Daniel. Es würde mir großen Frieden schenken, wenn ich das glauben könnte."

„Ich werde nicht in mein altes Leben zurückkehren. Aber es wird nicht leicht, Dad. Marcia ist die wahre Hölle und Nick ... Er würde alles tun, um seine Kinder nicht zu verletzen. Er würde mich stehenlassen und gehen, ohne mich noch ein einziges Mal anzusehen."

Sein Vater versteifte sich. „Setzt dich hin, Daniel. Genug von dem Gejammer."

Daniel setzte sich auf. Er kam sich wie der letzte Versager vor. Frank nahm ihn an der Hand und sah ihm mit diesem Blick in die Augen, den Daniel nur zu gut kannte. Dieser Blick, der jeden halbwegs vernünftigen Menschen in die Flucht schlug. Da war er wieder, der Mann aus Stahl. „Hör mir jetzt zu. Ich helfe euch, so gut ich kann. Du bist vielleicht ein harter Hundesohn, aber ich bin härter. Du musst mir nur etwas versprechen, weil ich nicht mehr da sein werde, um dir den Arsch zu versohlen, falls es nötig sein sollte."

„Dad ..."

„Versprich es mir!"

Daniel nickte wortlos.

„Versprich mir, dass du die Sache zu Ende bringst und gut zu dieser Familie sein wirst. So, wie du es in der letzten Woche warst."

Daniel nickte wieder. „Ich verspreche es."

Frank grunzte zustimmend und schloss für einen Moment die Augen. Dann verzerrte sich sein Gesicht vor Schmerz und er klammerte sich fester an Daniels Hand. Aber es ging schnell vorbei, und als er die Augen wieder öffnete, waren sie voller Leben. „Hol mir mein Handy. Es wird Zeit, die Truppen zu sammeln."

TEIL III: DER VERTRAGSABSCHLUSS

ENTHÜLLEN

(1) Schädliche oder geheime Informationen über eine Person oder Sache aufdecken.

(2) Den Beweis erhalten, dass jemand etwas Falsches oder Verbotenes getan hat.

16

NICK UND Marcia sprachen während der Fahrt von Bainbridge nach Hause kaum ein Wort miteinander. Es war wie eine unausgesprochene Übereinkunft. Sylvan war offensichtlich komplett ahnungslos und schien die Spannungen nicht zu bemerken. Er erzählte fröhlich von den wunderbaren Tagen, die sie auf der Insel verbracht hatten. In jedem Satz kam Daniel vor – Daniel dies und Daniel das. Marcia klammerte sich ans Lenkrad und presste die Lippen immer fester zusammen, je öfter dieser Name fiel. Zu Nicks großer Erleichterung kam sie aber mit keinem Wort darauf zurück, was gerade vorgefallen war. Jenny starrte schweigend aus dem Fenster. Selbst ihr Handy hatte Ruhepause, was mehr über ihren Gemütszustand aussagte, als tausend Worte es gekonnt hätten.

Es war erst zehn Uhr morgens, als sie zuhause ankamen. Marcia teilte Jenny und Sylvan mit, sie würden heute Grandma besuchen. Dann packte sie die beiden protestierenden Kinder wieder in den Wagen und fuhr sofort los, warf aber Nick zum Abschied noch einen warnenden Blick zu. Die Botschaft war eindeutig. *Rühr. Dich. Nicht. Vom. Fleck.*

Nick ging in sein Büro und beantwortete E-Mails, um auf andere Gedanken zu kommen. Er war vollkommen erschöpft. Er hatte ein Gefühl im Magen, als wäre jemand gestorben. Vielleicht stimmte es ja. Vielleicht war er selbst gestorben oder der Teil von ihm, in dem Hoffnung und Glaube lebten. Dabei war dieser Teil gerade erst wieder zum Leben erweckt worden. Es war schon ironisch.

Er war dabei erwischt worden, seine Frau zu betrügen. Mit einem Mann. Was sollte er tun? Würde Marcia endlich in eine Scheidung einwilligen? Und wenn ja – würde er dann das Sorgerecht für die Kinder verlieren? Durch seine Untreue wurde es jedenfalls wahrscheinlicher. Wie hatte er nur so dumm sein können? Wie hatte er dieses Risiko eingehen können? Sie hatten sich auf der Insel so wohl gefühlt. Davon hatte er sich einlullen lassen. Davon und von der Zuneigung zu Daniel.

Nick hatte nur an sich selbst und seine eigenen Bedürfnisse gedacht und darüber seine Pflichten als Vater vergessen.

Er war hin- und hergerissen. Er wusste, dass er früher oder später mit Daniel reden und eine Entscheidung treffen musste. Aber im Augenblick war er wie gelähmt vor Angst, seine Kinder zu verlieren. Er dachte daran, sich einen Anwalt zu nehmen, wusste aber nicht, wo er mit der Suche anfangen sollte und hatte auch nicht die Kraft dazu.

Also saß er vor dem Computer und starrte auf seine E-Mails, als Marcia zurückkam. Sie stand in der Tür zu seinem Büro und musterte ihn.

„Nick, komm nach unten in die Küche", sagte sie, drehte sich wieder um und verschwand.

NICK FOLGTE ihr langsam und setzte sich an den Küchentisch. Marcia machte sich eine Tasse Tee. Ihm bot sie keinen an.

„Ich habe mit Mom gesprochen. Folgendes wird passieren", sagte sie und sah über seine Schulter an die Wand. „Du wirst Daniel nie wiedersehen. Du wirst kündigen und dir einen neuen Job suchen."

Nick klappte die Kinnlade herunter. „Was? Aber … Das ist unser einziges Einkommen. Die wirtschaftliche Lage ist nicht berauschend und auf dem Arbeitsmarkt sieht es nicht gut aus. Ich werde nie einen Job finden, bei dem ich auch nur annähernd so viel verdiene wie jetzt."

„Das ist mir egal!", schrie Marcia und sah ihm endlich in die Augen. „Wir haben genug Geld auf der Bank, mit dem wir diese Zeit überbrücken können. Und wenn wir in eine Zweizimmer-Wohnung in Renton ziehen müssen, werden wir sogar das tun."

Normalerweise konnte Marcia ihn nicht mehr überraschen, aber dieser Ausbruch schockierte ihn. Nick hatte immer gedacht, der Reichtum ginge ihr über alles. „Meinst du das wirklich ernst?"

„Nick", erwiderte sie in geschäftsmäßigem Ton. „Du gewöhnst dich besser bald an den Gedanken, dass du diese Familie nicht verlassen wirst. Nach diesem Auftritt wird es nicht schwer sein, ein Gericht davon zu überzeugen, dir alle Rechte auf die Kinder zu verweigern – von einem gelegentlichen Besuch abgesehen. Und ich schwöre dir, wenn das passiert, mache ich dir das Leben zur Hölle."

Nick lehnte sich in seinem Stuhl zurück und rieb sich müde über die Augen. In seiner Brust breitete sich Hoffnungslosigkeit aus. Er fühlte sich wie gelähmt, so hässlich war das alles. Auf der Insel hatte er sich für einige Tage Gefühle erlaubt, die er seit Jahren unterdrückte – Liebe, Leidenschaft, Freude, Geborgenheit ... Frieden. Er hätte wissen müssen, dass es eine Illusion war, die mit seinem wahren Leben nichts zu tun hatte. Er würde dieser Ehe niemals entkommen.

„Warum?", fragte er ruhig. „Du liebst mich schon lange nicht mehr. Und ich liebe dich offensichtlich auch nicht. Warum kannst du nicht loslassen? Das Beste für die Kinder tun."

„Und was *ist* das Beste für die Kinder?", fragte Marcia mit einem bitteren Lachen. „Denkst du etwa, es wäre das Beste für sie, wenn sich ihre Eltern scheiden lassen, damit ihr Vater seinen Geschäftspartner ficken kann?"

„Ich denke, dass es das Beste für sie ist, wenn ihre Eltern beide glücklich sind. Und Daniel ist ..."

„Ich will nichts mehr über Daniel hören!", schrie Marcia. „Das Beste für die Kinder ist, in einer heilen Familie aufzuwachsen, in der sie nicht mit den sexuellen Identitätskrisen ihres Vaters konfrontiert werden. Das wird nicht passieren, Nick. Nicht, solange ich noch am Leben bin."

Nick starrte sie kopfschüttelnd an. „Weißt du ... als ich dich kennenlernte, warst du ein ganz normaler Mensch. Nicht so ... konservativ oder wie immer man es auch bezeichnen soll. Jetzt musst du nur den Mund aufmachen und ich höre deine Mutter in dir."

Marcia schluckte und senkte den Blick. Nick merkte, dass er einen wunden Nerv getroffen hatte. „Schieb mich nicht in die Rolle des Bösewichts, Nick. Du bist es, der untreu war. Mit einem Mann und vor den Augen der Kinder. Ich könnte dich jederzeit vor Gericht zerren. Du wirst dir einen anderen Job suchen und dann ... wird alles wieder normal. Aber erwarte nicht, dass ich dir verzeihe. Das werde ich nicht tun, nicht jetzt und nicht später."

Es war so hässlich. Nick fühlte sich schuldig und sah mit Grauen ihre gemeinsame Zukunft vor sich. Die langen Monate der erzwungenen Zweisamkeit mit einer Marcia, die kaum ein Wort mit ihm redete, die die Familie noch mehr kontrollierte und ihre Wut an ihm und den Kindern ausließ. Wenn er nicht mehr in sein Büro entfliehen konnte, wäre er diesem Terror den ganzen Tag und die ganze Woche über ausgeliefert. Und Daniel … Daniel wäre nicht mehr für ihn da. *Alles wieder normal.*

In diesem Augenblick wurde ihm klar, dass er es nicht tun konnte. Selbst wenn er es wollte, er *konnte* es nicht. Marcias Verhalten hatte endlich die Grenzen von Nick Ross' Leidensfähigkeit und Kraft überschritten. Es war die unumstößliche Wahrheit, und sie brannte in ihm und festigte seine Überzeugung. Zu Marcia sagte er darüber allerdings kein Wort. Er starrte nur aus dem Fenster und fragte sich, was wohl aus ihnen werden würde.

17

„HALLO, DANIEL." Dr. Halloran kam um den Schreibtisch und schüttelte ihm die Hand. „Wir haben uns seit einigen Wochen nicht gesehen. Wie ist die Lage?"

„Anstrengend. Und hektisch. In letzter Zeit gab es einige mächtige Vulkanausbrüche."

„Erst Meteoriten, dann Vulkane. Ich kann mich vor Spannung kaum auf dem Stuhl halten." Halloran lächelte leicht.

Sie nahmen Platz und Daniel brachte Halloran auf den Stand der Dinge. Er erzählte ihm alles über Nick – über das Ballspiel, die Woche mit Daniels Vater auf der Insel und Marcias plötzliches Auftauchen vor der Hütte.

Halloran hörte sich alles geduldig an und Daniel war ihm dankbar, dass er sich ein Urteil verkniff. Als Daniel mit seiner Geschichte zu Ende war, schlug der Doktor sich nachdenklich mit dem Kuli ans Kinn.

„Wie war der Sex mit Nick? War es Ihnen angenehm?"

Daniel lachte bellend. „Angenehm würde ich es nicht gerade nennen. Es war der unglaublichste Sex meines Lebens. Ich kann mir kaum vorstellen, dass nicht alle Männer schwul sind. Aber Sie sind der Experte. Vielleicht können Sie es mir erklären."

Halloran lachte. „Nein, tut mir leid. Das ist eines der großen Geheimnisse des menschlichen Lebens. Hat wahrscheinlich mit dem nervenden Fortpflanzungsproblem zu tun. Ich bin mir sicher, dass Ihre Gefühle für Nick sehr zu Ihrer positiven Erfahrung beigetragen haben."

„Richtig. Aber trotzdem. Ich meine … ich will ja nicht vulgär werden, aber ein *Schwanz*. Lieber Gott."

„Ha. Ich merke, dass Ihre Homosexualität für Sie kein psychologischer Stressfaktor mehr ist. Das ist ein großer Fortschritt. Womit kann ich Ihnen jetzt helfen, Daniel? Haben Sie noch Fragen dazu, schwul zu sein? Oder möchten Sie über Ihre Beziehung zu Nick sprechen? Ich höre es mir gerne an, obwohl ich Sexualtherapeut bin und Beziehungsberatung nicht mein Spezialgebiet ist."

„Nein. Ich denke, ich habe es im Griff. Ich will Nick helfen, sich scheiden zu lassen."

Halloran nickte ernst. „Und Nick will das auch?"

Daniel schlug nervös die Beine übereinander. „Ich, äh … ich habe noch nicht mit ihm darüber reden können, seit er die Insel verlassen hat. Ich werde natürlich nichts ohne seine Zustimmung unternehmen."

„Ich verstehe. Ich wäre ein schlechter Therapeut, wenn ich Ihnen nicht einigen Stoff zum Nachdenken geben würde. Erstens – Sie haben Ihre Homosexualität gerade erst entdeckt und Nick ist Ihr erster Geliebter. Sie sollten überlegen, ob Sie sich nicht mehr Zeit lassen, bevor Sie eine ernste Beziehung eingehen."

Daniel schüttelte entschieden den Kopf, unterbrach Halloran aber nicht.

„Und zweitens – wollen Sie wirklich im Mittelpunkt eines Scheidungsverfahrens stehen? Wenn Nicks Ehe wirklich so zerrüttet ist, wie Sie sagen, sollte er sie beenden, ob mit oder ohne Ihre Beteiligung. Sie werden sonst in diesem Drama die Rolle des Schurken übernehmen. Und Nick sollte sich etwas Zeit lassen, bevor er wieder eine feste Beziehung eingeht."

Daniel seufzte. Hallorans Ratschläge waren nichts Neues für ihn. Er hatte mit seinem Vater auch schon darüber gesprochen. Aber manchmal hielt das Leben sich nicht an die üblichen Regeln. Manchmal war eine Lücke im normalen Fluss des Lebens und dann musste man schnell zugreifen, bevor die Gelegenheit verstrich.

„Dr. Halloran, waren Sie jemals in einer Lage, in denen Ihr Bauchgefühl Ihnen gesagt hat, dass die normalen Regeln, wie sie im Buche stehen, nicht zutreffen? Das es gar nicht infrage kommt, sie auch nur in Betracht zu ziehen?"

Halloran sah Daniel an. Seine blauen Augen funkelten. „Ja, ich kenne solche Situationen. Als ich meinen Partner Tony kennenlernte, war er einer meiner Patienten. Obwohl es außergewöhnliche Umstände gab und es kein normales Arzt-Patienten-Verhältnis war … Es war trotzdem eine verdammte Gratwanderung und wir hätten es eigentlich nicht tun sollen."

„Und haben Sie Ihre Entscheidung gegen die Regeln jemals bedauert?"

Halloran schüttelte den Kopf. „Nein. Nicht für eine einzige Sekunde."

„Genauso geht es mir auch mit Nick."

Halloran nickte widerstrebend. „Na gut, Daniel. In diesem Fall wünsche ich Ihnen – von Risikoliebhaber zu Risikoliebhaber – alles Gute. Und wenn Sie meinen Rat bezüglich Ihrer Beziehung nicht brauchen, womit kann ich Ihnen dann helfen?"

Daniel lächelte. „Ich bin auf Befehl des Mannes aus Stahl hier – meines Vaters. Er ist ein großer Stratege."

„Oh?"

Daniel fühlte sich etwas schuldig, aber angesichts von Hallorans Ehrlichkeit entschied er sich, die Wahrheit zu sagen. „Die Sache ist so – ich versuche, Marcias Probleme und Absichten besser zu verstehen. Wenn man sich einer Auseinandersetzung stellen muss, tut man gut daran, sich über alles zu informieren, was darin eine Rolle spielen könnte. Was die Gegner wollen, was sie nicht wollen und was sie brauchen."

„Aber ich kenne Marcia nicht."

„Sicher, aber aus der Sicht eines Therapeuten können Sie mir vielleicht trotzdem einige Tipps geben. Nick sagte, sie hätten seit drei Jahren nicht mehr miteinander geschlafen. Und davor – seit Jennys Geburt – auch nur alle paar Monate mal. Das macht was … zehn Jahre? Selbst in der Zeit davor scheint ihr nicht viel am Sex gelegen zu haben. Nick sagte, sie will immer sexy aussehen und von Männern bewundert werden, aber sie mag es nicht, berührt zu werden. Könnte sie vielleicht in ihrer Kindheit oder Jugend sexuell missbraucht worden sein? Was meinen Sie?"

Halloran runzelte die Stirn. „Das kann ich nicht sagen, ohne als Arzt mit ihr gesprochen zu haben. Dieses Verhalten kann vielerlei Ursachen haben."

„Gut", sagte Daniel nickend. „In Ordnung. Und was sind diese Ursachen?"

Halloran seufzte. „Ich bin mir nicht sicher, ob es meiner Berufsethik entspricht, aber wir reden ja nur über hypothetische Ursachen. Ja, es könnte sein, dass sie unter einem Trauma leidet, das auf sexuellen

Missbrauch zurückzuführen ist. In diesem Fall empfindet sie Sex als schmutzig und schämt sich; oder Sex löst unangenehme Erinnerungen aus. Aber es könnte auch ein mehr grundsätzliches Problem sein. Viele Frauen über dreißig leiden darunter, dass ihre Libido nachlässt. Wenn sie lange die Pille, Antidepressiva oder andere Medikamente genommen hat, kann sich das auf den Sexualtrieb ebenfalls dämpfend auswirken. Wenn sie zu viel zu tun hat und unter Stress steht durch die Verantwortung für die Kinder, könnte auch das eine Ursache sein. Oder es ist eine Frage der sexuellen Kompatibilität. Manchmal ist der Typ Mensch, den man als Ehepartner in Betracht zieht und wählt, nicht der Typ, den man sexuell attraktiv findet. Ein Mensch kann zwar Sex wollen, aber eben nicht mit dem Ehepartner. Dann ist da noch die Frage der Ehe selbst. Haben Sie jemals vom sogenannten Westermarck-Effekt gehört?"

Daniel schüttelte den Kopf.

„Als Westermarck-Effekt bezeichnet die Psychologe, wenn Kinder, die miteinander aufwachsen, sexuell desensibilisiert werden. Deshalb können Geschwister keine sexuelle Anziehung füreinander empfinden. Dieses Verhalten hat sich wahrscheinlich entwickelt, um Inzucht zu vermeiden. Es gibt allerdings Hinweise, dass sich ein ähnlicher Effekt auch zwischen erwachsenen Menschen bemerkbar machen kann, die lange und eng zusammenleben. Mit der Zeit lässt die sexuelle Anziehung nach. Im Falle von Nick und Marcia ist die Situation, die Sie mir beschrieben haben, zwar sehr extrem ausgeprägt, aber unglücklicherweise nicht selten anzutreffen. Viele Ehepaare haben diese Probleme. Das ist einer der Gründe, warum es ‚Expanded Horizons' gibt."

Daniel persönlich konnte sich nicht vorstellen, dass er jemals *nicht* den Wunsch hätte, Nick die Kleider vom Leibe zu reißen. Aber es war trotzdem eine wichtige Information. „Okay. Vielen Dank. Ich bin Ihnen für Ihre Hilfe wirklich dankbar."

„Es tut mir leid, dass ich Ihnen nichts Genaueres sagen konnte. Aber es hört sich für mich an, als könnte Marcia von einer Therapie nur profitieren, wie immer diese Sache zwischen ihr und Nick auch ausgeht."

Die Sache zwischen ihr und Nick. Nun, was Daniel anging, konnte sie nur auf eine Weise ausgehen. Es war schon schlimm genug, dass Nick im Moment noch mit ihr leben musste. Daniel hielt diese Vorstellung nur deshalb aus, weil er genau wusste, dass Nick nicht in diesem Haus sein wollte, dass Nick und Marcia fast kein Wort miteinander wechselten und schon gar keinen Sex hatten. Allein bei der Vorstellung, dass Marcia in Nicks Bett lag, hätte Daniel sich am liebsten nackt in einen Busch Brennnesseln geworfen, um nicht mehr daran denken zu müssen.

„Ich habe noch eine letzte Frage", sagte er zu Halloran.

„Und die wäre?"

„Sie kennen nicht zufällig einen guten Privatdetektiv?"

Daniel gab sich vollkommen unschuldig, als hätte die Empfangsdame nicht schon längst erwähnt, womit Hallorans Partner seinen Lebensunterhalt verdiente, als hätte er selbst nicht schon längst nachgeforscht, wer Tony DeMarco war und entschieden, dass der Privatdetektiv seine beste Option war.

Halloran zog eine Augenbraue hoch. „Lassen Sie mich raten: Loretta hat geklatscht?"

„Ich weiß nicht, was Sie damit meinen", erwiderte Daniel mit unbewegter Miene.

Halloran öffnete den Mund, als wollte er Daniel einen Vortrag halten über die moralische Fragwürdigkeit seines Ansinnens, die Frau seines Geliebten auszuspähen zu lassen. Aber dann schien er sich an ihre Unterhaltung zu erinnern und verzichtete darauf. Er schüttelte den Kopf. „Gut, dass ich nicht Ihr Priester bin." Er holte einen Notizblock aus der Schreibtischschublade und notierte eine Telefonnummer.

„Danke." Daniel nahm den Zettel und steckte ihn ein. „Es kann nie schaden, etwas Munition in petto zu haben."

Halloran brummte nur. „Da wir von Munition sprechen … Wenn jemand auf Tony schießt, werden Sie es mit einem ernsthaft angepissten ehemaligen Militärarzt zu tun bekommen." Seine Augen blitzten drohend. Daniel war tief beeindruckt.

„Er, äh … er langweilt sich vermutlich eher zu Tode. Viel gefährlicher sollte es nicht werden", versicherte Daniel und streckte die Hand aus. „Nochmals vielen Dank, Dr. Halloran. Für alles."

Halloran schüttelte ihm die Hand. „Gern geschehen, Daniel Derenzo. Ich hoffe, Sie finden alles, was Sie zu finden hoffen."

18

ACHT TAGE, nachdem Marcia Nick und die Kinder in Bainbridge abgeholt hatte, acht Tage, nachdem Daniel weinend den Kopf in den Schoß seines Vaters gelegt hatte wie ein kleines Kind, acht Tage, nachdem der Mann aus Stahl seinem Sohn versprochen hatte, dass alles gut werden würde, starb Frank Derenzo.

Es war Freitagnacht und sie hatten die ganze Woche mit Anwälten, die vom Festland kamen und sich in der Hütte die Tür in die Hand gaben, Strategien diskutiert und Pläne geschmiedet. Franks Verstand war so scharf wie eh und je, bis er dann plötzlich müde wurde und sich hinlegen musste. Trotzdem traf sein Tod Daniel unvorbereitet. Er war davon ausgegangen, dass sie noch Zeit hätten, mehrere Wochen sogar. Als der Pfleger ihn um zwei Uhr nachts weckte und ihn nach unten bat, wollte er es erst nicht glauben. Doch dann sah er Franks bleiches Gesicht und die Haut, die sich dünn wie Papier über die Knochen spannte, durchscheinend und zart wie ein Wispern im Wind.

Daniel setzte sich ans Bett seines Vaters und hielt ihm die Hand. Um drei Uhr öffnete Frank die Augen und lächelte Daniel an. Eine Sekunde später war er tot.

Daniel blieb noch eine Stunde lang bei ihm sitzen. Tränen liefen ihm übers Gesicht. Er sehnte sich so nach Nick. Daniel hatte sich noch nie so einsam und allein gefühlt. Sein einziger Kontakt zu Nick war eine E-Mail, in der Nick ihn bat, ihm etwas Zeit zu lassen und abzuwarten, er würde sich bald wieder melden. Also saß Daniel jetzt allein bei seinem Vater und nahm von ihm Abschied.

DREI TAGE später fand auf dem Capitol Hill bei einem traditionellen und hochangesehenen Bestattungsinstitut die Beerdigung statt. Frank hatte sich für eine Feuerbestattung entschieden und wollte keinen Beerdigungsgottesdienst. Daniel organisierte stattdessen am

Dienstagvormittag einen dreistündigen Trauerempfang. Er bat das Bestattungsunternehmen, die Blumen zu besorgen, wurde aber überrascht durch die vielen weiteren Blumen, die von Menschen geschickt wurden, deren Namen ihm vollkommen unbekannt waren. Die Urne und Fotos von Frank und ihrer Familie standen auf einem Altar, umgeben von Kerzen. In einem Kondolenzbuch konnten die Trauernden eine letzte Botschaft hinterlassen.

Der Empfang war schon in der Sonntagsausgabe einer großen Tageszeitung angekündigt worden. Trotzdem hatte Daniel nicht erwartet, dass an einem normalen Arbeitstag so viele Menschen kommen würden. Ständig kamen neue, die meisten von ihnen Geschäftsbekannte. Sie alle hatten etwas über Frank zu sagen – wie hart, aber fair er war. Einige erzählten Daniel alte Geschichten, über die er gleichzeitig lachen und weinen wollte. Sie trugen sich in dem Buch ein. Sie sagten, Frank wäre viel zu jung gestorben. Sie sagten, er hätte ihren Arbeitsplatz gerettet oder sogar ihr Leben. Es war eine der härtesten, aber auch wertvollsten Erfahrungen in Daniels Leben.

Und dann endlich kam auch Nick. Daniel hatte ihm Zeit und Ort des Empfangs als Nachricht auf dem Handy hinterlassen und sofort eine Antwort erhalten: *Ich werde kommen.* Daniel war sich trotzdem nicht sicher gewesen, ob Nick kommen oder gar mit ihm reden wollte. Nick trug einen makellosen, schwarzen Anzug, aber er hatte dunkle Ringe unter den Augen und offensichtlich einige Pfund abgenommen. Sein Blick suchte sofort nach Daniel. Dann kam er direkt auf ihn zu und zog ihn in die Arme, als wollte er ihn nie wieder loslassen.

Daniel klammerte sich an ihn. Das war es, was er schon seit Tagen brauchte – Nick in den Armen zu halten. Es war ihm vollkommen egal, was die anderen Trauergäste darüber dachten. Er wusste, was Frank sagen würde: *Lass sie doch.* Und Daniel musste ihm recht geben. Er roch den Duft nach frischem Gras in Nicks Haaren und atmete tief ein.

„Es tut mir so leid, dass ich nicht für dich da sein konnte", flüsterte ihm Nick mit rauer Stimme ins Ohr. „Es tut mir so leid, dass er gestorben ist."

Daniel nickte und ließ ihn los. „Können wir reden?"

Nick sah sich um. „Hier?"

„Nebenan ist ein leeres Zimmer."

Nick nickte. „Gut. Aber lass mich erst von Frank Abschied nehmen."

Er ging zu dem Altar und betrachtete die Fotos. Dann schrieb er eine längere Widmung ins Kondolenzbuch, rieb sich müde über die Augen und drehte sich wieder zu Daniel um.

„Es wird einige Minuten dauern", sagte Daniel zu Aaron Connors, der mit seiner Aktentasche gewartet hatte in der Hoffnung, dass Nick kommen würde.

„Ich warte hier", antwortete Aaron.

Daniel führte Nick in das kleine Privatzimmer, das er für sie reserviert hatte.

Sobald sie allein waren, zog er Nick in die Arme und küsste ihn. Es war ein besitzergreifender Kuss, der wenig mit Sex zu tun hatte. Nick ließ es kurz zu, stöhnte dann frustriert und zog sich zurück. Er rieb sich über die Stirn und man sah ihm an, wie unglücklich er sich fühlte.

„Wir müssen reden. Marcia will keine Scheidung. Sie verlangt, dass ich bei DRE kündige und dich nie wiedersehe. Wenn sie wüsste, dass ich jetzt hier bin …"

„Nick", sagte Daniel ruhig und legte ihm die Hände auf die Arme, um ihn anzusehen. Er hatte einen dicken Kloß im Hals. Daniel hatte sich noch nie etwas so sehr gewünscht und fürchterliche Angst, Nick nicht überzeugen zu können. „Hör mir jetzt eine Minute gut zu, ja? Dad und ich haben letzte Woche mit den Anwälten gesprochen. Frank war total begeistert von der Idee, weißt du? Der Idee von dir und mir. Er war wie aus dem Häuschen."

Nick lachte erstickt. „Ja, so ist es mir auch vorgekommen."

„Es stimmt. Und jetzt habe ich ein As im Ärmel, nämlich Aaron Connors. Er ist der beste in der Stadt. Marcia wird dir das Sorgerecht niemals verweigern können, weder auf Grundlage deiner Sexualität noch wegen der Ereignisse in Bainbridge. Wir beide kennen uns schon lange Jahre, Nick. Kannst du mir in dieser Angelegenheit vertrauen?"

Nick sah ihm endlich in die Augen. In seinem Blick lag Sorge, aber auch Erleichterung. „Ja."

„Du hast mich schon oft in Aktion erlebt und weißt, wie ich bin. Sag mir, dass du es auch willst. Sag mir, dass du die Scheidung willst und lass mich tun, was ich für das Beste halte. Du weißt, dass ich es schaffen kann."

Nick holte tief Luft. Seinem Gesicht war der innere Kampf anzusehen, der in ihm tobte. „Ich kann nicht zurück in mein altes Leben, Daniel. Ich kann nicht länger so tun, als wäre ich nicht todunglücklich mit ihr. Aber ich will nicht, dass die Kinder vor Gericht gezerrt werden. Wenn Marcia sich einen Anwalt nimmt, wird der die Kinder vorladen, damit sie alles über die Woche in Bainbridge und wer weiß was noch erzählen. Ich will nicht, dass sie in einen schmutzigen Sorgerechtsstreit verwickelt werden, dass sie gefragt werden, ob wir uns vor ihren Augen geküsst hätten, dass sie sich zwischen ihrer Mutter und mir entscheiden müssen."

„Das wird nicht geschehen", versprach ihm Daniel.

„Woher willst du das wissen?"

„Weil ich erst dann mit Marcia reden werde, wenn wir ihr ein niet- und nagelfestes Angebot machen können, das ihr keine anderen Möglichkeiten mehr lässt, als darauf einzugehen. Es wird nicht zu einer Gerichtsverhandlung kommen."

Nick sah ihn unsicher an. Daniel konnten den Funken Hoffnung erkennen, der in Nicks Blick lag.

Er atmete tief durch. „Nick, ich muss mir absolut sicher sein, dass du es wirklich willst. Du musst dich nicht … für mich entscheiden. Ich helfe dir auch dann, wenn du es nicht willst. Aber du musst mir grünes Licht geben."

Es war eine der unangenehmsten Selbstlosigkeiten, die Daniel jemals geäußert hatte. Das Angebot, Nick aufzugeben. Ihm war klar, dass sich Nick wahrscheinlich nicht gleich nach seiner Scheidung in eine neue Beziehung stürzen wollte. Er wusste auch nicht, ob sich Nick vor seinen Kindern outen wollte.

Nick lachte nur. „Ich war gut zwei Jahre lang in dich verliebt, als wir uns kennenlernten. Das weißt du doch, oder?"

Daniel verspürte einen Stich in der Brust vor Freude. „Nein. Ich hatte es gehofft, aber ich war mir nicht sicher."

„Aber du hast geheiratet und … Ich verstehe das nicht, Daniel. Warum passiert das alles nach so langer Zeit?"

„Ich habe es dir doch gesagt. Die Krankheit meines Vaters. Mir ist vieles bewusst geworden und du kennst mich, Nick. Ich habe mich ein Leben lang an mein Image geklammert, wollte der perfekte Mann sein, weil ich glaubte, es würde von mir erwartet. Das war ein Fehler. Als ich anfing, dich zu begehren, hatte ich mich schon damit abgefunden, schwul zu sein und mehr aus meinem Leben machen zu wollen. Ich wollte alles; alles, was ich von dir bekommen konnte – Jenny und Sylvan inklusive, den weißen Gartenzaun inklusive und den Familienhund. Ich … ich bin bis über beide Ohren in dich verliebt, Nick Ross."

Nick studierte ihn, als könnte er an Daniels Gesicht die Wahrheit ablesen. Nick schien ihm von ganzem Herzen glauben zu wollen. Er holte zitternd Luft. „Bist du dir sicher, Daniel? Bist du sicher, dass es keine Midlife-Krise ist, mit der du kämpfst? Weil mich das sehr, sehr tief treffen und vernichten würde."

Daniel zog ihn sanft an sich und Nick wehrte sich nicht dagegen. Er legte Daniel die Arme um die Hüften und hielt sich an ihm fest.

„Ich schwöre es dir, Nick. Ich liebe dich und ich werde meine Meinung nicht mehr ändern. Was ich wirklich will? Ich will eine Familie; eine Familie, bestehend aus dir und mir und den Kindern. Aber ich verstehe, dass es für dich sehr überwältigend kommt und du Zeit brauchst, um es zu verarbeiten. Ich kann warten. Ich will nicht, dass du dich unter Druck gesetzt fühlst."

Nick drückte sich mit der Stirn an Daniels Wange. „Mein Gott, Daniel. Ich will das auch. Mehr als alles auf der Welt. Aber …" Er zögerte und Daniel hob den Kopf, um ihm in die Augen zu schauen.

„Aber was?"

„Ich muss erst mit den Kindern reden. Ich kann dir nichts versprechen, bevor ich nicht weiß, dass sie damit einverstanden sind."

Daniel sah seine Zukunft über einem dunklen Abgrund schweben. Es war kein sehr angenehmer Gedanke, sein Glück in die Hände eines Achtjährigen und einer Teenagerin legen zu müssen. Aber er nickte. „Ja, das kann ich verstehen."

„Bist du dir absolut sicher, dass ich geteiltes Sorgerecht bekommen kann?"

In Daniels Gesicht blitzte das Haifischgrinsen auf, das Nick unzweideutig zeigte, wie ernst Daniel es meinte. „Nick, ich werde Marcia in Grund und Boden stampfen."

Nick lachte erstickt und schloss die Augen. „Nein, Daniel. Das kannst du nicht tun. Sie wird immer die Mutter der Kinder bleiben. Und – ob du es glaubst oder nicht – sie denkt, das Richtige zu tun. Ich will aus dieser Ehe raus, aber ich will eine saubere Trennung. Geld ist mir egal. Wirklich. Von mir aus kann sie meinen letzten Cent bekommen."

Daniel war darüber nicht sehr glücklich, nickte jedoch. „Wie du willst, Nicky. Also: Mindestens geteiltes Sorgerecht, Marcia nicht zerstören und die Kinder nicht vor Gericht zerren. Sind das deine Konditionen?"

Nick wusste, dass er die Entscheidung, die er jetzt treffen würde, nicht mehr zurücknehmen konnte. Er überlegte kurz, dann nickte er. „Ja. Und du wirst erst dann tätig, wenn ich dir grünes Licht gebe."

„So wird es sein", versprach ihm Daniel.

Er konnte nicht widerstehen und küsste Nick. Der Kuss begann als Versprechen und Trost, aber als Nick sich stöhnend an ihn presste, pochte das Blut in Daniels Adern und er konnte sich kaum noch beherrschen. Erleichtert stellte er fest, dass Nick ihn mit dem gleichen Verlangen küsste. Er hatte sich also nicht emotional distanziert, im Gegenteil. Gott sei Dank. Dann kamen sie an einen Punkt, der auf einer Beerdigungsfeier sämtliche Regeln der Etikette gesprengt hätte. Bedauernd zog Daniel sich zurück.

„Nicht, dass es meinen Dad stören würde, aber …"

Nick holte zitternd Luft und lächelte ihn an. „Sorry. Ich kann immer noch nicht glauben, dass ich dich küssen darf. Aber du hast recht, hier ist der falsche Ort. Es tut mir so leid um Frank. Es war schön, dass die Kinder ihn noch kennenlernen konnten."

„Es hat ihm die Welt bedeutet."

Nick nickte. „Das freut mich."

Daniel ging zur Tür und rief nach Aaron Connors, der vor der Tür gewartet hatte. Aaron kam ins Zimmer, stellte sich Nick vor und öffnete seine Aktentasche, aus der er ein Bündel Unterlagen zog. „Das ist eine Liste aller Richter in Seattle, die bei Ehescheidungen schwule Männer fair behandelt haben. Sie enthält auch sämtliche Statistiken und

Zusammenfassungen der Fälle und Urteile. Es gibt nur zwei Richter, vor denen wir uns in Acht nehmen müssen, aber das hat weniger mit Ihrer Sexualität, als mit der ehelichen Untreue zu tun. Und dank Frank kann ich Ihnen garantieren, dass wir keinen dieser beiden Richter bekommen werden."

Nick warf Daniel einen fragenden Blick zu.

„Mein Dad hatte viele Beziehungen", erklärte Daniel. „Außerdem glauben wir nicht, dass wir vor Gericht gehen müssen. Die Liste ist nur dazu da, um Marcia ebenfalls von dem Versuch abzuhalten."

„So ist es", sagte Aaron. „Sie müssten jetzt diese Vollmacht unterschreiben, damit wir eine Bewertung Ihrer Vermögensverhältnisse vornehmen können, um uns auf die Verhandlungen mit Ihrer Frau vorzubereiten und Bedingungen zu formulieren. Außerdem müsste ich wissen, ob Sie bis zum Abschluss unserer Vorbereitungen in dem Haus wohnen bleiben möchten oder lieber ausziehen würden."

„Wir können eine befristete Vollmacht für geteiltes Sorgerecht erwirken", erklärte Daniel. „Es wäre allerdings besser, wenn Marcia nicht vorgewarnt wird und erst von der Sache erfährt, nachdem wir alle Vorbereitungen abgeschlossen haben. Dann hat sie selbst weniger Zeit, sich um einen Anwalt zu kümmern, der sich auch nur kurz einarbeiten kann. Damit sinkt die Wahrscheinlichkeit, dass sie die Kinder in die Angelegenheit reinziehen kann."

Nick kannte den Drill. Daniel beherrschte die Kunst der feindlichen Übernahme bis zur Perfektion. Er betrat die Vorstandsetage mit einem bestens vorbereiteten Plan im Kopf und seine Verhandlungspartner hatten keine Ahnung, was auf sie zukommen würde.

Er nickte. „Ich bleibe zuhause. Aber ihr werdet erst dann tätig, wenn ich mit den Kindern gesprochen habe."

19

AN DIESEM Nachmittag wartete Nick schon auf Jenny, als sie um drei Uhr das Sommercamp verließ.

„Hallo, Dad." Sie beugte sich zu ihm und küsste ihn auf die Wange, bevor sie sich anschnallte.

Seit sie aus Bainbridge zurückgekommen waren, hatte Jenny sich an ihn geklammert, als wollte sie ihn beschützen. Nick war sich nicht sicher, ob sie es mehr für sich selbst brauchte, oder ob sie sich Sorgen um ihn machte. Er war nur froh und glücklich, dass sie ihm nicht böse war.

„Ich dachte mir, wir könnten noch kurz zusammen essen gehen. Hast du Lust auf ein Café oder lieber ein richtiges Restaurant?"

„Victrola ist gut." Jenny liebte den hippen Coffee-Shop in der Nähe der Schule. „Aber was ist mit Sylvan und Mom?"

„Deine Mom ist beim Yoga und Sylvan wird von Consuela abgeholt. Ich wollte mit dir allein reden, nur du und ich."

„Okay", sagte Jenny nur. Dann schaute sie schweigend aus dem Seitenfenster, als würde sie schlechte Nachrichten erwarten.

Nick atmete tief durch. Das bevorstehende Gespräch mit seiner dreizehnjährigen Tochter stand auf der Top-Ten-Liste der Dinge, die er niemals in seinem Leben mitmachen wollte – gleich nach Skydiving ohne Fallschirm, aber noch vor einem Unfall, bei dem ihm die Eier abgerissen wurden. Na ja, vielleicht doch danach. Aber es war mit Sicherheit schlimmer, als ein Wochenende mit einer Leiche im Zimmer eingesperrt zu sein.

Trotzdem, er musste dieses Gespräch führen.

Sie stellten sich im Victrola an und bestellten ihre Drinks bei einem netten jungen Mann mit neonblauen Haaren. Der Junge lächelte Jenny an und sie lächelte zurück. Nick konnte es kaum fassen. Mein Gott. Nicht *jetzt* schon. Er hatte doch wirklich schon genug Stress am Bein.

Das Schwarz und Lila in Jennys Haaren war nahezu ausgewaschen und sie waren nur noch gebleicht. Aber die Frisur hatte Jenny beibehalten und sah – wie Nick fand – unglaublich süß aus und viel moderner, als Marcia sie in den vergangenen Jahren gestylt hatte. Marcia hatte das Thema nicht mehr angesprochen, jedenfalls nicht in Nicks Anwesenheit. Ihr blieb sowieso nicht viel mehr übrig, als abzuwarten, bis die Farbe wieder ausgewaschen war. Aber Jenny war nicht mehr geschminkt und trug wieder die viel zu engen rosa Klamotten, die ihre Mutter und Großmutter ihr immer aufdrängten. Nick war mittlerweile klargeworden, dass sie ganz und gar nicht zu Jennys Persönlichkeit passten. Manchmal merkte man solche Dinge erst, wenn sie einem direkt ins Gesicht sprangen.

Sie nahmen ihre Drinks und setzten sich an einen kleinen Tisch, der etwas abseits im hinteren Teil des Cafés stand. Jenny nippte an ihrer Latte und sah ihn erwartungsvoll an. Verdammt, es gab wirklichen keinen Weg mehr, der Sache auszuweichen.

„Jen, ich wollte mit dir darüber reden, dass Mom und ich … uns vielleicht scheiden lassen."

Sie wirkte nicht sehr überrascht, nur ihre Hand zitterte etwas, als sie die Tasse vors Gesicht hielt und den Duft des Kaffees einatmete. „Vielleicht? Ist es noch nicht entschieden?"

„Ich weiß es nicht. Ich wollte erst mit dir darüber reden. Wissen, was du davon hältst."

Jenny senkte den Blick und blies in die Tasse. „Wäre das … Würde es bedeuten, dass ich dich nicht mehr sehen kann?"

„Nein, mein Schatz. Das lasse ich niemals zu. Ich würde nur in einem anderen Haus hier in der Stadt leben. Du wärst mindestens die Hälfte der Zeit bei mir."

Jenny sah ihn an. Tränen glänzten in ihren Augen. „Es ist wegen Daniel, nicht wahr?"

Nick schüttelte den Kopf. „Nein. Deine Mom und ich stehen uns schon sehr lange nicht mehr nahe."

„Ich weiß", stellte Jenny lapidar fest. „Ihr habt getrennte Schlafzimmer. Und ich sehe euch nie küssen oder so. Nicoles Eltern sind ganz anders. Sie berühren sich ständig. Irgendwie ist es eklig, aber …"

Sie zuckte mit den Schultern. Nick hatte das Gefühl, dass sie es ganz und gar nicht eklig fand. „Heißt das, du bist schwul?"

Nick zuckte zusammen und seine Selbstzweifel meldeten sich wieder zu Wort. Das war nun wirklich das *andere* Gespräch, das er nie mit seiner Tochter hatte führen wollen. Aber er musste ehrlich sein. „Ich war schon immer bisexuell. Ich weiß das schon seit der Zeit, als ich in deinem Alter war. Für mich ist Liebe immer eine Frage der Person gewesen, nicht des Geschlechts. Bevor ich deine Mutter kennenlernte, bin ich sowohl mit Männern als auch Frauen ausgegangen."

Jenny studierte ihn aufmerksam. „Und jetzt willst du mit einem Mann zusammen sein?"

Nick rieb sich seufzend über die Stirn. „Ich mag Daniel sehr gern. Ich kenne ihn schon seit unserer Studienzeit und wir … wir verstehen uns sehr gut. Ja, ich würde gerne mit ihm zusammen sein. Aber wenn du nicht willst, müsstest du ihn nicht sehen. Ich werde ihn nicht heiraten, jedenfalls nicht in absehbarer Zeit. Und wenn, würde ich es nur mit deiner und Sylvans Zustimmung tun. Es geht hier nicht um Daniel. Es geht um mich, eure Mutter und euch."

Jenny nickte, trank einen Schluck Kaffee und knabberte an ihrer Unterlippe.

„Es wäre mir wirklich lieber gewesen, dass wir eine Familie bleiben, im gleichen Haus wohnen und uns so oft wie möglich sehen. Ich habe es versucht. Aber irgendwann ist der Punkt erreicht, an dem deine Mom und ich so unglücklich sind, dass es euch mehr schadet, als wenn ihr zwischen zwei Häusern pendeln müsst. Verstehst du, was ich meine, Jen?"

„Ja, Dad", sagte Jenny, sah aber nicht sehr überzeugt aus.

Nick nahm ihr die Tasse ab und stellte sie vorsichtig auf den Tisch. Dann nahm er ihre Hände zwischen seine. „Ich möchte dir sagen, dass ich lange darüber nachgedacht habe. Ich nehme es sehr, sehr ernst. Ich bin schon seit langer Zeit unglücklich und vielleicht auch deshalb so oft verreist. Ich will nicht länger dieser halbe Mensch für dich sein, Jen. Und ich will nicht, dass du dich an mich als an den Mann erinnerst, der durch den Tag gegangen ist wie ein Roboter und deiner Mutter immer nur nachgegeben hat. Ich will dir nicht beibringen, deine Träume aufzugeben oder dich von anderen Menschen überfahren zu lassen.

Ich will, dass wir glücklich sind, wirklich glücklich. Nicht, dass wir einfach nur zurechtkommen. Ich will euch zeigen, dass Beziehungen zwischen Menschen auch wunderbar sein können. Vielleicht bin ich egoistisch. Vielleicht suche ich nur nach Gründen, um mein Verhalten zu rechtfertigen. Aber es sind meine ehrlichen Gedanken."

Jenny nickte mit feuchten Augen. Eine Träne lief ihr über die Wange. Nick wusste, dass sie seine Ankündigung erst realisieren musste. Und verdammt – ihm ging es nach diesem Gespräch nicht viel anders. *Es ist Realität.* Er spürte, wie seine Augen ebenfalls zu brennen begannen.

„Ich würde dich und Sylvan niemals verletzen. Ich liebe euch mehr als alles in der Welt."

Jenny stand auf. Nick dachte erst, sie wollte zur Toilette laufen, aber sie kam um den Tisch herum, setzte sich auf seinen Schoß und umarmte ihn. „Es ist alles gut. Ich will auch, dass du glücklich bist, Daddy. Du hast jemanden verdient, der dich wirklich liebt", sagte sie mit tränenerstickter Stimme.

Nick musste trotz der Tränen in seinen Augen lächeln über ihren Versuch, ihn wie eine Erwachsene zu trösten.

Er umarmte sie ebenfalls und sie legte ihren Kopf auf seine Schulter. „Daniel ist in Ordnung. Ich meine … Ich lasse mich nicht von ihm kaufen, wie mit dem Einkaufsbummel oder so. Aber er ist echt nett. Und du warst so anders, als wir in Bainbridge waren. Ich habe dich noch nie so erlebt. Du hast Spaß gehabt und gelacht und warst fröhlich und … jung. Wenn das an Daniel lag, solltest du mit ihm zusammen sein. Ich will, dass du glücklich bist. Immer, nicht nur manchmal."

Nick lächelte in ihre Haare und schluckte seine Tränen. „Vielen Dank, Jen. Das bedeutet mir sehr viel."

„Aber es wird schwer für Mom. Weißt du, sie ist nämlich nur deshalb manchmal so gemein, weil sie auch unglücklich ist."

Nick hob den Kopf und starrte sie an. Er rieb sich über die Augen. Daran hatte er noch nicht gedacht. Sicher, Marcia war kein glücklicher Mensch, aber er hatte immer gedacht, das wäre eben ihre Natur. „Was glaubst du denn, warum sie so unglücklich ist?"

Jenny überlegte. „Ich denke, Menschen sind unglücklich, wenn sie nicht so sein dürfen, wie sie sind und sein wollen. Ich bin unglücklich, weil ich nicht so sein will, wie Mom und Grandma mich haben wollen.

Du bist unglücklich, weil du nicht mit Mom verheiratet sein willst. Vielleicht ist Mom ja auch nicht so, wie sie wirklich sein will."

Nick zog lächelnd an ihren Locken. „Du bist verdammt klug, mein Schatz. Und was denkst, wie deine Mom sein will?"

Jenny zuckte mit den Schultern. „Keine Ahnung. Aber ich denke, Grandma macht es nur noch schlimmer."

„Ja", sagte Nick und drückte sie an sich. „Nun … vielleicht müssen wir uns alle ändern. Aber noch ist nichts passiert. Ich wollte erst mit dir reden, bevor ich mich entscheide. Ich muss immer noch einiges abwarten, also wollen wir deine Mutter nicht vorzeitig aufregen. Ist das in Ordnung?"

Jenny nickte. „Okay. Sagst du mir Bescheid, wenn die Entscheidung gefallen ist?"

„Das werde ich tun, mein Schatz. Ich verspreche es dir."

Sie schaute ihm ins Gesicht. „Ich weiß nicht, nach wem Sylvan kommt. Aber ich glaube, ich bin nach dir geraten."

„Ja? Ich bin aber kein Künstler, so wie du."

Jenny zuckte mit den Schultern. „Stimmt. Aber du willst dich nicht streiten und gehst Auseinandersetzungen aus dem Weg. Mir geht es genauso."

Nick wusste, dass sie über Marcia sprach. „Ich weiß, Jen. Du bist ein sehr freundlicher und weichherziger Mensch."

„Aber manchmal muss man einfach kämpfen, nicht wahr?"

„Ja, das muss man." Nick räusperte sich. „Und deshalb habe ich einen Vorschlag für heute Abend."

Jenny wischte sich übers Gesicht und rutschte von seinem Schoß. „Was?" Sie setzte sich wieder auf ihren Platz und trank einen Schluck Kaffee.

„Die Garderobe, die du mit Laurent gekauft hast? Die hat Daniel heute früh zu uns nach Hause liefern lassen. Es ist alles in deinem Zimmer und wartet auf dich."

Jenny sah ihn zweifelnd an, als wollte sie sich nicht vorzeitig darüber freuen. „Aber Mom …"

„Ich weiß, dass wir nicht darüber gesprochen haben, weil wir seit unserer Rückkehr aus Bainbridge andere Dinge im Kopf hatten. Das tut mir leid. Aber ich sehe, wie unglücklich du in deiner alten Kleidung bist, und deshalb werden wir dieses Thema jetzt ansprechen."

Jenny knabberte an ihrer Lippe. „Wie?"

„Nun, ich habe da so eine Idee. Ich denke, du, ich und deine Mom sollten uns am Wochenende zusammensetzen. Du kannst uns zeigen, was ihr gekauft habt. Führe uns deine alte und deine neue Garderobe vor. Jeder von uns schlägt abwechselnd etwas vor und bekommt drei Stimmen und drei Vetos. Das machen wir so lange, bis du genug für die nächsten beiden Wochen hast."

Jenny sah ihn hoffnungsvoll an. „Glaubst du, Mom macht mit?"

„Ich denke, wenn wir zusammenhalten und es ihr in aller Ruhe erklären, bleibt ihr keine Wahl. Du bist alt genug, um selbst mitzuentscheiden. Und ich bin dein Vater und sollte auch gehört werden. Wir müssen zwar alle Kompromisse schließen, aber zumindest kannst du dann einen Teil der Zeit deine eigenen Sachen tragen."

Jenny belohnte ihn mit einem strahlenden Lächeln. Sie ballte die Faust und reichte über den Tisch. Nick schlug mit seiner Faust dagegen. „Danke, Daddy. Du bist spitze."

„Ich liebe dich", sagte Nick mit belegter Stimme.

„Es wird alles gut, Dad", versicherte ihm Jenny und hörte sich dabei sehr erwachsen an.

SPÄTER AM Abend brachte Nick Sylvan ins Bett und las ihm ein Kapitel aus Harry Potter vor. Er hatte überlegt, wie er das Thema Scheidung bei Sylvan ansprechen sollte, doch als er das unschuldige Gesicht seines Sohnes sah und das fröhliche Plappern über die Personen in dem Buch hörte, entschied er sich, es sein zu lassen. Sylvan war so jung und offenherzig. Er war ein richtiger kleiner Liebling. Nick wusste, dass Sylvan ganz verrückt nach Daniel war und allem zustimmen würde, was Nick ihm vorschlug. Es gab sicherlich keinen Zweifel daran, dass eine Scheidung den Jungen hart treffen würde. Aber damit konnten sie sich auseinandersetzen, wenn es soweit war. Das Beste, was Nick erhoffen konnte, war eine saubere Trennung. Dann konnte er Sylvan Sicherheit geben und ihm die Veränderungen so leicht wie möglich machen.

Er schaltete das Licht aus und sagte seinem Sohn, wie sehr er ihn liebte. „Ich hab' dich auch lieb, Daddy", erwiderte Sylvan aus vollem Herzen. Diese Worte machten Nick immer ganz weich in den Knien. Als Sylvan schließlich einschlief, hatte Nick eine kurze Krise und fragte sich, ob er es wirklich tun sollte. Sollte er als guter Vater nicht bei Marcia bleiben und seine Kinder vor den Grausamkeiten des Lebens bewahren? War es nicht reine Selbstsucht, sich nach Daniel zu sehnen und bei ihm sein zu wollen?

Aber der Panikanfall ging schnell vorüber. Sofort kam seine alte Entschlossenheit zurück und wurde stärker als zuvor. Die Kinder hatten Besseres verdient, hatten einen Vater verdient, der ihnen ein Vorbild war und ihnen zeigte, wie man ein mutiges Leben in Offenheit und Freude führte. Die Woche auf der Insel hatte Nick einen Blick auf die Zukunft gegeben, die sie erwartete – auf ein Leben in einer liebevollen Partnerschaft mit Daniel und den Kindern. Er fürchtete sich vor dem Weg, der noch vor ihm lag, bis er dieses Ziel endlich erreichte. Er hatte sich noch nie vor etwas so sehr gefürchtet. Er konnte, so überzeugt er auch von seiner Entscheidung war, nicht die Angst davor überwinden, seinen Kindern zu schaden. Aber damit musste er sich wohl abfinden. Er gab Sylvan noch einen Kuss auf die Stirn und verließ das Zimmer.

Dann textete er Daniel zwei kurze Worte: *Grünes Licht.*

20

TONY DEMARCO sah seufzend von der E-Mail auf. Er bezahlte gutes Geld für das Abonnement einer Suchmaschine, die Nachrichten aus allen Teilen der USA archivierte. Für einen Privatdetektiv war es nur eine von mehreren Routinen in seinen Ermittlungstätigkeiten, aber dieses Mal war Überraschendes zum Vorschein gekommen.

Marcia Lily Freeman Ross war eine Frau, über die ein Patient von Jack mehr wissen wollte. Tony hatte nicht damit gerechnet, dass seine Recherche zu solchen Ergebnissen führen würde. Er fragte sich, ob ihr Ehemann wohl darüber Bescheid wusste.

Tony bestellte eine Druckausgabe der Originalpublikation. Es war nicht gerade billig, aber dieser Derenzo schien sich um Geld keine Gedanken zu machen. Danach rief Tony seinen alten Kumpel Mark Woodson an, einen Detective, der für die Polizei von Seattle arbeitete.

Tony hatte selbst sechs Jahre lang für das Seattle Police Department gearbeitet – bis er eine Kugel ins Bein bekam, die ihn davon überzeugte, dass er als Privatdetektiv gesünder lebte. Er hatte jedoch immer noch gute Freunde bei der Polizei, und Mark war einer des besten von ihnen.

„Hallo, Romeo", begrüßte Mark ihn am Telefon. So nannte er Tony, seit der sich in Jack verliebt hatte – zugebenermaßen keine sehr kluge Entscheidung von Tony, wenn man bedachte, dass Jack damals unter Mordverdacht stand.

„Hallo, du toller Hecht."

Mark seufzte. „Ah, Gott. So nennst du mich nur, wenn du etwas von mir willst. Was ist es denn heute?"

„Ein Blick in eine alte Akte aus 2003, für die sich niemand mehr interessiert."

Mark brummte. „Ich weiß ja nicht …"

„Komm schon, du Liebe meines Lebens. Wer war denn für dich da, als vor einem Monat dein Auto den Geist aufgegeben hat? Und wer hat dir den Namen des Informanten im Fall Smeltzer besorgt?"

„Ja, ja. Schon gut. Du bist ein Dorn in meinem Arsch und wirst es immer bleiben. So viel bedeutest du mir."

„Wie wäre es, wenn ich dir alle Informationen maile und gegen sechs Uhr vorbeikomme, um einen Blick in die Akten zu werfen? Ich bringe dir auch ein dutzend Top-Donuts mit und ein Überraschungsgeschenk von Adam & Eve."

„Igitt! Ja zu den Donuts, aber ein entschiedenes Nein zu deinen schwulen Perversitäten."

Tony lachte. „Woher weißt du eigentlich, was es bei Adam & Eve zu kaufen gibt? Erwischt, mein Lieber!"

„Halt's Maul."

„Ich dachte an ein Massagegerät für die Prostata und …"

„Ich lege jetzt auf! Mein Gott. Und bring mir dieses Mal mehr von den Dingern mit Schokostreuseln mit."

Tony erfüllte ihm seinen Wunsch und bekam die Informationen, die er aus den Akten brauchte. Sein alter Freund war nicht sehr glücklich, als er erfuhr, um was es ging. Tony musste ihm mehrmals versichern, nicht zu weit zu gehen. Aber er war schon lange genug als Schnüffler tätig, um zu wissen, wann er auf eine Goldader gestoßen war. Und diese eine Seite aus den Akten, die er sich kopiert hatte, war feinstes, pures Gold.

DIE NÄCHSTE Woche verbrachte Tony damit, Marcia Ross zu beschatten. Sie war eine blonde Sexbombe, zwar schon etwas älter, aber immer noch sehr attraktiv, wenn man auf diesen Typ stand. Ihre Garderobe, das Haus und der Porsche verrieten ein gut gefülltes Bankkonto im Hintergrund. Marcias Ehemann – der zukünftige Ex – schien offensichtlich gut betucht zu sein.

Soweit Tony von Jack erfahren hatte, ging es in diesem Fall nicht um eine andere Frau, sondern um einen anderen Mann. Es war nicht ungewöhnlich, dass schwule Männer heirateten und eine Familie gründeten, bis dann der Punkt kam, an dem sie es nicht mehr aushielten. Tony konnte es ihnen nachempfinden. Er war selbst ein unerträgliches Jahr lang mit einer Frau verheiratet gewesen, als er sich über seine

Sexualität noch nicht im Klaren war. Aber das lag lange zurück und war vor Jacks Zeit gewesen.

Wie auch immer – Privatdetektive hatten nicht den Luxus, Moralurteile zu fällen. Tony erledigte seinen Job, solange er dafür bezahlt wurde und nicht in direkten Konflikt mit dem Gesetz geriet. Eine Frau zu beschatten war nur dann ein Problem für ihn, wenn sie etwas zu verbergen hatte.

Marcia Ross hatte etwas zu verbergen.

Sie ging jeden Tag für zwei Stunden nach Ballard zum Yoga. Manchmal kehrte sie abends zu einem zweiten Besuch dorthin zurück. Das war kein Problem. Sie ging einkaufen. Sie ging mit ihrer Mutter zum Mittagessen – einer Frau, die wie eine fünfundzwanzig Jahre ältere Kopie ihrer Tochter aussah, bis hin zu den zusammengekniffenen Lippen. Und freitags verbrachte Marcia Ross vier Stunden bei Day Lily Wellness.

Day Lily war Luxusklasse. Es lag in einer Seitenstraße in der Innenstadt, nicht weit vom Meer. Die Einrichtung war sehr schick und es roch nach Fruchtölen. Die feuchte Luft war warm und schweißtreibend. Tony kam sich vor wie ein verklebter Reisklumpen.

Er lächelte einer jungen Frau namens Evelyn zu, die hinter dem Empfang stand. „Ich hoffe, Sie können mir helfen. Ich kenne mich hier nicht aus."

„Aber gerne." Evelyn war sehr hilfsbereit.

„Eine Freundin meiner Frau, Marcia Ross, ist hier Stammkundin. Sie schwärmt begeistert von den Anwendungen und ich habe mich gefragt, was sie alles gebucht hat und was es kostet. Ich dachte daran, meiner Frau ein besonderes Geburtstagsgeschenk zu machen."

„Aber natürlich! Marcia ist jede Woche hier. Sie *liebt* Day Lily. Lassen Sie mich nachschauen …" Evelyn gab den Namen in ihren Computer ein. „Sie hat die DeLuxe-Maniküre – inklusive Hautbehandlung für die Hände –, eine DeLuxe-Pediküre mit Fußmassage, außerdem Gesichtsmaske und Ganzkörpermassage mit Fernando. Er ist einer unserer beliebtesten Masseure. Dort kommt er gerade!"

Tony drehte sich um und erblickte einen Mann, der sich mit einer Kundin unterhielt. Tony war nicht der Typ, der bei jedem attraktiven Kerl weiche Knie bekam, aber er konnte durchaus unterscheiden zwischen sexy und Mittelmaß. Und Fernando war definitiv *kein* Mittelmaß. Er war Latino, etwa Einsfünfundsiebzig groß und extrem gut gebaut. Mit seinem schmalen Schnurrbart erinnerte er etwas an Zorro, sein Gesicht war außergewöhnlich hübsch und die pechschwarzen, langen Haare nach hinten gekämmt. Fernando trug einen Kittel mit kurzen Ärmeln, der den Blick auf die Tattoos freigab, die seine muskulösen Arme bedeckten. Oh ja. Tony konnte sich sehr gut vorstellen, dass Fernandos starke Hände bei den Besucherinnen beliebt waren.

Als Privatdetektiv verließ man sich oft auf sein Bauchgefühl. In Tonys Bauch machte sich ein mächtiger, chinesischer Gong bemerkbar, der ihn zum Vibrieren brachte.

„Wissen Sie, ich könnte heute auch eine Massage vertragen. Mein Rücken und meine Schultern sind ziemlich verspannt. Meinen Sie, Fernando hätte Zeit für mich?"

„Normalerweise nicht, nein. Aber heute früh kam eine kurzfristige Absage. Er könnte sich jetzt um Sie kümmern. Allerdings ist die Stunde schon angebrochen und Sie müssten trotzdem voll bezahlen. Sind Sie interessiert?"

Tony zwinkerte ihr zu. „Trägt der Papst einen komischen Hut? Es wäre super!"

Evelyn kicherte. „Ich frage Fernando, was er dazu meint."

Fernando hatte nichts dagegen, für eine angebrochene Stunde voll bezahlt zu werden. Sie einigten sich schnell, und während Tony sich umzog, platzierte er geschickt eine Minikamera an dem Regal, in dem die Flaschen mit den Ölen und Cremes standen.

Fernando war ein sehr guter Masseur. Tony entspannte sich und versuchte, nicht an die erste Massage zu denken, die Jack ihm gegeben hatte. Damals hatten sie sich das erste Mal berührt. Sie spielten die Szene immer noch oft nach, weil es so verdammt geil gewesen war.

Es wäre für Fernando vermutlich nicht das erste Mal gewesen, dass jemand von der Massage einen Ständer bekam, aber Tony wollte sich diese Demütigung lieber ersparen. Also dachte er an seine italienische Mutter und schaffte es, so schlaff zu bleiben wie die Lasagne seiner Oma.

Nach der Massage ging er auf den Parkplatz zu seinem Wagen und schaltete die Kamera ein. Dann ging er zu dem Gebäude zurück, bis er Empfang bekam. Die Funkweite der Kamera betrug nur etwa zehn Meter. Auf dem kleinen Bildschirm war der Massagetisch zu sehen und Fernando, der auf seinen nächsten Kunden wartete. Tony bereitete sich auf eine längere Wartezeit vor.

Zwei Stunde später stieß er wieder auf eine Goldader.

ALS FERNANDO am Ende des Tages das Gebäude verließ, wurde er von Tony bereits erwartet. Fernando trug Jeans und eine schwarze Bikerjacke. Er ging direkt auf eine Harley zu, die vor dem Haupteingang geparkt war. Tony stellte sich ihm in den Weg.

„Hallo, Fernando. Ich muss kurz mit dir plaudern." Sein Akzent war reinstes New York, weil er sich damit erfahrungsgemäß einschüchternder anhörte.

Fernando musterte ihn von oben bis unten und zwang sich zu einem freundlichen Lächeln. „Hey, Mann. Ich will Sie ja nicht beleidigen, aber ich bin nicht schwul."

„Ist mir auch schon aufgefallen." Tony zog sein Handy aus der Tasche und spielte ein kurzes Video ab, das er sich von der Kamera zugeschickt hatte. Es zeigte Marcia, die auf dem Massagetisch auf dem Rücken lag, und Fernando, der … kein braver Junge war. Natürlich kam es immer auf den Standpunkt an.

Fernando wurde blass. „Woher haben Sie das?"

„Perfekte Auflösung, nicht wahr? Gefällt es dir? Ich habe noch mehr. Ich habe sogar die ganze Geschichte. Echt heiß. Ich schicke dir eine Kopie, wenn du mir deine E-Mail-Adresse gibst."

Fernandos klammerte sich an der Lenkstange fest. Er war zu Tode erschrocken. „Wer sind Sie?"

„Nicht ihr Ehemann, falls du das meinst. Aber ich wette, deine Arbeitgeber wissen davon nichts, oder? Und da ist die Sache mit deiner Berufslizenz. Für solche zusätzlichen Dienstleistungen kann die schnell entzogen werden. Das wäre kein sehr glückliches Ende, nicht wahr?"

„So ist das nicht", erwiderte Fernando gepresst. „Sie bezahlt mich nicht dafür. Und ich mache das nur mit ihr, das schwöre ich."

„Ja? Soll das heißen, dass ihr privat ein Paar seid, Marcia und du? Ist sie deine Geliebte?"

149

Fernando schüttelte den Kopf. „Nein", flüsterte er. „Ich sehe sie nur hier. Aber sie ... sie ist eine wunderbare Frau und sie braucht mich. Ich mache das nur für sie. Ich komme nicht dabei. Mist. Es ist schwer zu erklären, weil es ... persönlich ist."

Tony rieb sich übers Kinn. Ja. Cunnilingus war schon sehr persönlich. Es war erbärmlich, aber er glaubte Fernando und der Mann tat ihm leid. Manchmal war Tonys Job schon echt nervend. Aber er ließ sich nichts anmerken, drückte einige Knöpfe auf seinem Handy und schaltete die Tonaufnahme ein. „Nun, Fernando, wenn du deine Lizenz behalten willst, schlage ich vor, dass du mir jetzt alles darüber erzählst."

21

D-Day war ein heißer Montag im August. Heute würde die Entscheidung fallen. Nick brachte die Kinder zum Sommercamp und fuhr wieder nach Hause. Er duschte und zog einen guten Anzug an. Seine Planung war perfekt. Als er das Zimmer verließ, war Marcia schon zu ihrem morgendlichen Yogakurs aufgebrochen.

Der Stein in seinem Magen musste Tonnen wiegen und er hatte keinen Appetit. Irgendwie schaffte er es, eine Scheibe Toast zu essen und einen Kaffee zu trinken, um den Vormittag zu überleben. Er lächelte Consuela verkrampft zu – und umarmte sie -, dann verließ er mit seinem Koffer das Haus. Der Ausdruck in Consuelas Gesicht sagte ihm, dass sie etwas ahnte. Aber sie stellte ihm keine Fragen.

Seit der entsetzlichen Szene in Bainbridge waren sechs Wochen vergangen. Er hatte jede Woche kurz mit Daniel telefoniert, um sich auf dem Laufenden zu halten und seine Zustimmung zu den nächsten Schritten zu geben. Aaron, sein Anwalt, hatte ihnen geraten, so wenig wie möglich Kontakt mit Daniel zu halten, bis die Angelegenheit endgültig geregelt war. Es war schwer, mit niemandem darüber reden zu können, was hinter den Kulissen geschah und vorbereitet wurde. So zu tun, als hätte sich nichts geändert. Doch Nick wollte nicht mit Daniel zusammen sein, solange er mit Marcia noch nicht klaren Tisch gemacht hatte. Es wäre nicht fair und außerdem hätte er es nicht durchgehalten, ein Doppelleben zu führen. Es hatte allerdings auch seine guten Seiten. Da er nicht ins Büro ging, hatte er viel Zeit für die Kinder.

Seit er kapituliert hatte und nicht mehr ins Büro ging, ließ Marcia sich nichts mehr anmerken und hatte ihr altes Leben wieder aufgenommen, als wäre nichts passiert. Nick konnte jedoch ihre Kälte spüren und wusste, dass sie nichts vergessen und ihm nicht verziehen hatte. Aber das passte Nick momentan ganz gut in den Kram, deshalb er fand sich damit ab.

Heute jedoch ging er um zehn Uhr ins Büro, wo er von Aaron und Daniel erwartet wurde. Daniel sah aus wie ein Filmstar in seinem silbergrauen Gaultier-Anzug und mit dem marineblauen Schlips. Sie umarmten sich kurz, während Aaron diskret seine Akten sortierte. Nick musste Daniel einfach in den Armen fühlen, um sich daran zu erinnern, wofür sie kämpften. Daniel war stark und würde ihn nicht im Stich lassen.

Daniel spürte Nicks Zittern und flüsterte ihm zu: „Es wird alles gut, Nicky. Wir haben sie erwischt."

Nick nickte zwar, doch ihm war zumute, als müsste er sich gleich übergeben. Die letzten vierzehn Jahre seines Lebens und seine Zukunft – es kam ihm vor, wie ein Vorher-Nachher-Bild. Als würde dieses Treffen sein Leben in zwei Abschnitte teilen.

Daniel und Nick gingen zum Schreibtisch. Aaron ging mit Nick die Akten durch und erklärte ihm die Formalitäten. Sie hatten wunderbare Arbeit geleistet. Trotzdem zögerte Nick.

„Müssen wir den Masseur wirklich erwähnen? Kann man ihn nicht zurückhalten und abwarten, ob es nicht auch so geht?" Nick war schockiert gewesen, als er von Fernando erfuhr. Aber nachdem er die Information verdaut hatte, empfand er Mitleid mit Marcia, weil sie sich nur auf diese Weise sexuelle Erfüllung verschaffen konnte. Und ihm war auch klargeworden, dass ihre Ehe selbst aus Marcias Sicht irreparabel war. Diese Erkenntnis nahm ihm einen großen Teil seiner Schuldgefühle.

„Ich fürchte, wir werden ihn brauchen", erwiderte Aaron selbstsicher. „Marcias einziger Trumpf ist deine Untreue. Damit wird sie zwar nicht alleiniges Sorgerecht bekommen, aber es gibt ihr und ihren Anwälten das Gefühl, eine Chance zu haben. Und dieses Gefühl müssen wir ihnen nehmen, wenn wir vermeiden wollen, dass der Fall vor Gericht endet."

Nick nickte angespannt. „Na gut. Aber sie muss wissen, dass wir Fernando nicht gegen sie benutzen, wenn sie auf unser Angebot eingeht."

„Wird gemacht."

Es hätte Nicks Nerven beruhigen sollen, seinen Anwalt so gut vorbereitet und so selbstsicher zu erleben. Doch jetzt, wo es zum Schwur kommen würde und alles Schwarz-auf-Weiß auf dem Tisch lag, half ihm das nicht weiter. Bald würde der Augenblick der Wahrheit kommen und Marcia mit den Tatsachen konfrontiert werden. Nick trat der Schweiß auf die Stirn und ihm wurde etwas schwindelig. Daniel legte ihm beruhigend die Hand auf die Schulter.

„Es ist wie eine Operation, Nick. Ich weiß, du hast Angst davor. Aber wir werden es gemeinsam hinter uns bringen, und danach ist alles besser."

Nick nickte. „Seid ihr sicher, dass ich nicht dabei sein soll?"

„Nein, das solltest du nicht." Aaron schüttelte vehement den Kopf. „Davor möchte ich dringend abraten. Wir wollen keine Emotionen ins Spiel bringen. Wenn du uns begleitest, wird es in einen lauten Streit ausarten. Ohne dich hat sie nur die nackte Wand, an die sie ihre Wut und das Geschirr schleudern kann."

Nick fand nicht, dass Daniel viel Ähnlichkeit mit einer nackten Wand hatte. Marcia hasste Daniel und Daniel hatte manchmal ein aufbrausendes Temperament. „Fang keinen Streit mit ihr an", bat Nick ihn. „Du musst es mir versprechen."

Daniel lächelte, aber Nick kannte das Haifischgrinsen in Daniels Gesicht und das Funkeln in seinen Augen. „Es gibt keinen Grund, sich mit Marcia zu streiten. Wir haben alles felsenfest abgesichert. Ich bin die Ruhe in Person, Nick. Du kennst mich doch. Ich mache das nicht zum ersten Mal."

Stimmt. Aber nicht mit meiner Frau, dachte Nick. Doch er nickte nur und sah auf die Uhr. Marcias Yogakurs endete in diesen Minuten.

„Schick ihr jetzt den Text, Nicky", sagte Daniel leise. Nick gehorchte.

GOTT SEI Dank für Yoga. Nachdem Marcia vor einigen Wochen von Nick und Daniel erfahren hatte, hatte sie sich vollkommen verkrampft. Ohne ihr Yoga und Fernando hätte sie es nicht überlebt. Aber obwohl es ihr danach immer besser ging und sie sich wieder entspannen konnte, dauerte es keine Stunde, bis die Anspannung zurückkam. Der Stress machte sich bemerkbar.

Ihr Ehemann war in einen anderen Mann verliebt. Das wusste sie. Sie konnte es in Nicks Augen sehen, wenn Sylvan Daniel erwähnte – was der Junge oft genug tat. Und obwohl Nick es abstritt, war Marcia sich sicher, dass es schon seit Jahren so ging. Vielleicht schon länger, als sie und Nick sich kannten. Aber Daniel war offensichtlich nicht an einem gemeinsamen Leben mit Nick interessiert. Oder war es zumindest bis vor kurzem nicht gewesen. Und Nick durfte sie nicht verlassen. Er konnte es nicht tun, denn dann würde er riskieren, die Kinder zu verlieren.

Daran musste Marcia glauben. Sie musste ganz fest daran glauben. Nick konnte sie nicht verlassen und vor allen Menschen demütigen. Was würde dann aus ihr werden? Sie wäre allein. Marcia fragte sich, wie lange es wohl dauern würde, bis auch ihre Muskeln und ihr Magen daran glaubten und mit den Eskapaden aufhörten. Sie hatte schon zehn Pfund abgenommen, seit sie die beiden Männer in ihrem Liebesnest erwischt hatte. Das war definitiv nicht gut. Marcia schwankte zwischen eiserner Entschlossenheit und einem Gefühl der Verwundbarkeit. Sie kam sich vor wie eine Porzellanfigur, die am Abgrund stand und im Wind schwankte. Und ihre Mutter wollte einfach nicht aufhören, darüber zu reden.

Marcia öffnete gerade die Wagentür, als das Handy klingelte und sie einen Text bekam. Er war von Nick.

Ich bin im Büro. Kannst du vorbeikommen und einige abschließende Papiere unterschreiben? Ich brauche deine Unterschrift.

Marcias Schultern spannten sich an und ein und brennender Schmerz zuckte ihr durch den Rücken. Verdammt. Warum hatte Nick nicht erwähnt, dass er ins Büro wollte? War Daniel auch dort? Und was sollte sie unterschreiben? Und warum konnte er die Papiere nicht mit nach Hause bringen?

Sie saß fünf Minuten lang im Wagen, bis sie ihre Fassung wiedergefunden hatte. Vielleicht ging es um die Lebensversicherung oder Daniels Teilhabervertrag an der Firma. Abschließende Papiere? Vielleicht wollte Nick wirklich seine Hälfte der Firma abgeben. Als seine Frau hatte Marcia auch einige Anteile an DRE. Und Nick würde sie nicht ins Büro bestellen, wenn Daniel sich auch dort aufhielt. Dazu war er viel zu rücksichtsvoll.

Sie hätte beinahe mehr Informationen von ihm verlangt, doch wozu? Es war kein großer Umweg und ein längerer Textwechsel kostete sie mehr Energie, als die paar Minuten Fahrtzeit. Am besten, sie brachte es schnell hinter sich.

DANIEL UND Aaron erhoben sich, als Gwen mit Marcia ins Konferenzzimmer kam. Daniels Miene war undurchdringlich und er ließ sich nicht anmerken, dass seine Nerven und das Adrenalin in ihm einen Kampf ausfochten, von dem ihm beinahe schlecht wurde. Er hatte schon oft an riskanten Verhandlungen teilgenommen und sie gewonnen, aber keine hatte ihm jemals so viel bedeutet wie diese. Marcia blieb in der Tür stehen und sah ihn unverhohlen feindselig an.

„Nick sagt, ich müsste einige Dokumente unterschreiben. Wo ist er?" In ihrer Stimme lag Verachtung.

Aaron trat auf sie zu. „Mrs. Ross? Mein Name ist Aaron Connors. Ich bin der Anwalt Ihres Mannes. Nehmen Sie doch bitte Platz. Wir können ihnen Kaffee, entkoffeinierte Kaffee oder Wasser anbieten."

Aaron legte die Hand unter ihren Ellbogen und führte sie zum Tisch. Marcia folgte ihm verwirrt. Gwen verließ den Raum und schloss hinter sich die Tür. Marcia sprach mit Aaron, als wäre Daniel nicht anwesend. „Wo ist mein Mann?"

„Er wird an diesem Treffen nicht teilnehmen", erklärte Aaron ruhig. „Bitte, nehmen Sie Platz." Er zog einen Stuhl unter dem Tisch hervor.

Marcia schwankte jetzt zwischen Wut und Angst. Aber sie war nie eine schwache Frau gewesen, also nahm sie Platz. Auch Aaron und Daniel setzten sich an den Tisch. Daniel hatte noch kein Wort gesagt. Marcia jetzt noch zu begrüßen, wäre nur peinlich gewesen, also ließ er es sein. Sie hatte ihm schließlich auch nicht die Möglichkeit gegeben, höflich zu sein, und auch im Schweigen konnte Macht liegen. Manchmal war eine stoische Miene einschüchternder als jede Drohung. Daniel lehnte sich in seinem Stuhl zurück und überließ es Aaron, den ersten Zug zu machen.

„Wir möchten Ihnen im Namen von Mr. Nick Ross ein Angebot unterbreiten. Es geht um Ihre Scheidung." Aaron schlug seine Aktenmappe auf und entnahm ihr drei Papiere, die er vor Marcia auf den Tisch legte.

„Es ist ein sehr großzügiges Angebot, Mrs. Ross. Sie erhalten das Haus, in dem Sie leben – frei von Hypotheken – und alles, was sich darin befindet, mit Ausnahme der persönlichen Besitztümer und Kleidung von Mr. Ross. Zusätzlich können sie auch den Porsche behalten. Abbezahlt natürlich."

Er zeigte mit dem Finger auf die entsprechenden Passagen in einem der Papiere, die er vor Marcia ausgebreitet hatte. Marcia starrte sie wortlos an. Ihr Mund war so fest zusammengepresst, dass von ihren Lippen nichts mehr zu sehen war. Obwohl sie sich äußerlich keinerlei Gefühlsregungen anmerken ließ, fiel Daniel ihre unnatürliche Blässe auf. Ihre Muskeln waren angespannt, als würde sie sich auf eine plötzliche Flucht vorbereiten. Aaron hielt seinen Tonfall ruhig und sachlich und ignorierte sämtliche Anzeichen einer bevorstehenden Implosion.

„Nick wird seine Anteile an DRE behalten und Ihre mit übernehmen. Sie werden dafür mit einer Summe von einer Million Dollar in bar entschädigt. Der gesamte Wert Ihrer Entschädigung – Haus, Möbel, Auto und Bargeld – entspricht damit einem Betrag von zwei Millionen Dollar. Das ist ein Drittel von Mr. Ross' Vermögen und meiner Meinung nach ausgesprochen großzügig. Er wird Ihnen zusätzlich einen monatlichen Betrag von fünftausend Dollar zum Lebensunterhalt überweisen, zahlbar, bis Sylvan die Oberschule abschließt oder Sie wieder heiraten. Die Studienkosten von Sylvan und Jenny wird Mr. Ross ebenfalls übernehmen, dazu einen festen Betrag für ihre substanziellen Bedürfnisse – also Kleidung, Ernährung und Schulkosten."

Aaron legte einige weitere Papiere vor ihr auf den Tisch.

„Im Austausch dafür verlangt Mr. Ross geteiltes Sorgerecht für die Kinder. Das heißt, die gleiche Zeit wie Sie. Da er berufstätig ist, wäre es ihm lieb, wenn sie während der Woche bei Ihnen leben und ihn am Wochenende besuchen. Sie können die Kinder einmal monatlich am Wochenende behalten, dafür werden sie im Sommer einen ganzen Monat bei Mr. Ross verbringen. Die Feiertage werden von Jahr zu Jahr zwischen ihnen beiden abgewechselt. Es ist eine Standardregelung, die bei geteiltem Sorgerecht häufig Anwendung findet."

Aaron war mit seinen Erläuterungen am Ende und lehnte sich gelassen zurück – ruhig und kalt wie ein Gletschersee. Daniels Magen zog sich nervös zusammen, während er auf Marcias Reaktion wartete.

Was würde sie sagen? Ihr Blick war starr auf die Papiere gerichtet, die Aaron ihr präsentiert hatte. Sie las sie wieder an wieder durch, als könnte sie nicht glauben, was da vor ihr lag. Ihr Gesicht war leichenblass. Als sie schließlich doch den Kopf hob, lag eine Mischung aus Wut und Panik in ihrem Blick, obwohl ihre Stimme ruhig und entschlossen klang.

„Nein", sagte sie.

Aaron wartete ab, ob sie noch mehr sagen wollte. Das war offensichtlich nicht der Fall, denn sie schaute mit leerem Blick aus dem Fenster.

„Mrs. Ross …"

„Ich akzeptiere dieses Angebot nicht. Nick kann mich nicht kaufen. Er wird entweder jeden Gedanken an Scheidung aufgeben, oder ich ziehe ihn vor Gericht und bekomme das alleinige Sorgerecht. Würden Sie ihm das bitte für mich ausrichten?"

„Mrs. Ross", erwiderte Aaron geduldig und mit einem Hauch Herablassung, die sich auch in seinem Lächeln widerspiegelte. „Sie haben keinerlei Veranlassung, Mr. Ross das Sorgerecht zu verweigern. Wir sind hier in Seattle, nicht in Russland. Kein Richter dieser Stadt wird ein Urteil fällen, das einen Prozessbeteiligten aufgrund seiner sexuellen Orientierung diskriminiert."

„Und wenn er hinter dem Rücken seiner Frau seinen Geschäftspartner fickt? Nun, wir werden es herausfinden." Sie erhob sich unsicher. Daniel nickte Aaron zu und gab damit das Zeichen für den nächsten Schritt. Nach außen zeigte Daniel sich genauso unbeteiligt wie Aaron. Darin war er bestens geschult. Aber er spürte, wie ihm unter dem teuren Hemd der Schweiß über den Rücken lief. Das Geld schien Marcia nicht sonderlich zu interessieren. Es war zwar enttäuschend, kam aber nicht gänzlich unerwartet. Nick hatte sie gewarnt, auch wenn Daniel es ihm zunächst nicht abgenommen hatte.

„Also gut, Mrs. Ross. Ich denke, für den nächsten Teil sollten Sie besser wieder Platz nehmen."

Marcia funkelte Aaron wütend an und blieb trotzig stehen. Ihre Knöchel traten weiß hervor, als sie sich an der Tischkante festklammerte.

Aaron zog einen grauen Ordner aus seinem Stapel hervor und legte ihn vor Marcia hin. Dann schlug er ihn auf. Marcia schnappte erschrocken nach Luft.

„Wie Sie sehen können, wäre ein öffentlicher Streit um das Sorgerecht nicht in Ihrem besten Interesse."

Marcia konnte die Fotos von sich und Fernando nicht lange ertragen. Sie knallte den Ordner zu und drehte sich zur Wand um. Flammende Röte stieg ihr ins Gesicht. „Du verdammter Bastard", fluchte sie und meinte damit vermutlich Daniel.

Daniel sagte kein Wort. Auch Aaron wartete schweigend ab.

Marcia holte tief Luft, um sich wieder unter Kontrolle zu bekommen. „Ich brauche einen Anwalt", sagte sie schließlich mit zitternder Stimme. „Es ist nicht fair, mich ohne Rechtsbeistand mit solchen Vorwürfen zu konfrontieren."

„Sie sollten sich auf jeden Fall einen Anwalt besorgen", stimmte Aaron ihr zu. „Unsere Absicht heute war nur, Sie über unser Angebot zu informieren. Sie haben zehn Tage Zeit, einen Anwalt zu finden und sich mit ihm zu beraten. Ich kann Ihnen allerdings jetzt schon versichern, dass er Ihnen raten wird, den Vertrag zu unterzeichnen. Er sichert Ihnen eine Entschädigung zu, die weit über dem gesetzlichen Rahmen liegt. Und geteiltes Sorgerecht ist im Staat Washington der Regelfall. Nick ist ein guter Vater und hat ein mehr als gutes Einkommen. Da Sie selbst untreu waren, können Sie ihm zudem sein Verhalten nicht mehr zum Vorwurf machen und es gegen ihn benutzen. Sie werden einen Sorgerechtsstreit nicht gewinnen können. Wenn Sie Nick vor Gericht zerren, schadet das nur den Kindern."

Aaron hatte den Satz kaum beendet, da wusste Daniel schon, dass es ein Fehler gewesen war. Er hätte Aaron vorwarnen sollen. Marcia nahm den Faden auf wie eine Ertrinkende die Rettungsleine. Sie drehte sich entschlossen zum Tisch um und sah Daniel herausfordernd an. „Du bluffst."

„Ich bluffe nicht, Marcia", erwiderte Daniel im Brustton der Überzeugung.

„Doch", sagte Marcia lächelnd. „Nick wird niemals zulassen, dass die Kinder vor Gericht aussagen müssen. Deshalb bietet er mir so viel Geld an. Und du … Der große Daniel Derenzo! Du wirst niemals zulassen, dass die Menschen erfahren, was du wirklich bist – eine heimliche Queen und der Grund für eine gescheiterte Ehe."

Daniel atmete tief durch. Marcia schlug um sich wie ein in die Ecke getriebenes Tier. Aber das machte ihre Worte nicht weniger hässlich, nicht weniger verletzend. Er starrte sie mit eiskaltem Blick an. „Da täuschst du dich. Es ist mir egal, was die Leute über mich und Nick denken. Sie werden die Wahrheit früh genug erfahren."

Marcia schüttelte den Kopf und lächelte siegessicher. „Ich glaube dir kein Wort. Wenn ich den Fall vor Gericht bringe, werdet ihr beiden einbrechen. Und genau das werde ich tun. Ja, Daniel, ich werde es tun. Ich lasse nicht zu, dass Nick diese Ehe beendet. Du kannst ihm ausrichten, dass er gefälligst nach Hause kommen soll, wenn er nicht will, dass die Kinder vor Gericht erscheinen müssen und eure dreckige Affäre bekannt wird."

„Und es kümmert dich gar nicht, wenn die Zeitungen über *deine* dreckigen Massagen berichten?", fragte Daniel ungläubig.

Marcia warf einen verächtlichen Blick auf den grauen Ordner. „Ich werde sagen, die Bilder wären manipuliert."

„Wir haben ein ganzes *Video*, Marcia."

Sie kniff die Lippen zusammen. „Das ist vor Gericht nicht als Beweis zulässig."

„Hier geht es nicht um die Anklage in einem Strafverfahren", mischte Aaron sich barsch ein. „Das Video ist der Beleg für einen Lebenswandel, der Einfluss auf die Sorgerechtsentscheidung hat. Es ist vor Gericht durchaus zulässig."

„Und es kann sehr leicht zufällig an die Presse gelangen", fügte Daniel hinzu.

„Tu das, Daniel. Dann werde ich jedem, der zuhört, alles über dich und Nick erzählen. Das schwöre ich dir bei Gott."

„Marcia. Ich habe dir doch gerade erst gesagt, dass ich Nick liebe und mit ihm zusammenleben will. Es wird sowieso jeder über unsere Beziehung Bescheid wissen."

Obwohl Daniel jedes Wort ernst meinte, hatte Marcia ihn in die Enge getrieben. Es war ihm wirklich egal, wer über ihn und Nick Bescheid wusste und wer nicht. Aber wenn damit der Verdacht gestreut wurde, dass ihre Beziehung schon seit Jahren bestand, war das keine große Hilfe, auch wenn Daniel sich damit abfinden konnte. In einer Sache hatte Marcia nämlich recht – er hatte Nick versprochen, dass die

Kinder nicht vor Gericht erscheinen mussten. Daniel hatte allerdings nicht damit gerechnet, dass Marcia eine so harte Gegenspielerin sein würde.

Er sah Aaron an und nickte erneut. Den nächsten Schritt hätte er sich lieber erspart. Um ehrlich zu sein, hatte er ihn Nick sogar verschwiegen, weil er genau wusste, dass Nick ihm niemals erlaubt hätte, diese Informationen als Munition gegen Marcia einzusetzen. Daniel und Nick hatten gerade erst ihre Firma gegründet, als Marcias Vater gestorben war. Daniel wusste, dass Nick die genauen Todesumstände seines Schwiegervaters nicht kannte. Er war sich allerdings nicht sicher, ob das auch auf Marcia zutraf. Deshalb war es ein riskanter Schachzug, den Tod ihres Vaters ins Spiel zu bringen.

Aaron zog einen weiteren Ordner aus seinem Stapel und öffnete ihn. Er enthielt die Kopie einer zehn Jahre alten Ausgabe der Seattle Times. Eine Seite war markiert und Aaron schlug sie auf. Dann drehte er die Zeitung zu Marcia um.

„Was ist das?", fragte Marcia misstrauisch.

„Lesen Sie es einfach, wenn Sie es wissen wollen."

Marcia fing an zu lesen. Sie ließ sich auf den Stuhl fallen und las den Artikel mehrere Male durch. Ihre Hände zitterten. „Das ist eine Fälschung", sagte sie schließlich mit belegter Stimme.

„Es ist keine Fälschung. Sie können jederzeit in die Bibliothek gehen und sich den Artikel selbst besorgen."

Marcia schlug die Zeitung zu und las das Erscheinungsdatum. Dann blätterte sie die Zeitung durch, um sich die anderen Artikel zu anzusehen. Sie suchte nach Beweisen für eine Fälschung, fand jedoch keine. Schließlich blätterte sie zu der Seite mit dem Artikel zurück, den Aaron ihr gezeigt hatte.

„Mein Vater … Er ist an einem Herzanfall gestorben." Sie hob den Kopf und sah Daniel mit Tränen in den Augen an. „Wie konntest du das tun, Daniel? Ich weiß, dass du ein herzloses Arschloch bist, aber das ist selbst für deine Verhältnisse unfassbar."

„Ich habe es mir nicht ausgedacht." Daniel schluckte. Seine Kehle war wie zugeschnürt. Aber da musste er jetzt durch. Er war nur froh, dass Nick es nicht erleben musste.

160

„Hier steht …“ Marcias Stimme brach. „Hier steht, es gab einen Abschiedsbrief.“

„Ja. Wir haben uns eine Kopie aus den Polizeiakten besorgt.“ Aaron zog eine Fotokopie aus dem Ordner.

„Nein. Ich … ich kann nicht … Ich muss mit meiner Mutter reden.“ Marcia stand so abrupt auf, dass der Stuhl beinahe hinter ihr umkippte.

Aaron und Daniel sahen sich an. Daniel nickte.

„Wir geben Ihnen fünfzehn Minuten Zeit“, sagte Aaron. Dann standen er und Daniel auf und verließen das Konferenzzimmer. Leise schlossen sie hinter sich die Tür.

MARCIA ZOG ihr Handy aus der Handtasche. Ihre Hände zitterten so stark, dass sie es kaum schaffte, das Adressbuch zu öffnen. Sie drückte auf den Knopf, der sie mit ihrer Mutter verband. Estelle meldete sich nach dem zweiten Klingelton.

„Marcia? Es wurde auch langsam Zeit, dass du mich zurückrufst. Wie stehen die Dinge?“

Marcias musste mehrmals ansetzen, bis sie einen Ton herausbekam. Als es ihr schließlich gelang, erkannte sie ihre eigene Stimme kaum wieder. „Daddy.“

Stille. Dann hörte sie die Stimme ihrer Mutter: „Was ist los? Wo bist du?“

„Du hast mir gesagt, er hätte einen Herzanfall gehabt.“

„Was ist los mit dir? Wo steckst du? Ich komme und …“

„Er hat sich in den Kopf geschossen. Deshalb war er schon im Beerdigungsinstitut, als du mir davon erzählt hast. Deshalb war er schon eingeäschert, bevor ich ihn noch einmal sehen konnte. Du hast den Teppich in seinem Büro entfernen lassen. Ich habe mich immer nach dem Grund dafür gefragt.“

Marcias Mutter schwieg.

„Mom, *sage es mir!*“ Marcia wollte schreien, wollte mit irgendwas um sich werfen, und ihre Mutter sagte *keinen einzigen Ton*.

„Na gut! Ja, dein Vater hat sich umgebracht. Er war ein selbstsüchtiger Bastard. Jetzt weißt du es.“

Marcia ließ sich wieder auf den Stuhl fallen. „Nein“, stöhnte sie.

„Er war depressiv. Krankhaft depressiv. Vor dir hat er sich natürlich immer zusammengerissen und sich nichts anmerken lassen. Du warst ja Daddys kleiner Engel. Du musstest nie so mit ihm leben wie ich. Er war ein trauriger Mann. Ein sehr trauriger Mann."

„D-du hast gesagt, dass er dich einmal verlassen wollte." Marcia zog unbeholfen den Ordner zu sich heran, den Aaron auf dem Tisch zurückgelassen hatte. Darin fand sie eine Fotokopie mit der Handschrift ihres Vaters. *Oh Gott*, es war sein Abschiedsbrief. Und er war an sie gerichtet.

„Oh, nicht nur einmal!" Estelle war jetzt hörbar aufgebracht. „Aber ich habe ihm gesagt, dann würde er dich niemals wiedersehen. Das hat ihn wieder zur Räson gebracht. Am schlimmsten war es, als er sich eingebildet hat, in eine Arbeitskollegin verliebt zu sein. Sie war sowieso viel zu jung für ihn. Sie hat dann einen anderen Mann geheiratet. Es hätte niemals funktioniert mit ihnen, aber so etwas sehen Männer nicht. Nick ist genauso. Wäre er wirklich glücklich, wenn er mit einem Mann abhaut? Wenn die ganze Welt ihn als Schwuchtel bezeichnet? Würde Daniel so zu ihm halten, wie du es tust? Nein. Und wie würde er sich fühlen, wenn seine eigenen Kinder sich seinetwegen schämen müssten? Wenn sie in der Schule seinetwegen verspottet werden? Nein, Marcia. Nick weiß nicht, was er will. *Du* bist es, die jetzt stark sein muss. Vertrau mir. Ich kenne mich damit aus."

Es war eine Lektion, die Marcia schon unzählige Male zu hören bekommen hatte, seit Estelle von Nick und Daniels Verhältnis erfahren hatte. Aber dieses Mal hielt sie den Abschiedsbrief ihres Vaters in ihrer zitternden Hand und die Worte ihrer Mutter klangen in Marcias Ohren nur noch krank und hässlich. Marcia liefen die Tränen über die Wangen. „Mutter?"

„Was?"

„Du hast mich über Daddy belogen. Du hast mir seinen letzten Brief vorenthalten. Er war für *mich*, Mom. Du hattest nicht das Recht, ihn mir zu verheimlichen."

„Oh, um Gottes Willen! Es war doch nur zu deinem Besten, Marcia! Sieh nur, wie aufgeregt du bist. Warum hätte ich dir das antun sollen? Ich habe getan, was für dich das Beste war."

Oh mein Gott.

„Auf Wiederhören, Mom", sagte Marcia leise. „Ich denke, ich will dich in der nächsten Zeit nicht sehen." Sie beendete das Gespräch und las den Brief ihres Vaters.

Meine liebste Marcia,

es tut mir leid, dich so im Stich zu lassen. Als du geboren wurdest und ich dich das erste Mal in den Armen gehalten habe, wollte ich dir die Welt zu Füßen legen. Ich habe versagt. Ich habe deiner Mutter erlaubt, dir falsche Dinge beizubringen und falsche Werte zu vermitteln, ohne etwas dagegen zu unternehmen. Das tut mir sehr leid.

Ich halte es nicht mehr aus. Ich bin schon so lange unglücklich. Ich hoffe, du kannst mir verzeihen, dass ich jetzt den einfachen Ausweg wähle. Du musst wissen, dass es nichts mit dir zu tun hat. Aber du bist jetzt ein großes Mädchen und hast dein eigenes Leben. Ich muss tun, was ich tun muss. Ich wünschte, ich könnte noch erleben, wie Jenny erwachsen wird. Sage ihr, dass ich sie liebe. Und Nick auch. Er ist ein guter Mann.

Meine liebste Tochter! Ich habe einen letzten Wunsch für dich: Kümmere dich nicht darum, was andere Leute über dich denken. Tu das, was dich glücklich macht. Tu das, was die Menschen in deinem Leben glücklich macht. Suche das Glück, als wäre es die Luft, die du zum Atmen brauchst. Und vergiss nie, dass ich dich geliebt habe – mehr, als alles andere in meinem Leben.

Dein dich liebender Vater

DANIEL UND Aaron stand im Flur und warteten. Aaron schaute auf die Uhr. Gwen sah unruhig zwischen ihnen hin und her und tat so, als würde sie arbeiten. Die Tür zu Nicks Büro war geschlossen. Daniel war versucht, zu ihm zu gehen. Doch dazu war es noch zu früh. Noch gab es kein Ergebnis.

Daniel war nie ein gläubiger Mensch gewesen, aber jetzt schickte er in Gedanken eine Botschaft an den Mann aus Stahl: *Wenn du da oben auch nur das Geringste zu sagen hast, Dad, dann hilf mir jetzt. Hilf mir, Marcia zu überzeugen. Lass es Nick und den Kindern gut gehen. Lass es nicht in einer Schlammschlacht enden. Für uns alle.*

„Bist du soweit?", fragte Aaron.

Daniel nickte und sie gingen in das Konferenzzimmer zurück.

Marcia stand am Fenster und drehte sich zu ihnen um, als sie die beiden kommen hörte. Sie strich sich die Haare aus der Stirn und drückte die Schultern durch. Ihr Gesicht war rot vom Weinen. Sie sah Daniel direkt in die Augen. „Liebst du Nick wirklich?", fragte sie leise mit heiserer Stimme.

„Ja, ich liebe ihn wirklich."

„Und du … du willst mit ihm leben?"

„Ja."

Marcias geschwollene Augen füllten sich wieder mit Tränen, aber sie schluckte sie tapfer hinunter. „Wie lange?"

„Für immer, Marcia."

Marcia nickte. „Schwöre mir, dass du es ernst meinst. Schwöre mir, dass du gut zu ihm und den Kindern sein wirst."

Daniel sprang fast das Herz aus der Brust, als er erkannte, dass er gewonnen hatte. „Ich schwöre es dir bei allem, was ich habe und was ich bin."

Marcia schlug die Hände vors Gesicht und fing zu schluchzen an. „Ich … ich fürchte mich so. Wenn ich nicht mehr Nicks Frau bin … wer bin ich dann?"

Daniel hatte schon mehr als eine Geschäftsübernahme unerwartet enden sehen. Wenn die Emotionen sich überschlugen, konnte die Lage sich im Bruchteil einer Sekunde ändern. Er konnte sich noch gut daran erinnern, wie ein Manager bei einem solchen Treffen eine Pistole zog – die sich als Feuerzeug entpuppte. Aber wie dieses Treffen mit Marcia endete, hätte er sich nie vorauszusagen gewagt. Er hätte nie damit gerechnet, zu Marcia zu gehen, die Arme um sie zu legen und sie tröstend an sich zu drücken, damit sie sich an seiner Brust ausweinen konnte.

„Schhh, es wird alles wieder gut", flüsterte er. „Du bist die Mutter der Kinder und wirst es immer bleiben. Und du weißt, dass Nick ein guter Mensch ist. Er wird für dich da sein, wenn du ihn brauchst."

„Ich weiß." Marcia schien sich langsam wieder zu fangen. Sie entzog sich sanft seinen Armen, trat einen Schritt zurück und wischte sich die Tränen aus den Augen. „Ich möchte jetzt unterschreiben."

Daniel und Aaron wechselten einen kurzen Blick.

„Ich möchte Ihnen raten, den Vertrag zuerst mit einem Anwalt zu besprechen", sagte Aaron.

„Nein." Marcia ging zum Tisch und setzte sich auf ihren Stuhl. „Der Vertrag ist mehr als fair. Ich möchte unterschreiben. Wie lange dauert es, bis er in Kraft tritt?"

„Wenn Sie heute unterzeichnen, wird er in neunzig Tagen gültig."

Marcia nickte und griff nach dem Kugelschreiber. „Was wird mit den Kindern? Ich meine in dieser Woche? Ich …" Ihre Stimme brach und sie schluckte. „Wie soll das funktionieren?"

Daniel sah Aaron hilfesuchend an.

„Mr. Ross hat das Haus bereits verlassen. In nehme an, er hätte die Kinder jetzt gerne bei sich, um ihnen alles zu erklären. Heute ist Montag und sie können dann für den Rest der Woche wieder zu Ihnen kommen. Am Wochenende hat Nick sie dann und wir beginnen mit der normalen Routine, wie der Vertrag es vorsieht. Wenn Sie etwas mehr Zeit für sich brauchen, kann er sie allerdings auch für die ganze Woche zu sich nehmen und sie am Sonntagabend zurückbringen."

Marcia überlegte kurz. Sie fing wieder zu weinen an. Aaron war froh, eine Packung Kleenex auf den Tisch gestellt zu haben. Nach einiger Zeit hatte Marcia sich wieder beruhigt. „Sie können heute zu ihm gehen. Aber ich hätte sie während der Woche gerne bei mir." Sie sah Daniel an. „Richte Nick aus, dass er sie am Freitag aus dem Sommercamp abholen kann."

Daniel blinzelte sie ungläubig an. „Das … das wäre wunderbar. Vielen Dank."

Aaron legte ihr die ersten Dokumente vor. Sie unterschrieb. Daniel saß dabei und schaute zu, wie eine Seite nach der anderen unterschrieben wurde. Als Marcia den Stift weglegte, wirkte sie … kleiner. Sie ließ die Schultern hängen und ihre Gesicht war von Erschöpfung gezeichnet.

Daniel hatte sie noch nie so erlebt. Aaron versprach, ihr Kopien der Unterlagen durch einen Kurier zukommen zu lassen. Sie stand auf und wollte zur Tür gehen, drehte sich aber noch einmal um.

„Sage Nick bitte … Sage ihm, es tut mir leid", bat sie Daniel. Dann verließ sie das Zimmer.

Daniel brachte Aaron zur Tür und ging dann sofort in Nicks Büro. Nick sah ihn fragend an. Seine Augen glänzten erwartungsvoll.

„Sie hat unterschrieben. Es ist vorbei."

Nick musste schon etwas geahnt haben, denn er nickte nur und ging auf Daniel zu, um ihn zu umarmen. Daniel drückte ihn fest an sich. Gott, es fühlte sich an, als hätte er schon immer zu ihm gehört.

„Du bist bei mir", sagte er und die Gefühle schlugen über ihm zusammen – Trost, Stolz, sein Beschützerinstinkt und … Liebe.

„Ja. Jetzt wirst du mich nicht mehr los", flüsterte Nick mit belegter Stimme und drückte Daniel noch fester an sich. Es war, als wären sie eine Einheit, als gäbe es nur noch sie, nicht mehr Nick und Daniel.

Und genau das war es, was Daniel sich wünschte. Weil er Nick nie wieder gehen lassen wollte.

EPILOG

Zwei Jahre später

„Niiick", schnurrte Daniel. Er zog die Bettdecke von seinem Verlobten und wurde mit dem Anblick eines prächtigen, leicht gebräunten Rückens und eines verführerischen, weißen Hinterteils belohnt.

„Uff", grummelte Nick protestierend und drückte sich mit dem Gesicht tiefer ins Kissen.

„Aufstehen, mein Süßer." Daniel kroch auf allen Vieren ins Bett und bedeckte Nicks Rücken vom Nacken bis nach unten mit kleinen Küssen. *Kuss, Pause, Kuss, Pause.*

Nicks Protest verstummte. Daniel erkannte an den angespannten Muskeln, dass Nick wach war.

„Die Kinder", murmelte Nick.

„Die Tür ist abgeschlossen. Und Marcia ist schon aufgestanden. Sie und die Kinder sind draußen und schauen zu, wie der Baldachin aufgebaut wird. Ich habe sie aus dem Fenster sehen können."

Nick erstarrte, als ihm einfiel, welcher Tag heute war. „Hey! Wir sollten uns heute früh nicht sehen!"

Daniel kicherte. „Wenn ich dich erst in deinem Frack sehe und geil werde, besteht die Gefahr, dass ich mich vor unseren Gästen blamiere. Ich denke, es wäre klüger, dem vorzubeugen. Meinst du nicht auch?"

Daniel hatte, als Konzession an die Traditionen, die Nacht im Gästezimmer der Hütte in Bainbridge verbracht. Nick heute früh allein vorzufinden, war eine Versuchung, der er nicht widerstehen konnte. Außerdem beruhigte Sex die Nerven, und das brauchte Daniel heute mehr als alles andere.

„Ich wollte doch ausschlafen", jammerte Nick, aber Daniel wusste, dass es nicht ernst gemeint war. Er küsste weiter Nicks Rücken, bis er an dem knackigen Hinterteil angelangte, seine Küsse auf die Arschbacken verlegte und Nick mit der Zunge durch die Spalte fuhr.

Nick machte ein wimmerndes Geräusch und drehte sich so schnell um, dass seine Erektion Daniel fast ins Gesicht schlug.

„Hallo, du!", sagte Daniel und drückte einen Kuss auf die Spitze von Nicks Schwanz.

„Du bist ein geiler Bock", beschwerte sich Nick.

„Ja." Daniel küsste ihn auf den Bauch.

„Du bist der geilste Bock, der jemals einen Mann aus dem Schlaf gerissen hat."

Daniel kicherte. „Mag sein. Aber du hast die Herausforderung noch immer aufrecht und stolz gemeistert."

„Ich bin nicht hart", sagte Nick mit gespielter Empörung.

„Nein?" Daniel nahm Nicks steifen Schwanz in die Hand und öffnete den Mund. Dann leckte er ihm über die Eichel und zählte still mit – *eins, zwei, drei ...*

Nick sah ihm gebannt zu. „Oh Mann!", stöhnte er. „Ich bin so hart."

„Das kann man wohl sagen." Daniel bewies es ihm, indem er sich Nicks Schwanz tief in die Kehle schob.

Nach zwei Jahren regelmäßigem, schwulem Sex konnte Daniel immer noch nicht genug bekommen. Er hatte die Theorie, dass er vermutlich dauerhafte psychische Probleme davongetragen hatte, weil ihm dieses Erlebnis jahrelang durch seine eigene Dummheit vorenthalten worden war. Aber letztendlich zählte nur eines – er begehrte seinen zukünftigen Ehemann immer noch mit der gleichen Leidenschaft, mit der er von Nick begehrt wurde. Und sollte er jemals zu den kleinen blauen Pillen greifen müssen, würde er auch das tun, weil es sie beide glücklich und zufrieden machte. Doch dieser Zeitpunkt lag dankenswerterweise noch in weiter Ferne.

Nick hob die Knie und spreizte die Beine. Daniel grinste um den harten Schwanz und ließ ihn aus seinem Mund gleiten.

„Willst du was?", neckte er. Dann leckte er sich über den Daumen und rieb damit leicht über Nicks Loch.

„Ja, du Bastard." Nick hob die Hüften von der Matratze.

„Mmm", brummte Daniel zustimmend und leckte ihm über den Schwanz. „Neunundsechzig?"

Nick liebte es, wenn Daniel ihm einen Blowjob gab und ihm dabei mit dem Finger über die Prostata rieb. Das einzige, was noch besser war – so behauptete er -, war, wenn er gleichzeitig Daniels Schwanz im Mund hatte. Daniel hatte dagegen nichts einzuwenden. Aber heute schüttelte Nick den Kopf.

„Nein, heute nicht. Heute will ich dich." Er zog Daniel an den Schultern nach unten und küsste ihn.

Sie küssten sich ausgiebig. „Und wer hat sich auf die Flitterwochen gefreut?", fragte Daniel dann und rieb sich an Nicks Schwanz, damit der nicht auf den Gedanken kam, einen Rückzieher zu machen.

„Ist mir egal. Ich will dich, Babe. Hol das Gel."

Daniel gehorchte. Keiner von ihnen hatte zuvor Analsex mit einem anderen Mann gehabt, doch sie hatten schnell festgestellt, dass Nicks Prostata sehr sensibel war. Es war ein Geschenk der Götter. Bei Daniel war das nicht der Fall, deshalb toppte er meistens. Damit waren sie beide mehr als zufrieden.

„Oh ja!" Nick bog sich ihm entgegen, als Daniels Finger die richtige Stelle fand.

„Du bist ja so sexy", keuchte Daniel und nahm Nicks Schwanz wieder in den Mund. Dann saugte er ihn, während er mit dem Finger Nicks Schließmuskel lockerte.

Nick stieß ihn an die Schulter. „Verdammt, ich komme gleich, wenn du so weitermachst. Das reicht."

Der Geschmack und das Gefühl von Nicks Schwanz in seinem Mund machten Daniel jedes Mal hart. Verdammt. Er liebte es, Nicks Erregung zu spüren, das Pochen des Pulses unter der Zunge, das stärker und schneller wurde, wenn er Nicks Schwanz auf eine bestimmte Art leckte oder saugte. Er liebte es, wie Nick härter und härter wurde, bis er dann zum Orgasmus kam. Und er konnte es immer noch nicht fassen, wieso er so lange gebraucht hatte, um endlich zu merken, dass er schwul war.

Trotzdem ließ er sich von Nick zur Seite schieben, weil er wusste, dass es gleich noch besser würde. Er rieb sich den Schwanz mit dem Gleitgel ein und brachte sich über Nick in Position. Nick hob den Kopf, küsste ihn und saugte ihm an der Zunge, als Daniel den Kuss erwiderte. Daniel ließ sich Zeit und es dauert nicht lange, bis Nick mehr verlangte.

„Gott, ich halte es nicht mehr lange aus", sagte Nick mit einem verlegenen Lachen. „Du musst kurz den Winkel wechseln, damit ich nicht gleich komme."

„Welchen Winkel? Diesen?", fragte Daniel hinterhältig und machte absichtlich so weiter, dass sein Schwanz mit jedem Stoß über Nicks Prostata rieb.

Nick verdrehte die Augen. „Mein Gott, das ist so verdammt gut."

Und es reichte fast, um Daniel selbst zum Orgasmus zu bringen. Er biss sich auf die Lippen und zwang sich zu Zurückhaltung. „Dreh dich um", sagte er und zog den Schwanz aus Nicks Körper.

Nick drehte sich um. Sie liebten diese Position – mit Nick auf dem Bauch, die Beine eng zusammengepresst, und Daniel, der sich der Länge nach auf ihn legte und mit dem Bauch in Nicks Rücken drückte. Daniel befeuchtete seine Hand und schob sie unter Nick, damit der ihn in die Faust ficken konnte. So würden sie beide nicht mehr lange durchhalten, aber das war auch gut so.

„Mein Gott, Daniel. Wie gut", stöhnte Nick und stieß mit dem Schwanz in Daniels Hand.

„Ja, verdammt. So gut." Daniel drückte das Gesicht in Nicks Nacken. Seine Eier zogen sich zusammen und warteten nur darauf, dass es endlich losging.

Sie balancierten noch einen Moment am Abgrund, während Daniel Nick langsam und tief fickte. Dann stöhnte Nick, stieß hart zu und kam feucht und warm in Daniels Hand. Ein Schauer lief Daniel über den Rücken, er stieß tief in Nick hinein und überließ sich seiner Erlösung. Er konnte es bis ins Herz hinein fühlen, das ihm fast aus der Brust sprang, so gut war es, Nick unter sich zu fühlen, ihn zu riechen und zu schmecken.

Mein Mann. Ab heute wirst du für immer mir gehören.

Nick wackelte mit den Hüften und erinnerte Daniel daran, dass er nicht der Leichteste war. Daniel rollte sich stöhnend zur Seite.

„Verdammt", sagte er. „Erinnere mich daran, dass ich in Gel-Aktien investiere."

Nick lachte. „Du denkst wohl, jeder sollte schwul sein."

„So ist es. Ich sage dir, ich kenne mich mit Aktien aus. Und sie können nur steigen."

Nick lachte wieder und setzte sich auf. „Komm jetzt, du Börsenguru. Wir sollten nach unten gehen und nachsehen, ob alles läuft. Und – Mann, Babe – es ist endlich *der* Tag. Unser Tag."

„Ich weiß. Kannst du es glauben? Aber wir müssen nichts mehr tun. Dafür haben wir die Hochzeitsplanerin." Trotzdem stand Daniel sofort auf und suchte seine Kleidung. Er war so nervös, dass er seine Kontrollsucht nicht mehr unterdrücken konnte und sich persönlich davon überzeugen musste, dass alles in Ordnung war.

„Es wird wunderbar werden", versicherte ihm Nick und drückte ihm einen Kuss auf die Wange, als sie gemeinsam das Zimmer verließen."

Daniel nickte. Das hatte er sich selbst auch schon gesagt. Was konnte auch passieren? So lange der Tag mit einer unterschriebenen Heiratsurkunde endete und Nick immer noch mit ihm redete, war alles in Ordnung. Mehr verlangte er gar nicht.

Den Rest des Vormittags verbrachte Daniel in einem Nebel von Nervosität. Die Hochzeitsplanerin versicherte ihm immer wieder, sie habe alles im Griff, und verbot ihm, sich einzumischen. Nick und Jenny machten einen langen Spaziergang, Marcia und Fernando fuhren mit Sylvan in die Stadt, um ihn abzulenken. Daniel hatte ihre Einladung, sie zu begleiten, abgelehnt. Nick und Jenny konnten die Zeit zu zweit gut gebrauchen und für einen Einkaufsbummel war er zu aufgeregt.

Stattdessen ging er zum Bootssteg, schaute aufs Meer hinaus und versuchte, wieder einen klaren Kopf zu bekommen. Es war ein wunderschöner Tag. Der August neigte sich dem Ende zu und die Sonne spielte hinter den Schönwetterwolken Versteck. Die weißen Wattebäusche am Himmel hatten so verrückte Formen, als wären sie von einem Designer extra für diesen Tag entworfen worden. Ein leichter Wind wehte vom Meer und brachte eine angenehme Kühle in die Port Orchard Bay.

Daniel war weder religiös noch abergläubisch. Er glaubte nicht an ein Leben nach dem Tod, konnte allerdings auch nicht das Gegenteil beweisen. Und als er jetzt übers Meer schaute, hatte er fast das Gefühl, die Anwesenheit seines Vaters spüren zu können. Versunken beobachtete er eine Möwe, die einige Meter entfernt übers Meer segelte.

„Das ist es, Dad", sagte er. „Ich und Nicky. Heute wird es besiegelt." Den letzten Satz sagte er in einer tiefen Gangsterstimme und musste über sich selbst lachen. „Ich weiß, dass du dich darüber freust. Es wäre also schön, wenn du die Möwen davon abhalten würdest, auf unsere Feier zu scheißen."

Die Möwe kreischte empört, als hätte er sie persönlich beleidigt. Daniel musste lächeln.

Heute war sein Hochzeitstag. Er hätte schon früher geheiratet, am besten gleich nach Nicks und Marcias Scheidung. Doch Nick wollte abwarten, bis die anderen ihr neues Leben begonnen hatten und damit zurechtkamen. Er hatte sich ein kleines Apartment in der Nähe von Daniels Wohnung gemietet, damit sich die Kinder erst an die Situation nach der Scheidung gewöhnen konnten, bevor der neue Partner ihres Vaters in ihr Leben trat. Lange hatte es nicht gedauert.

Kurz danach wurde die Hütte in Bainbridge zum Verkauf angeboten und Daniel hatte zugegriffen. Die Kinder liebten es, die Wochenenden hier zu verbringen. Sie fühlten sich hier wohler als in Nicks Wohnung. Und sie erwarteten, Daniel hier anzutreffen.

Daniel wusste, dass er verdammtes Glück gehabt hatte. Er konnte sich gut vorstellen, wie schwer ihm die neue Rolle als Stiefvater gefallen wäre, wenn ihn die Kinder gehasst hätten. Doch das war nicht der Fall. Er war zwar in Jennys Augen kein Elternersatz, aber sie war immer freundlich zu ihm. Und sie war Daddys kleines Mädchen und wollte, dass Nick glücklich wurde. Sie hatte sich nach der Scheidung für einige Zeit sehr an Nick geklammert. Jetzt wurde sie langsam wieder unabhängiger und ging oft mit ihren Freunden aus.

Und Sylvan … Daniel kam es vor, als wäre Sylvan sein eigener Sohn. Als wäre ihm ein Teil der Rippe entnommen worden, um den Jungen zu formen. Verrückt, aber wahr. Nick beschwerte sich sogar manchmal im Scherz, dass Sylvan Daniel viel mehr lieben würde als ihn selbst. Daniel dachte bei sich, dass er nichts dagegen hätte, wenn es so wäre.

Marcia war es, die sich von allen am meisten verändert hatte. Daniel konnte sie kaum wiedererkennen. Sie war ein vollkommen anderer Mensch geworden. Sie unterrichtete Yoga und hatte eine Beziehung mit Fernando, dem Masseur. Das riesige Haus, das früher der Gipfel ihrer

Wünsche gewesen war, hatte sie verkauft. Stattdessen lebte sie jetzt in einem kleinen, gemütlichen Bungalow auf dem Capitol Hill. Den Porsche hatte sie gegen einen alten Subaru und eine Harley eingetauscht. Sie und Fernando waren oft mit ihren Motorrädern unterwegs.

Wenn Marcia nicht ihre schwarze Motorradkluft trug, dann lange, leichte Kleider und Perlenketten in den Haaren. Sie wirkte zufrieden und locker, als wäre sie neu aufgeblüht. Zu Jenny hatte sie seit der Scheidung ein besonders enges Verhältnis. Jenny und die langen Telefongespräche mit Nick hatten Marcia geholfen, über die Scheidung hinwegzukommen. Zu den Veränderungen gehörte auch, dass es jetzt Jenny war, die Marcias Modegeschmack beeinflusste, nicht umgekehrt. Und das war in Daniels Augen die bemerkenswerteste Neuerung.

Er hatte sogar einige Zeit gegen seine Eifersucht ankämpfen müssen.

Daniel hatte nicht verstanden, warum Nick so viel Zeit für Marcia aufbrachte und mit ihr in Kontakt blieb. Die beiden standen sich jetzt näher als zu Zeiten ihrer Ehe. Dann hatte Nick angefangen, Marcia und Fernando zum Abendessen einzuladen. Bald darauf verbrachten die beiden ab und zu ein Wochenende mit ihnen in Bainbridge. Mittlerweile war Daniel klargeworden, dass Marcia keine Bedrohung für ihn darstellte, weder in Bezug auf Nick noch auf die Kinder.

Die Freundschaft zu ihr aufrechtzuerhalten, war Nicks Weg, sie alle zu heilen und den Kindern zu helfen, mit der Scheidung zu leben. Die Kinder liebten es, wenn sie alle zusammen waren.

Außerdem konnte Fernando kochen und seine mexikanischen Gerichte waren absolut köstlich. Und er spielte auch Gitarre, was die Wochenenden mit ihm und Marcia noch besser machte.

Einige Meter von Daniel entfernt landete eine Möwe auf dem Bootssteg. Sie neigte den Kopf zur Seite und sah ihn prüfend an. Daniel war, als könnte er Franks Stimme hören.

Was stehst du hier draußen auf dem Bootssteg rum, du Idiot? Geh ins Haus und wirf dich in Schale. Du willst doch gut aussehen für deinen Bräutigam, oder?

Daniel musste über sich selbst lachen. Wenn Frank jemals die Gestalt eines Vogels annehmen würde, dann sicherlich nicht die einer Möwe. Für Frank kam nur ein Raubvogel infrage, ein Habicht vielleicht oder ein Adler. Aber genau das hätte er jetzt zu Daniel gesagt. Daniel zog das Handy aus der Tasche und schaute auf die Uhr. Ja. Verdammter Mist. Es wurde höchste Zeit.

DANIEL STAND in dem schiefergrauen Frack unter dem Baldachin und versuchte, sein nervöses Zittern in den Griff zu bekommen. Es war vergeblich. Auf der Wiese hinter der Hütte waren weiße Stühle für die Gäste aufgestellt worden und alles war mit weißen Blumen geschmückt. Zwischen den Stuhlreihen führte ein grasbewachsener, grüner Gang zu dem Baldachin am Strand. Daniel schaute über die Reihen der Gäste – Familie und Freunde – und die Zeit schien stillzustehen, während er auf Nick wartete.

Es waren auch viele Geschäftsfreunde gekommen. Vertreter von Firmen, die sie gekauft und wieder auf die Beine gestellt hatten, Mitarbeiter ihrer eigenen Firma und Anwälte, die für DRE arbeiteten. Auch Gwen war mit ihrem Ehemann Saul der Einladung gefolgt, ebenso wie Aaron Connors und Jack Halloran mit seinem Partner Tony DeMarco. Daniel freute sich, sie zu sehen. Nicks Bruder und Schwester waren mit ihren Familien aus Kalifornien eingeflogen und Daniels verrückte Tante Lydia war mit dem Auto aus Montana angereist. In der ersten Reihe saßen Marcia und Fernando bei Daniels Exfrau Lisa mit ihrem Verlobten Miles. Daniels Blick blieb einen Augenblick auf ihr haften. Sie zog die Augenbrauen hoch und sah ihn fragend und betont überrascht an. Daniel zuckte nur lächelnd mit den Schultern. Und dann …

Und dann begann die Musik zu spielen und Nick erschien am andren Ende des Gangs.

Sie hatten lange darüber diskutiert. Normalerweise war es die Braut, die durch den Gang zu ihrem Bräutigam ging, der am Altar auf sie wartete. Aber wen interessierten schon solche Klischees. Was zählte, war einzig und allein, dass Nick von seinen Kindern begleitet wurde, die ihren Vater zu Daniel führten und damit ein offizieller Teil der Zeremonie wurden. Nick kam auf ihn zu, auf der einen Seite an der Hand gehalten von Sylvan in einem niedlichen Anzug mit Fliege, auf der anderen von Jenny, die sehr erwachsen aussah in ihrem lila Spitzenkleid, das perfekt zu der Strähne in ihrem Haar passte. Daniel konnte sich nichts Schöneres vorstellen als diesen Anblick.

Ihm stiegen Tränen in die Augen und es schnürte ihm die Kehle zu, die drei Hand in Hand auf sich zukommen zu sehen. Nick sah umwerfend gut aus in seinem silbergrauen Anzug, der perfekt zu seinen Augen und den rostbraunen Haaren passte. Der Ausdruck in Nicks Gesicht zeigte Daniel, wie sehr sich ihre Gefühle in diesem Moment ähnelten. *Mein Gott.* Und dann kamen sie bei Daniel an und der Friedensrichter ergriff das Wort.

„Jenny und Sylvan, gebt ihr dieser Ehe zwischen eurem Vater und Daniel euren Segen?"

„Ja!", rief Sylvan sofort und nahm Haltung an wie ein kleiner Soldat.

„Ja", sagte auch Jenny und nickte ernst.

„Und versprecht ihr, ihr Ehegelöbnis zu ehren, so dass sie eine starke Familie füreinander, für euch und jeden anderen Menschen sein können, der in Zukunft in euer Leben tritt?"

Sylvan und Jenny versprachen es vorbehaltlos, küssten und umarmten erst ihren Vater, dann Daniel. Als die beiden Kinder zur Seite traten, nahm Nick Daniel an der Hand und es gab nur noch sie beide.

Sie hatten ihre Gelöbnisse im Vorfeld vorbereitet und sie bis heute voreinander geheim gehalten. Daniel hatte damit gerechnet, nervös und emotional zu werden. Er fasste sich deshalb kurz.

„Nick, als wir uns in deinem zweiten Studienjahr das erste Mal sahen, weil der Computer der Hausverwaltung uns zu Zimmergenossen bestimmte, hätte ich mir niemals vorgestellt, dass du fünfzehn Jahren lang mein Geschäftspartner sein würdest. Noch weniger hätte ich jemals damit gerechnet, dass ich dich eines Tages ansehen würde und erkennen, dass ich dich zum Mann will und du die Liebe meines Lebens bist. Ich danke dir dafür, dass du mich immer verstanden hast, dass du mein Herz und mein Gewissen warst. Du bist das entscheidende Mosaiksteinchen, dass aus einem erträglichen und guten Leben ein aufregendes und glückliches Leben macht. Und ich danke dir dafür, dass du deine Kinder mit mir teilst und mir beigebracht hast, was es bedeutet, ein Heim und eine Familie zu haben. Ich verspreche dir von ganzem Herzen, dass ich dir niemals einen Grund geben werde, diese Entscheidung zu bereuen."

Nick konnte nicht widerstehen. Er musste Daniel einfach küssen. Einige Gäste brachen in leises Lachen aus und Nick strahlte überglücklich, als er Daniel ansah. *Erwartest du wirklich, dass ich nach diesen Worten noch etwas sagen kann?*, schien sein Blick zu fragen. Dann holte er tief Luft und fasste sich ein Herz.

„Daniel. Ich bin mir ziemlich sicher, dass ich schon in dich verliebt war, als wir uns noch keine drei Tage kannten. Du musstest über dich selbst lachen, weil ich dich dabei beobachtet habe, wie ordentlich du deine Hemden aufhängst. *Mach dir keine Sorgen, ich habe mich schon im Club der Ordnungsfanatiker angemeldet*, hast du gesagt." Dieses Mal lachten die Gäste lauter. „Du warst so verlegen und süß und clever, dass mein Herz dir nicht mehr widerstehen konnte."

Daniel kam sich vor, als hätte er heiße Kohlen in der Kehle. Wie peinlich. Er mochte schwul sein, sicher. Aber seit wann war er ein so emotionales Nervenbündel?

Nick hingegen schien von Wort zu Wort stärker und selbstbewusster zu werden. „Ich dachte, du würdest mich nie so lieben können, wie ich dich liebe. Ich fand mich damit ab, dein Freund zu sein, und lange Jahre warst du der beste Freund, den ich jemals hatte. Ich habe miterlebt, wie du DRE aus dem Nichts heraus aufgebaut hast. Dein Talent und deine Erfahrung als Geschäftsmann haben mich immer wieder von den Socken gehauen. Du hast uns beide unglaublich erfolgreich gemacht. Und eines Tages … eines verzauberten Tages war da mehr. Und mein Herz hat immer noch auf dich gewartet.

Du hast unser aller Leben verändert. Ich danke dir dafür, dass du mir den Mut gegeben hast, ich selbst zu sein und glücklich zu werden. Ich danke dir dafür, dass du meinen Kindern einen Platz in deinem Leben gibst. Ich liebe dich und verspreche dir, für dich da zu sein. Jetzt und für immer."

Daniel zog Nick in die Arme, ohne Rücksicht auf die offizielle Reihenfolge der Zeremonie zu nehmen. So standen sie, bis Daniel schließlich einfiel, dass er Nick früher allein für sich hätte und ihm sagen konnte, was er bei diesen Worten gefühlt hatte, wenn sie nur endlich diese verdammte Zeremonie hinter sich brachten. Widerstrebend löste er sich aus Nicks Umarmung.

„Entschuldigung", murmelte er dem Friedensrichter zu. „Bitte fahren Sie fort."

Der Richter verkniff sich ein Lachen. „Ich habe Zeit, mein Sohn. Lasst euch von mir nicht unterbrechen."

Wieder lachten die Gäste.

Der Rest der Zeremonie dauerte nicht mehr lange. Sie tauschten die Ringe, niemand erhob einen Einwand gegen ihre Vermählung, und dann wurden sie im Namen des Staates Washington zu Mann und Mann erklärt. Und durften sich endlich küssen. Mit etwas Mühe gelang es ihnen, den Kuss jugendfrei zu halten.

DER ANSCHLIESSENDE Empfang fand ebenfalls hinter der Hütte statt. Es gab Livemusik und das Catering war hervorragend. Die Gäste waren aufgefordert worden, ihre Badesachen mitzubringen. Einige nutzten das aus und gingen im Meer baden, aber die meisten hielten sich an die Band und das Büffet. Unter den Gästen waren auch rund ein Dutzend Kinder. Die meisten von ihnen hatte schwule oder lesbische Eltern, die Nick und Daniel an Sylvans und Jennys Schulen kennengelernt und eingeladen hatten. Sylvan tanzte mit seinem besten Freund Jules und Jenny stand mit ihrem Beinahe-Freund Eric an Rand der Tanzfläche, wo sie sich angeregt unterhielten und so taten, als wollten sie nicht zusammen tanzen.

Daniel wollte gerade zu ihnen gehen und sie auffordern, sich nicht zurückzuhalten, als ihm Fernando auffiel, der sich mit Dr. Jack Halloran unterhielt und ein sehr ernstes Gesicht machte. Er konnte der Versuchung nicht widerstehen, herauszufinden, worum es bei dem Gespräch ging.

Als Daniel zu ihnen kam, packte Fernando Halloran an der Schulter und drehte ihn zu Daniel um. „Dieser Mann ist ein Heiliger."

„Oh ja?" Daniel zwinkerte dem Arzt zu. „Und wie kommt es dazu, Fernando?"

Halloran wirkte verlegen über so viel Lob. Fernando schaute sich um und senkte die Stimme, um nicht von den anderen Gästen gehört zu werden. „Marcia ist vor einigen Monaten zu ihm gegangen, nachdem sie sich von Nick getrennt hatte. Und … aiyaiyai, ich kann dir sagen!" Fernando machte eine anzügliche Geste und wackelte mit den Augenbrauen. „Ich schulde diesem Mann mein Erstgeborenes. Oder kostenlose Massagen für den Rest seines Lebens. Stimmt's?" Er stieß Halloran scherzhaft den Ellbogen in die Seite.

„Ich, äh … ich freue mich, geholfen zu haben", meinte Halloran. „Und die freien Massagen sind schon für meinen Partner Tony reserviert. Es tut mir leid. Aber ich weiß das Angebot zu schätzen."

Daniel schaute sich um und sah, dass Tony DeMarco, italienischer Traummann, mit Nicks Schwester tanzte. Und das war … irgendwie seltsam. Schräg.

„Schon gut", gab Fernando nach. „Aber ehrlich … Ich liebe Sie, Herr Doktor." Er zog Halloran in eine kumpelhafte Umarmung und als er ihn wieder losließ, rieb er sich die Augen trocken. Die Geste ließ selbst einen verklemmten Neurotiker wie einen Macho wirken.

„Passiert Ihnen das oft, Herr Doktor?", wollte Daniel wissen.

Halloran lachte. „Nun, Männer mögen Sex. Lassen Sie es mich so formulieren … Er ist nicht der erste Geliebte oder Ehemann, der mein Freund fürs Leben geworden ist."

Daniel kicherte leise. „Wissen Sie, ich glaube, ich will mir das jetzt nicht vorstellen. Fernando und Marcia meine ich."

„Einfach wegstecken und an etwas Anderes denken", empfahl ihm Jack grinsend.

„Guter Rat."

Daniel und Jack beobachteten die Tanzfläche, wo Nick Sylvan und Jules neue Tanzbewegungen zeigte. Daniel stellte zufrieden fest, dass die Videocrew die drei ebenfalls entdeckt hatte und aufnahm. Er grinste und freute sich schon auf die Bilder.

„Ihr beiden seht unglaublich glücklich aus", sagte Halloran. „Ich bin froh, dass Sie sich nicht an meinen Ratschlag gehalten und gewartet haben."

Daniel sah ihn an. „Keine Angst, Dr. Halloran. Mein Vater hat mir beigebracht, wie man bekommt, was man sich wünscht. Mein Problem war nur, dass ich mir nicht sicher war, was ich mir wünschte. Ich bin Ihnen sehr dankbar, dass Sie mir dabei geholfen haben, es zu erkennen."

„Es war mir ein Vergnügen. Was meinen Sie … Wollen wir uns etwas Zeit mit unseren Männern gönnen und auch das Tanzbein schwingen?"

„Ich bin dabei."

Daniel tanzte einige Minuten lang mit Nick und den beiden Jungs, dann wurde ein Blues gespielt und er zog seinen Mann in die Arme. Die Umstehenden klopften an ihre Gläser und riefen nach einem Kuss. Daniel und Nick kamen der Aufforderung begeistert nach. Daniel zog Nick noch näher an sich, um die Wirkung des Kusses besser fühlen zu können.

Nick lachte. „Ich dachte, wir hätten heute früh dafür gesorgt, dass du besser durchhalten kannst."

„Ja. Aber die Wirkung hat schon während der Zeremonie nachgelassen und nach deinem Gelöbnis übernehme ich jetzt keine Verantwortung mehr."

„Mmm", brummte Nick ihm ins Ohr. „Gut, dass du dir mit deinem Gelöbnis ebenfalls mindestens fünfzig Sexpunkte verdient hast."

Daniel rieb ihm mit der Hand über den Rücken. „Habe ich das? Ich wusste doch, dass ich dich damit überzeuge. Ehrlich, Nick …Ich bin so unglaublich glücklich. Ich komme mir vor, als hätte jemand dort oben Mitleid mit mir gehabt und mein Leben umgekrempelt wie … wie eine alte Socke. Und jetzt ist alles tausend Prozent besser geworden. Ich weiß wirklich nicht, womit ich mir das verdient habe."

„Eine alte Socke?", neckte Nick.

„Na gut, meine Vergleiche hinken etwas. Aber ich schütte dir mein Herz aus."

Nick drückte ihn an sich. „Das tust du, Daniel. Du hast uns alle in sämtliche Einzelteile zerlegt und neu wieder zusammengesetzt, bis alles zusammenpasste. Und dafür liebe ich dich ganz besonders."

Daniel wollte ihn gerade küssen, ob mit oder ohne Gläserklopfen, als plötzlich ein schrilles, triumphierendes Kreischen die Harmonie von Elvis Presleys ‚Wise Men Say' störte. Sie hoben die Köpfe und erblickten über sich einen Seeadler, der mit ausgebreiteten Schwingen majestätisch seine Kreise zog und auf sie herabsah. Der Adler gab noch einen Schrei von sich, dann segelte er davon, der untergehenden Sonne entgegen.

eli easton

TONYS
THERAPIE

Buch 1 in der Serie – Sex in Seattle

Privatdetektiv Tony DeMarco soll in Seattle den Mord an einer jungen Frau aufklären. Dazu meldet er sich als Patient in der Sexklinik von Dr. Jack Halloran an, der das Opfer vor ihrem Tod behandelt hat. Tony arbeitet nicht das erste Mal als verdeckter Ermittler, aber dieses Mal möchte er am liebsten mit einem seiner Verdächtigen unter eine Decke kriechen. Er kann es nicht ändern – Jack Halloran ist der Typ von stahlhartem Mann, auf den Tony steht. Aber bevor Tony den Romeo spielen kann, muss er erst Jacks Unschuld beweisen und gleichzeitig verhindern, dass der Arzt sein falsches Spiel herausfindet.

Dr. Halloran hat seine eigenen Probleme. Als Feldchirurg im Irakkrieg wurde er verwundet, ist seitdem am rechten Arm behindert und leidet unter PTSD. Der attraktive neue Patient, ein großer, amüsanter Italiener mit treuherzigem Blick, verwirrt ihn. Tonys Humor bringt Jacks kühle Fassade zum Wanken und weckt Gefühle in ihm, die er lange vergraben und vergessen glaubte. Können der Arzt und der Privatdetektiv trotz der trennenden Geheimnisse, die zwischen ihnen liegen, ihren Weg ins Glück finden?

www.dreamspinner-de.com

Im mittelalterlichen England steht die Pflicht über allem. Die Ehre eines Mannes ist wichtiger als sein Leben und Homosexualität wird weder von der Kirche noch von der Gesellschaft geduldet.

Sir Christian Brandon wuchs in einer Familie auf, die ihn für seine ungewöhnliche Schönheit und seine Abstammung hasste. Kleiner als seine sechs rücksichtslosen Halbbrüder musste er mithilfe seines Verstandes und seines Talents für Listen überleben, was ihm den Spitznamen Krähe einbrachte.

Sir William Corbet, ein als „der Löwe" bekannter stattlicher Ritter, hat seine unnatürlichen Neigungen ein Leben lang unterdrückt. Er ist fest entschlossen, das Ideal des edlen Ritters zu verkörpern. Als er sich eines Tages auf den Weg macht, um seine Schwester zu retten, nachdem er von ihrer Misshandlung durch ihren adeligen Ehemann gehört hat, zwingen ihn die Umstände, Sir Christians Hilfe anzunehmen. Diese Partnerschaft stellt all seine Moralvorstellungen auf die Probe und letztendlich gar sein Verständnis von Pflicht, Ehre und Liebe.

www.dreamspinner-de.com

ELI EASTON war zu unterschiedlichen Zeiten und unter unterschiedlichen Namen die Tochter eines Pfarrers, Computerprogrammiererin, Spieledesignerin, Autorin von parapsychologischen Krimis und FanFiction, biodynamische Farmerin und Langschläferin. Jetzt lebt sie glücklich in einer neuen Inkarnation als Autorin von M/M-Liebesromanen.

Als eifriger Leserin macht es ihr ein unglaubliches Vergnügen, wenn es Autoren gelingt, literarischen Anspruch, überschwänglichen Humor, heiße Erotik und rührende Romantik in einer Geschichte zu vereinen. Sie verspricht, diesen Zielen ebenfalls nachzueifern. Momentan lebt sie mit ihrem Mann, drei Bulldoggen, drei Kühen und sechs Hühnern auf einer Farm in Pennsylvania. Alle von ihnen – ihr Mann ausgeschlossen – sind weiblich. Das erklärt auch, warum sich in ihren Romanen nackte Männer so beharrlich eingenistet haben.

Ihre Website heißt elieaston.com.
Bei Twitter @EliEaston
E-Mails kann man ihr schicken an eli@elieaston.com.

Von Eli Easton

Der Löwe und die Krähe

SEX IN SEATTLE
Tonys Therapie
Daniels Erleuchtung

Veröffentlicht von Dreamspinner Press
www.dreamspinner-de.com